우리
서로에게
별이 되자

일러두기

1. 본문은 가능한 한 원문 그대로 실었으나, 가독성을 해치는 경우 독자의 이해를 돕기 위해서 현대의 한글 표기법을 따랐습니다.
2. 잡지와 신문, 장편의 제목은 《 》으로 표기했으며, 단편과 시, 영화, 그림의 제목은 < >으로 표기했습니다.
3. 본문 중 내용 이해가 어려운 말의 경우 괄호 속에 현대어를 함께 풀어서 사용하였습니다.

우리
서로에게
별이 되자

• 이상, 김유정 지음 •

HONGJAE
Publishers

프롤로그

이상, 김유정, 두 문학 천재가 빚어낸 삶의 희로애락

1937년 4월. 한 젊은이가 일본 도쿄에서 돌연 사망한다. 그의 나이는 고작 스물일곱. 갑작스러운 비보에 그의 벗들이 큰 충격에 빠진 것은 당연했다. 곧이어 그의 벗들은 그를 추모하고 애도하는 글을 속속 발표한다.

"상은 오늘의 환경과 종족의 무지 속에 두기에는 너무나 아까운 천재였다. 상은 한 번도 잉크로 시를 쓴 일은 없다. 그는 스스로 제 혈관을 짜서 '시대의 혈서'를 쓴 것이다. 그는 현대라는 커다란 파선에서 떨어져 표랑하던 너무나 처참한 선체 조각이었다."

-김기림, 〈故 이상의 추억〉 중에서

"그는 온건한 상식인 앞에서 기탄없이 그 독특한 화술로써 일반 선량한 시민으로서는 규지할 수 없는 세계의 비밀을 폭로한다. 그는 술을 사랑하고, 벗을 사랑하고, 또 문학을 사랑하였으면서도 그것의 절반도 제 몸을 사랑하지 않았다."

-박태원, 〈이상의 편모〉 중에서

그에 앞서, 20여 일 전에도 스물아홉의 젊은이가 사망한 일이 있었다. 짧지만 신산한 삶을 살았던 그의 죽음 앞에 그의 벗들 역시 글로써 울분을 토했다.

"유정은 단지 원고료 때문에 소설을 쓰고, 수필을 썼다. 4백 자 한 장에 대돈 50전야라를 받는 원고료를 바라고, 그는 피 섞인 침을 뱉어가면서도 소설을, 수필을 쓰지 않을 수 없었던 것이다. 이렇게 해서 쓴 원고의 원고료를 받아서 그는 밥을 먹었다."

-채만식, 〈밥이 사람을 먹다—유정의 굳김을 놓고〉 중에서

"세상에 법 없이도 살 사람이 유정임을 절절히 느꼈다. 공손하되 허식이 아니요, 다정하되 그냥 정이요, 유정에게 어디 교만이 있으리오. 그는 진실로 톨스토이(유정의 마지막 일작 〈따라지〉의 등장인물로 누이에게 얹혀살며 글을 쓰는 무기력한 존재)였다. 될 수만 있다면 나 같은 명색 없는 작가 여남은 갖다 주고 다시 물러오고 싶다."

-채만식, 〈유정과 나〉 중에서

이상과 김유정. 혜성같이 나타났다 사라졌다는 표현이 어울릴 만큼 짧은 삶이었지만, 그들은 우리 문학사에 큰 획을 그은 천재들이었다. 하지만 살아생전 그들과 그들의 작품은 끝내 빛을 보지 못했다. 미친 사람의 헛소리라거나 어린아이의 말장난, 혹은 촌스럽고 수준 낮은 잡설이라고 치부되었기 때문이다. 그러다 보니 그들은 가난과 고독과 싸우며 신산한 삶을 살아야 했고, 결국 젊은 나이에 불귀의 객이 되고 말았다.

해학과 풍자로 대변되는 김유정의 문학과 허무와 초현실주의로 대변되는 이상의 문학을 생각하면 두 사람 사이의 공통분모는 그리 없어 보이는 게 사실이다. 하지만 두 사람은 여러 면에서 서로 닮아 있다.

알다시피, 두 사람은 구인회 회원이었다. 한국 문학사에서 매우 중요하게 언급되는 구인회는 1933년 8월 소설가 이태준과 시인 정지용이 주축이 되어 만든 문학 모임으로 회원 수가 9명인 데서 붙여진 이름이다. 이들은 그때까지 문학의 주류를 이루었던 카프(KAPF)의 계급주의를 배격하고 순문학을 표방하였다. 하지만 몇 달 후 이효석, 이종명, 김유영 등이 탈퇴한 자리를 박태원과 이상, 박팔양이 채우게 된다. 그 뒤 또 유치진, 조용만 대신에 김유정, 김환가 보충되어 언제나 회원 수는 9명을 이루었다.

두 사람은 집안 환경이 매우 불우했다. 알다시피, 이상은 젖을 뗄 무렵 큰아버지의 양자로 들어갔다가 스물넷에 집으로 돌아왔다. 그러나 집이 워낙 가난했던 탓에 일찍부터 가장 역할을 해야만 했다. 김유정 역시 지주의 아들로 태어나긴 했지만, 아버지 사망 후 형의 방탕한 생활로 인해 가세가 급격히 기운 나머지 밥장사를 하던 누이의 집에 얹혀살아야 했다.

여기에 두 사람 모두 실연의 아픔을 맛보았다. 이상에게는 '금홍이'라는 여인이 있었고, 김유정은 훗날 명창이 된 유부녀 박녹주를 짝사랑했다. 하지만 거기까지였다. 누구도 그들의 사랑을 받아주지 않았다.

또한, 두 사람은 폐결핵에 꽁꽁 묶인 신세였다. 이상은 스무 살 무렵부터 각혈을 했고, 김유정은 스물다섯에 발병했다.

1936년 가을, 이상은 정릉 근처 산중 암자에서 요양하고 있던 김유정을 찾았다. 일본으로 떠나기 전 작별인사를 건네기 위해서였지만, 정작 본심은 따로 있었다.

눈에 띄게 삐쩍 마른 김유정을 바라보며 이상이 물었다.

"김 형(김유정), 각혈은 여전하십니까?"

"그날이 그날 같습니다."

"신념을 빼앗긴 것은 건강이 없어진 것처럼 죽음의 꼬임을 받기 쉽더군요."

"김 형! 김 형(이상. 이상의 본명은 '김해경')은 오늘에야 건강을 빼앗기셨습니까? 인제, 겨우 오늘에야 말입니까?"

그러자 이상은 잠시 머뭇거리는가 싶더니 유정에게 다음과 같은 제안을 한다.

"김 형! 김 형만 괜찮다면, 저는 오늘밤으로 치러버릴 작정입니다."

오래전부터 생각해오던 동반자살을 제안한 것이다. 그러나 김유정은 일언지하에 그 제안을 거절한다. 자기는 내년에도 소설을 쓰겠다는 것이었다.

"저는 명일의 희망이 이글이글 끓습니다."

비쩍 마른 김유정의 가슴이 부풀었다 구겨졌다하는 것을 본 이상은 더는 아무 말도 하지 못한 채 한참 동안 그 모습을 지켜보다가 못내 슬픈 얼굴로 뒤돌아서야 했다.

"김 형! 저는 내일 아침 차로 동경으로 떠납니다."

"그래요? 또 뵙기 어려울 걸요."

이 말을 끝으로 김유정은 부끄러운 줄도 모르고 큰 소리로 울었다. 그것이 두 사람의 살아생전 마지막 만남이었다.

1935년 봄, 김유정의 신춘문예 당선을 축하하는 자리에서 처음 만난 두 사람은 판이한 성격의 소유자였다. 김유정이 낯을 심하게 가린 여린 감성의 소유자였다면, 이상은 말 그대로 모던보이요, 투사와도 같았다. 그러니 성격적으로는 절대 어울릴 수 없는 사이였다. 하지만 어찌 된 일인지 두 사람은 유독 잘 어울렸고, 우정 역시 남달랐다. 둘 다 몹시 가난한데다, 폐병과 사랑의 열병을 앓았으며, 하는 일마다 잘 풀리지 않는 등 동병상련의 정을 느꼈기 때문이다. 이에 서로를 생각하는 마음 역시 매우 컸고, 때로는 작품 속에 서로의 삶을 투영하기도 했다. 그 대표적인 작품이 이상이 소설체로 쓴 〈희유의 투사, 김유정〉이다. 이 작품 속에서 이상은 김유정의 모습을 유머러스하게 그리고 있다. 하지만 그것이 오히려 더 슬프게 다가오는 건 왜일까.

이렇듯 두 사람의 작품을 읽을 때면 감동 못지않은 가슴 먹먹함을 느끼게 된다. 어쩌면 이는 채 서른도 되지 않은 삶을 산 그들의 안타까운 삶에 관한 반추일지도 모른다.

그들은 왜 그렇게 일찍 떠나야만 했을까. 또 자기 몸보다 더 사랑하던 시는, 소설은 어찌 잊고 갔을까. 누구보다도 가슴 아팠을 그들의 절절한 슬픔이 그들의 굴곡진 인생사와 함께 더욱 가슴을 아리게 한다.

__ 목운에서 임채성

목차

김 유 정
다시읽기

이 상 김유정을 추억하다

____ 이상 연보

1세 _ 1910년 — 9월 23일(음력 8월 20일) 서울 종로구 사직동에서 부 김연창과 모 박세창의 장남으로 태어남. 본명은 해경

3세 _ 1912년 — 큰아버지 김연필의 양자로 들어가 24세까지 자람

8세 _ 1917년 — 신명학교 입학. 그림에 큰 재질을 보임

12세 _ 1921년 — 동광학교 입학. 3년 후 동광학교가 보성고보에 통합, 4학년에 편입됨. 교내 미술전람회에 유화 〈풍경〉 입상

17세 _ 1926년 — 보성고보 졸업. 경성 고등공업학교 건축과 입학

20세 _ 1929년 — 경성고공 졸업 후 조선총독부 건축과 기수로 근무

22세 _ 1931년 — 화가 구본웅과 교제. 7월에 시 〈이상한 가역반응〉, 〈파편의 경치〉, 〈공복〉을, 8월에 〈오감도〉, 〈삼차각설계도〉를 각각 《조선과 건축》에 발표. 큰아버지 김연필 사망

23세 _ 1932년 — '비구'란 익명으로 시 〈지도의 암실〉을 《조선과 건축》 3월호에 발표. 7월 '이상'이란 필명으로 시 〈건축무한 육면각체〉 발표

24세 _ 1933년 — 심한 각혈로 총독부 기수직 사임. 요양차 간 배천온천에서 기생 금홍과 알게 됨. 7월, 서울 종로1가에 다방 〈제비〉 개업 후 동거생활 시작. 《가톨릭 청년》 10월호에 시 〈거울〉 발표

25세 _ 1934년 — 구인회에 입회, 본격적인 문학 활동 시작. 《조선중앙일보》에 시 〈오감도〉를 발표했으나 큰 반발을 사 10회 연재 후 중단. 신문소설 〈소설가 구보 씨의 1일〉이라는 작품에 '하융'이라는 화명(畵名)으로 삽화를 그림

26세 _ 1935년 — 시 〈지비〉, 〈정식〉, 수필 〈신촌여정〉 발표. 9월 경영난으로 다방 〈제비〉의 문을 닫고 금홍과 헤어짐. 카페 〈쓰루〉을 인수했지만 역시 실패. 신당동 빈민촌으로 이사 후 성천, 인천 등지를 여행함

27세 _ 1936년 — 구인회 동인지 〈시와 소설〉 발표했지만 1집 출간 후 폐간. 수필 〈선망율도〉, 〈조춘점묘〉, 〈가외가전〉, 〈여상〉, 〈낙수〉, 〈epigram〉, 단편 〈지주회시〉, 〈날개〉 발표. 전부터 알았던 이화여전 출신 변동림과 결혼 후 재기를 위하여 동경으로 떠남. 그곳에서 〈공포의 기록〉, 〈종생기〉, 〈권태〉, 〈슬픈 이야기〉, 〈환시기〉 등을 씀

28세 _ 1937년 — 2월에 사상 불온혐의로 일본 경찰에 유치된 후 건강이 악화되어 보석으로 출감. 4월 17일 오전 4시, 동경제대 부속병원에서 사망. 향년 만26년 7개월

이상 다시 읽기

산책의 가을
산촌여정
서망율도
보험 없는 화재
단지한 처녀
차생윤회
공지에서
도회의 인심
골동벽
동심행렬
어느 시대에도
여상
내가 좋아하는 화초와 내 집의 화초
약수
에피그램
아름다운 조선말
추등잡필
가을의 탐승처
행복
……

이봐, 누가 좀 불을 켜주게나. 더듬거리면서 겨우 여기까지 왔네그려.

이렇게 캄캄해서야.

이젠 아주 글렀네. 무서워서 한 발자국인들 내놓을 수 있겠는가?

이봐, 누가 좀 불을 켜주게나.

__이 상, 〈누가 좀 불을 켜주게나〉

산책의 가을

여인 유리장 속에 가만히 넣어 둔 간쓰메(통조림), 밀크, 그렇지 구멍을 뚫지 않으면 밀크는 안 나온다. 단홍백 혹은 녹, 이렇게 색색이 칠로 발라 놓은 레테르(letter, 라벨)의 아름다움 외에, 그리고 의외로 묵직한 포옹의 즐거움밖에는 없는 법이니, 여기 가을과 공허가 있다.

비 오는 백화점의 적(寂, 고요)! 사람이 없고 백화(百貨, 여러 가지 상품)가 내 그림자나 조용히 보존하고 있는 거리에 여인은 희붉은 종아리를 걷어 추켜 연분홍 스커트 밑에 야트막이 묵직이 흔들리는 곡선! 라디오는 점원 대표, 서럽게 애수를 높이 노래하는 가을 스미는 거리에 세상 것 다 버려도 좋으니 단 하나, 가지가지 과일보다 훨씬 맛남 직한 도색(桃色, 복숭아꽃 빛깔) 종아리 고것만은 참 내놓기가 아깝구나.

윈도(유리창) 안의 석고(石膏, 마네킹) — 무사는 수염이 없고, 비너스는 분 안 바른 살갗이 찾을 길 없고, 그리고 그 장황한 자세에 단념이 없는 윈도 안의 석고다.

소다의 맛은 가을이 섞여서 정맥주사처럼 차고, 유니폼 소녀들 허리에 번쩍번쩍하는 깨끗한 밴드, 물방울 떨어지는 유니폼에 벌거벗은 팔목 피부는 포장지보다 정한(맑고 깨끗함) 포장지고, 그리고 유니폼은 피부보다 정한 피부다. 백화점 새 물건 포장—밴드를 끄나풀처럼 꾀어들고 바쁘게 걸어오는 상자 속에는 물건보다도 훨씬훨씬 호기심이 더 들었으리라.

여름은 갔는데 검둥 사진은 왜 허물이 안 벗나. 잘된 사진의 간줄간줄한 소녀 마음이 창백한 월광 아래서 감광지에 분 바르는 생각 많은 초저녁.

과일가게는 문이 닫혔다. 유리창 안쪽에 과일 호흡이 어려서는 살짝 향훈(香薰, 향기로운 냄새)에 복숭아—비밀도 가렸으니 이제는 아무도 과일 사러 오지는 않으리라. 과일은 마음껏 굴려 보아도 좋고, 덜 익은 수박 같은 주인 머리에 부딪혀 보아도 좋건만, 과일은 연연(然然, 조용함)! 복숭아의 향훈에, 복숭아의 향훈에 복숭아에 바나나에……

인쇄소 속은 죄 좌(左)다. 직공들 얼굴은 모두 거울 속에 있었다. 밥 먹을 때도 일일이 왼손이다. 아마 또 내 눈이 왼손잡이였는지 모르지만, 나는 쉽사리 왼손으로 직공과 악수하였다. 나는 교묘하게 좌(左) 된 지식으로 직공과 회화(서로 이야기를 나눔)하였다. 그들 휴게(휴식)와 대좌하여—그런데 웬일인지 그들의 서술은 우(右)다. 나는 이 방대한 좌와 우의 교차에서 속 거북하게 졸도할 것 같기에 그냥 문밖으로 뛰어나갔더니, 과연 한 발자국 지났을 적에 직공은 일제히 우로 돌아갔다. 그들이 한인(閑人, 한가하고 일이 없는 사람)과 대화하는 것은 꼭 직장 밖에 있는 조건인 것을 알 수 있었다.

청계천 헤벌어진 수채 속으로 비행기에서 광고 삐라, 향국(鄕國, 고국 또는 고향)의 동해(童孩, 어린아이)는 거진 삐라같이 삐라를 주우려고 떼 지었다 헤어졌다 지저분하게 흩날린다. 마꾸닝(마크닌. 일본 한 제약회사에서 만든 회충약) 회충 구제. 그러나 한 동해도 그것을 읽을 줄 모른다. 향국의 동해는 죄다 회충이다. 그래서 겨우 수챗구멍에서 노느라고 배 아픈 것을 잊어버린다. 동해의 양친은 쓰레기라서 너희 동해를 내다 버렸는지는 모르지만 빼빼 마른 송사리처럼 통제 없이 왱왱거리며 잘도 논다.

롤러스케이트 장의 요란한 풍경, 라디오 효과처럼 이것은 또 계절의 웬 계절 위조일까. 월색(달빛)이 푸르니 그것은 흡사 교외의 음향! 그런데 롤러스케이트 장은 겨울—이 땀 흘리는 겨울 앞에 서서 찌꺼기 여름은 소름 끼치며 땀 흘린다. 어떻게 저렇게 겨울인 체 잘도 하는 복사 빙판 위에 너희 인간들도 결국 알고 보면 인간모형인지 누구 아느냐.

_ **1934년 10월 《신동아》**

산촌 여정

1

향기로운 MJB(미국산 '커피' 상표)의 미각을 잊어버린 지도 이십여 일이나 됩니다. 이곳은 신문도 잘 아니 오고, 체전부(우체부)는 이따금 하도롱(hard-rolled paper, 다갈색 종이로 봉투나 포장지를 만듦) 빛 소식을 가져옵니다. 거기에는 누에고치와 옥수수의 사연이 적혀 있습니다. 마을 사람들은 멀리 떨어져 사는 친척 때문에 걱정이 이만저만 한 것이 아닌가 봅니다. 나도 도시에 남기고 온 일이 걱정됩니다.

건너편 팔봉산에는 노루와 멧돼지가 산다고 합니다. 기우제를 지내던 개골창(수챗물이 흐르는 작은 도랑)까지 내려와서 가재를 잡아먹는 '곰'을 본 사람도 있답니다. 동물원에서밖에 볼 수 없는 동물들을 직접 봤다니, 놀라울 따름입니다. 산에 있는 동물을 사로잡아다가 동물원에 가둔 것이 결코 아닙니다. 그래서인지 동물원에 있는 동물을 산에다 풀어놓은 것만 같은 생각이 자꾸 듭니다.

달도 없는 그믐칠야(漆夜, 옻칠한 듯 어두운 밤)면 팔봉산도 사람이 침소에 들 듯 어둠 속으로 완전히 사라지고 맙니다. 하지만 공기는 수정처럼 맑고, 별빛만으로도 충분히 좋아하는《누가복음》을 읽을 수 있습니다. 참별 역시 도시보다 갑절이나 더 많이 뜹니다. 너무 조용해서 별이 움직이는 소리가 들릴 것만 같습니다.

객줏집 방에는 석유 등잔을 켜놓습니다. 도시의 석간(夕刊)과 같은 그윽한 냄새가 소년 시절의 꿈을 부릅니다.

정형! 그런 석유 등잔 밑에서 밤이 깊도록 '호까'— 연초갑지(煙草匣紙, 담배를 싸는 종이)를 붙이던 생각이 납니다. 벼쨍이(베짱이)가 한 마리가 등잔에 올라앉더니, 연둣빛 색채로 혼곤한(정신이 흐릿하고 고달픈) 내 꿈에 영어 'T' 자를 쓰고, 유다른(여느 것과 아주 다름) 기억에다는 군데군데 '언더라인'을 그어 놓습니다. 이에 나는 슬퍼하는 것처럼 고개를 숙이고 도시의 여차장이 차표 찍는 소리와도 같은 그 음악을 가만히 듣습니다. 그러면 그것이 또 이발소 가위 소리와도 같아, 눈을 감고 가만히 그 소리를 들어봅니다. 그리고 비망록을 꺼내어 머룻빛 잉크로 산촌의 시정(詩情, 시적인 정취)을 기록하기 시작합니다.

그저께 신문을 찢어버린
때 묻은 흰나비
봉선화는 아름다운 애인의 귀처럼 생기고

얼마 후면 목이 마릅니다. 자리물(밤에 자다가 마시기 위하여 잠자리의 머리맡에 준비하여 두는 물) — 심해처럼 가라앉은 냉수를 마십니다. 석영질 광석 냄새가 나면서 폐부에 한란계(寒暖計, 온도계) 같은 길을 느낍니다. 백지 위에 싸늘한 곡선을 그리라면 그릴 수도 있을 것 같습니다.

푸른 돌을 얹은 지붕에 별빛이 내리면 한겨울에 장독 터지는 것 같은 소리가 납니다. 벌레 소리 역시 요란합니다. 가을이 엽서 한 장 적을 만큼 천천히 오기 때문입니다. 이런 때 무슨 재주로 광음(光陰, 시간의 흐름)을 헤아리겠습니까?

맥박소리가 방 안을 시계로 만들어버리고, 그 장침과 단침(시계의 두 바늘)의 나사못이 돌아가느라 양쪽 눈이 번갈아 간질간질합니다. 코로 기계 기름 냄새가 드나듭니다. 석유 등잔 밑에서 졸음이 오는 기분입니다.

'파라마운트' 상표처럼 생긴 도시 소녀가 나오는 꿈을 조금 꿉니다. 그러다가 도시에 남겨두고 온 가난한 식구들을 꿈에서 봅니다. 그들은 마치 사진 속의 포로처럼 나란히 늘어서 있습니다. 그리고 내게 걱정을 안깁니다. 그러면 그만 잠이 확 깨어버립니다.

차라리 죽어버릴까란 생각을 해봅니다. 벽의 못에 걸린 다 해어진 내 저고리를 쳐다봅니다. 그러고 보니, 그것은 서도천리(西道千里, 황해도와 평안도)를 나를 따라서 여기에 와 있습니다, 그려!

2

등잔 심지를 돋우고 불을 켠 후 비망록에 철필로 군청 빛 '모'를 심어갑니다. 불행한 인구가 그 위에 하나하나 탄생합니다. 조밀한 인구가—

'내일은 온종일 화초만 보고 탈지면에다 '알코올'을 묻혀서 온갖 근심을 문지르리라'는 생각을 해봅니다. 너무나 꿈자리가 뒤숭숭해서 그렇습니다. 화초가 피어 만발하는 꿈, '그라비어(Gravur, 사진 제판에 사용되는 인쇄법)' 원색판 꿈, 그림책을 보듯이 즐겁게 꿈을 꾸고 싶습니다. 간단한 설명을 위해 상쾌한 시를 지어서 칠 '포인트' 활자로 배치하는 것도 좋을 것 같습니다.

도시에 화려한 고향이 있습니다. 활엽수만으로 된 산이 고향의 시각을 가려 버린 이 산촌에 팔봉산 허리를 넘는 철골전신주가 소식의 제목만을 부호로 전하는 것 같습니다.

아침에 볕에 시달려서 마당이 부스럭거리면 그 소리에 잠을 깹니다. 하루라는 '짐'이 마당에 가득한 가운데 새빨간 잠자리가 병균처럼 움직입니다.

잔 석유 등잔에 불이 아직 켜져 있습니다. 그 안에 사라진 밤의 흔적이 낡은 조끼 '단추'처럼 고스란히 남아 있습니다. 이는 어젯밤을 다시 방문할 수 있는 '요비링(초인종)'입니다.

지난밤의 체온을 방 안에 내던진 채 마당으로 나갑니다. 마당 한 모퉁이에는 화단이 있습니다. 불타오르는 듯한 맨드라미꽃 그리고 봉선화.

지하에서 빨아올리는 이 화초들의 정열에 호흡이 부쩍 더워집니다. 여기 처녀들 손톱 끝에 물들일 봉선화 중에는 흰 것도 섞여 있습니다. 흰 봉선화도 붉게 물들까? — 조금도 이상스러울 것 없이 흰 봉선화는 꼭두서니 빛으로 곱게 물들 것입니다.

수수깡 울타리에 '오렌지' 빛 여주가 열려, 강낭콩 넝쿨과 어우러져 '세피아' 빛을 배경으로 한 폭의 병풍을 연출합니다. 그 끝에는 노란 호박꽃이 피어 있는데, 소박하면서도 대담한 그 위로 '스파르타' 식 꿀벌이 한 마리 앉아 있습니다. 그것은 녹황색에 반영되어 '세실. B. 데밀(미국의 유명한 영화감독으로 〈십계〉, 〈삼손과 델릴라〉 등을 만듦)'의 영화처럼 화려하기만 합니다. 귀를 기울이면 '르네상스' 응접실에서 들리는 선풍기 소리가 납니다.

야채 '사라다(샐러드)'에 들어가는 '아스파라거스' 잎사귀 같은 화초가 있어, 객줏집 아이에게 물어봅니다.

"기상 꽃 — 기생화는 어떤 꽃이 피나?"

— 진홍 비단 꽃이 핀답니다.

조상들이 지정하지 아니한 '조 세트(여름 옷감)' 치마에 '웨스트민스터(영국 담배 이름)'를 감아놓은 것 같은 도시 기생의 아름다움을 떠올려 봅니다. 박하보다도 훈훈한 '리그래 츄잉껌' 냄새, 두꺼운 장부를 넘기는 듯한 그 입맛 다시는 소리 — 그러나 여기에 필 기생 꽃은 분명히 혜원(조선 시대 화가 신윤복의 호)의 그림에서 본 것 같은 — 혹은 우리가 어린 시절 봤던 인력거에서 홍일산(붉은색 양산)을 바쳐 쓰던 지난날 삽화 속의 기생일 것입니다.

청둥호박이 열렸습니다. 호박꽃 자리에 무시루떡 — 그 훅훅 끼치는 구수한 냄새를 좇아서 증조할아버지의 시골뜨기 망령은 정월 초하룻날 또는 한식날 우리를 찾아오는 것입니다. 그러나 저 국가 백 년의 기반을 생각하게 하는 넓적하고도 묵직한 안정감과 침착한 색채는 '럭비' 공을 안고 뛰는 이 '제너레이션'의 젊은 용사의 굵직한 팔뚝을 기다리는 것 같습니다.

유자가 익으면 껍질이 벌어지면서 속이 삐져나온다고 합니다. 하나를 따서 실 끝에 매어 방에다 걸어둡니다. 물방울 져서 떨어지는 풍염(豊艶, 얼굴 생김새가 살지고 아름다움)한 미각 밑에서 연필처럼 수척해져 가는 이 몸에도 조금씩 살이 오르는 것 같습니다. 그러나 이 채소도, 과일도 아닌 '유머러스'한 용적에는 아무런 향기도 없습니다. 세숫비누에 한 겹씩 한 겹씩 해소되는 도시의 육향(肉香, 주로 여자에게서 나는 살 냄새)만이 방 안을 배회할 뿐입니다.

3

팔봉산 올라가는 초경(草徑, 수풀로 덮인 지름길) 입구 모퉁이에 최OO 송덕비와 또 OOOO 아무개의 영세불망비가 항공우편 '포스트'처럼 서 있습니다. 듣자하니, 그들은 아직 다들 생존해 있다고 합니다. 우습지 않습니까?

교회가 보고 싶었습니다. 그래서 '예루살렘' 성역으로부터 수만 리 떨어져 있는 이 마을의 농민들까지도 모두 사랑하는 신 앞으로 회개하게 하고 싶었습니다. 발길이 찬송가 소리 나는 곳으로 갑니다.

누군가 포플러나무 아래 '염소' 한 마리를 매어 놓았습니다. 구식으로 수염이 났습니다. 나는 그 앞에 가서 그 총명한 동공을 들여다봅니다. '세룰 로이드'로 만든 정교한 구슬을 '오브라—드(oblato, 전분으로 만든 얇은 원형의 부편. 투명한 전분지)'로 싼 것 같이 맑고, 투명하고, 깨끗하고, 아름답습니다. 도색(桃色, 복숭아색) 눈자위가 움직이면서 내 삼정(三停, 머리와 이마의 경계 및 코끝과 턱 끝)과 오악(伍岳, 이마 · 코 · 턱 · 좌우 관골)이 고르지 못한 빈상(貧相, 가난한 관상)을 업신여기는 중입니다.

옥수수밭은 일대 관병식입니다. 바람이 불면 갑주(甲胄, 갑옷과 투구) 부딪치는 소리가 우수수 납니다. '카—마인(carmine, 연지벌레에서 뽑아낸 홍색 물감)' 빛 꼬고마(군인이 벙거지에 꽂던 붉은 털)가 뒤로 휘면서 너울거립니다.

팔봉산에서 총소리가 들렸습니다. 장엄한 예포소리가 분명합니다. 그러나 그것은 내 곁에서 소조(小鳥, 작은 새)의 간을 떨어뜨린 공기총 소리였습니다. 그러면 옥수수 밭에서 백 · 황 · 흑 · 회, 또 백, 가지각색의 개가 퍽 여러 마리 열을 지어서 걸어 나옵니다. '센슈얼'한 계절의 흥분이 이 '코사크(Cossack, 카자흐의 영어식 이름)' 관병식을 한층 더 화려하게 합니다.

산삼이 풀어져 흐르는 시내의 징검다리 위에는 백채(白菜, 흰 채소) 씻은 자취가 남아 있습니다. 풋김치의 청신(清新, 푸릇푸릇하고 풋풋함)한 미각이 안약 '스마일'을 연상시킵니다. 화성암으로 반들반들한 징검다리 위에 삐뚤어진 N자처럼 쪼그리고 앉아 있으면 물동이를 머리에 인 채 주저하는 두 젊은 새색시가 다가옵니다. 이에 미안해서 일어나기는 하지만 일부러 마주 보며 걸어가 그녀들과 스칩니다. '하도롱' 빛 피부에서 푸성귀 냄새가 납니다. '코코아' 빛 입술은 머루와 다래로 젖어 있습니다. 나를 쳐다보지 못하는 동공에는 정제된 창공이 '간쓰메'가 되어 있습니다.

M백화점 '미소노(1930년대 일제 화장품 이름)' 화장품 '스윗걸'이 신은 양말은 이 새색시들의 피부색과 똑같은 소맥(밀) 빛이었습니다. 삐뚜름하게 붙인 유선형 모자 고양이 배에 '화—스너(Fastener, 지퍼나 클립고 같이 분리된 것을 잠그는 데 쓰는 기구의 총칭)를 장치한 가벼운 '핸드백'—이렇게 도시의 참신한 여성을 연상해 봅니다. 그리고 새벽 '아스팔트'를 구르는 창백한 공장 소녀들의 회충과도 같은 손가락을 떠올립니다. 이렇듯 온갖 계급의 도시 여인들의 연약한 피부를 통해 그네들의 육중한 삶을 느끼지 않습니까?

4

가난하지만 무명처럼 튼튼한 피부에는 오점이 없고, '츄잉껌', '초콜레이트' 대신 달짝지근한 꼬아리(꽈리)를 부는 이 숭굴숭굴한 시골 새색시들을 나는 더 알고 싶습니다. 축복해주고 싶습니다.

교회는 보이지 않습니다. 도시 사람들의 교활한 시선이 수줍어서 수풀 사이로 숨어버리고 종소리의 여운만이 근처에 냄새처럼 남아서 배회하고 있습니다. 혹 그것은 안식을 잃은 내 영혼이 들은바, 환청에 지나지 않았는지도 모릅니다.

조밭 한복판에 높은 뽕나무가 있습니다. 뽕 따는 새색시가 전공부(電工夫, 전기기사)처럼 나무 위에 높이 올랐습니다. 거기에는 순백의 가장 탐스러운 과일이 열려 있습니다. 두 명은 나무에 오르고, 한 명은 나무 아래서 다랭이(대야)를 채우고 있습니다. 한두 잎만 따도 다랭이가 철철 넘치는 민요의 무대면(舞臺面, 무대 위에 나타나는 장면이나 정경)입니다.

조 이삭은 모두 말라 죽었습니다. '코르크'처럼 가벼운 이삭이 근심스럽게 고개를 숙였습니다. 오— 비야, 좀 오려무나. 해면처럼 물을 빨아들이고 싶어 죽겠습니다. 그러나 하늘은 구름 한 점 없이 푸르고, 맑으며, 부숭부숭(핏기 없이 조금 부은 듯한 모양)할 뿐입니다. 마치 깊지 않은 뿌리의 SOS 암반 아래를 흐르는 지하수에 다다를 지경입니다.

두 소년이 고무신을 벗어들고 시냇물에 발을 담궈 고기를 잡습니다. 지상의 원한이 스며 흐르는 정맥— 그 불길하고 독한 물에 어떤 어족이 살고 있는지— 시내는 대지의 신열을 뚫고 벌판이 기울어진 방향으로 흐르고 있습니다. 그것은 가을의 풍설(風說, 바람처럼 떠도는 소문)입니다.

혹시 가을이 올 터인데, 와도 좋으냐?고 쏘근쏘근(소곤소곤)하지 않습니까? 조 이삭이 초례청(醮禮廳, 초례를 치르는 장소) 신부가 절할 때 나는 소리처럼 부스스— 구깁니다. 노회한 바람이 조 이파리에 난숙(爛熟, 너무 익음)을 최촉(催促, 재촉)하는 것입니다. 하지만 조의 마음은 푸르고 초조하며 어릴 뿐입니다.

조밭을 어지럽힌 사람은 누구일까요?— 기왕 한 될 조여든— 그런 마음으로 그랬을까요? 몹시도 어지럽혀 놓았습니다. 누에— 호호(戶戶, 집집)

에 누에가 있습니다. 조 이삭보다도 굵직한 누에가 삽시간에 뽕잎을 먹습니다. 이 건강한 미각은 왕후와 같이 존경스러우며 치사(侈奢, 사치)합니다.

새색시들은 뽕 심부름하는 것으로 마지막 영광을 삼습니다. 그러나 뽕이 떨어졌습니다. 온갖 폐백이 동난 것처럼 새색시들의 정열 역시 빛이 바랩니다. 어둠을 틈타 새색시들은 경장(輕裝, 가벼운 옷차림)으로 나섭니다. 얼굴의 홍조가 가리키는 방향으로 — 뽕나무에 우승컵이 놓여 있습니다. 그리로만 가면 되는 것입니다.

조밭을 짓밟습니다. 자외선에 맛있게 불태운 새색시들의 발이 그대로 조 이삭을 밟고 '스크럼(Srcum, 여럿이 팔을 바싹 끼고 횡대를 이루는 것)'을 짭니다. 그리하여 하늘에 닿을 지성이 천고마비 잠실(누에가 있는 방) 안에 있는 성스러운 귀족 가축들을 살찌게 하는 것입니다. '콜레트 부인(프랑스의 여류 소설가)의 〈빈묘(牝猫, 암고양이)〉을 생각하게 하는 말캉말캉한 '로맨스'입니다.

5

간이학교 곁집 길가에서 들여다보이는 방 안에서 누에 틀 소리가 납니다. 편발처녀(머리를 땋아 내린 처녀)가 맨발로 기계를 건드리고 있습니다. 기계는 허리를 스치는 가느다란 실이 간지럽다는 듯이 깔깔거리며 웃고 있습니다. 웃으며, 지근대며 명산 OO 명주가 짜여 나오니, 열댓 자 수건이

성묘 갈 때 입을 때때옷을 만들고, 시집살이 설움을 씻어주며, 또 꿈과 꿈을 말소하는 쓰레받기도 되고 — 이렇게 실없는 내 환희입니다.

담뱃가게 곁방 안에 황혼을 미리 가져다 놓았습니다. 침침한 몇 '가론(Gallon, 부피의 단위로 정확한 표현은 갤런이다)'의 공기 속에 생생한 침엽수가 울창합니다. 황혼에만 사는 이민 같은 이국 초목에는 순백의 갸름한 열매가 무수히 열렸습니다. 고치 — 귀화한 '마리아'들이 최신 지혜의 과일을 단려(端麗, 단정하고 아름다운)한 맵시로 따고 있습니다. 그 아들의 불행한 최후를 슬퍼하며 '크리스마스트리'를 헐어 들어가는 '피에다(Pieta, 예수의 시체를 안고 슬퍼하는 마리아상)' 화폭 전도입니다.

학교 마당에는 '코스모스'가 피어 있고 생도들은 글을 배우고 있습니다. 그들은 열심히 간단한 산술을 놓아 그들의 정직과 순박함을 지혜와 교활로 환산하고 있습니다. 탄식할 이식산(利息算, 이자 계산)이 아니고 무엇이겠습니까?

족보를 찢어 버린 것과 같은 흰 나비 두어 마리가 분필 냄새 나는 화단 위에서 번복(飜覆, 고치거나 바꾸는 일)이 무상합니다. 또 연식 '테니스' 공의 마개 뽑는 소리가 음향의 흔적이 되어서는 등고선의 각 점 모양으로 남아 있는 것 같습니다. 이 마당에서 오늘 밤에 금융조합 선전 활동사진회가 열립니다. 활동사진? 세기의 총아 — 온갖 예술 위에 군림하는 '넘버' 제8 예술의 승리. 그 고답적이고도 탕아적인 매력을 무엇에다 비하겠습니까? 그러나 이곳 주민들은 활동사진에 대해서 한낱 동화적인 꿈을 갖고 있습니다. 그림이 움직일 수 있는 이것은 홍모(紅毛, 붉은 머리) 오랑캐의 요술을 배워 온 것입니다. 참으로 부러운 재주입니다.

활동사진을 보고 난 다음에 맛보는 담백한 허무 — 장주(莊周, 장자)의 호접몽이 이랬을 것입니다. 나의 동글납작한 머리가 그대로 '카메라'가 되어 피곤한 '더블렌즈'로 나마 몇 번이나 이 옥수수가 무르익어 가는 초추(初秋, 초가을)의 정경을 촬영하고 영사하였던가? — '플래시백(Flashback, 영화에서 과거를 회상하는 장면)'으로 흐르는 엷은 애수 — 도시에 남아 있는 몇몇 고독한 '팬'에게 보내는 단장의 '스틸'입니다.

6

밤이 되었습니다. 초열흘 가까운 달이 초저녁이 조금 지나면 나옵니다. 마당에 멍석을 펴고 전설 같은 시민이 모여듭니다. 축음기 앞에서 고개를 갸웃거리는 북극 '펭귄'들과 무엇이 다르겠습니까. 짧고 기다란 삶을 적어 내려갈 편전지(便箋紙, 편지지) — '스크린'이 박모(薄暮, 땅거미) 속에서 '바이오그래피(Biography, 전기)'의 예비표정입니다. 내가 있는 건너편 객줏집에 든 도시풍 여인도 왔나 봅니다. 사투리의 합창이 마당 안에서 들립니다.

자, 이제 시작되었습니다.

부산 잔교(棧橋, 부두에서 선박에 걸쳐놓아 화물을 싣고 부리거나 선객이 오르내리게 된 다리)가 나타납니다. 평양 모란봉도 보이네요. 압록강 철교도 보입니다. 하지만 박수갈채를 받은 명감독의 얼굴이 보이지 않습니다.

십분 휴식시간에 조합 이사의 통역이 있었습니다. 달은 구름 속에 있습니다. 금연—이라는 느낌입니다. 통역하는 이사 얼굴에 전등의 '스포트라이트'도 비쳤습니다. 산천초목이 모두 경동할 일입니다. 전등 — 이곳 촌민들은 OO 행 자동차 '헤드라이트' 외에 전등을 본 일이 결코 없습니다. 그 눈부시게 밝은 광선속에서 창백한 이사는 강단(降壇, 단상에서 내려옴)하였습니다. 우매한 백성들은 이사의 통역에 단 한 사람도 박수를 치지 않았습니다. — 물론 나 역시 그 우매한 백성 중 하나일 수밖에 없었습니다만—

밤 열한 시가 지나자, 영화감상은 '해피엔드'로 끝이 났습니다. 조합원과 영사기사는 단 하나밖에 없는 음식점에서 위로회를 열었습니다. 나는 객사로 돌아와서 죽어가는 등잔 심지를 돋우고 독서를 시작했습니다. 이웃 방에 묻고 있는 노신사께서 내 게으름과 우울을 훈계하는 뜻으로 빌려주신 것으로, 고우다 로한(幸田露伴) 박사가 지은 《인의 도》라는 진서(珍書, 귀중한 책)입니다.

멀리서 개소리가 끊임없이 들려옵니다. 그윽한 '하이칼라' 방향(芳香, 꽃다운 향기, 좋은 냄새)을 못 잊는 사람들이 아직 헤어지지 않았나 봅니다. 구름이 걷히고 달이 나왔습니다. 벌레 소리가 마치 무도회의 창문이라도 열어놓은 것처럼 요란스럽기 그지없습니다.

알지도 못하는 낯선 이를 사모하는 도회인적인 향수가 있습니다. 신간잡지의 표지처럼 신선한 여인들 — '넥타이'와 동갑인 신사들, 그리고 창백한 여러 친구 — 나를 기다리지 않는 고향 — 도시에 내 나체의 말을 번역해서 보내주고 싶습니다. 잠 — 성경을 채자(採字, 좋은 글을 가려 뽑음) 하다가 엎질러 버린 인쇄 직공이 아무렇게나 주워 담은 지리멸렬한 활자의 꿈. 나도 갈가리 찢어진 사도가 되어서 세 번 아니라 열 번이라도 굶은 가족을 모른다고 하렵니다.

근심이 나를 제외한 세상보다도 훨씬 큽니다. 갑문을 열면 폐허가 된 이 육신으로 근심의 조수가 스며들어 올 것입니다. 그러나 나는 나의 '메소이스트' 병마개를 아직 뽑지 않으렵니다. 근심은 나를 싸고돌며, 그러는 동안 이 육신은 풍마우세(風磨雨洗, 바람에 닦이고 비에 씻겨나감)로 저절로 다 말라 없어지고 말 것이기 때문입니다.

밤의 슬픈 공기를 원고지 위에 깔고 얼굴 창백한 친구에게 편지를 씁니다. 그 속에 내 부고(訃告, 죽음을 알림)도 동봉하였습니다.

__ 1935년 9월 27일~10월 11일《매일일보》

서망
율도

삼동에 배꽃이 피었다는 동네에는 마른 나무에 까마귀가 간수처럼 앉아 있을 뿐이었다.

비탈에서는 적톳빛 죄수들이 적토를 헐어 낸다. 느끼하니 냄새를 풍기는 진창길에 발만 성가시게 적시고 그만 갈 바를 잃었다.

강으로나 가볼까. 울면서 수채화를 그리던 바위 위에서 나는 도(度, 도수) 없는 안경알을 닦았다. 바위 아래 갈피를 잡지 못하는 3월 강물이 충충하다(맑거나 산뜻하지 못하고 흐림). 시원찮은 볕이 들었다 놨다 하는 밤섬을 서(西)에 두고 역청(瀝青, 흑갈색)을 풀어 놓은 것 같은 물결을 나는 몇 번이나 몇 번이나 내려다보았다.

향방의 풍토는 모발 같아
건드리면 새빨개진다.

갯가에서 짐 푸는 소리가 한가하다. 개흙 묻은 장작더미 곁에서 낮닭이 겨웁고, 배들은 다 돛폭을 내렸다. 벌써 내려놓은 빨랫방망이 소리가 얼마 만에야 그도 등 뒤에서 들려왔다. 나는 별안간 사람이 그리워졌다.

갯가에서 한 집 목로(木爐, 널빤지로 좁고 기다랗게 만든 상을 놓고 술을 파는 선술집)를 들렀다. 손(손님)이 없다.

무명조개 껍데기가 너덧 석쇠 놓인 화롯가에 헤뜨려져(쌓이거나 모인 물건이 흩어 짐) 있을 뿐. 목로 뒷방에서 아주머니가 인사 없이 나온다. 손 베어질 것 같은 소복에 반지는 끼지 않았다.

얼큰한 달래 나물에 한 잔 술을 마시며 나는 목로 위에 싸늘한 성모(聖母)를 느꼈다. 아픈 혈족의 '저'를 느꼈다.

향방의 풍토는
모발 같아
건드리면
새빨개진다.

그러고 나서는
혈족이 저물도록
내 아픈 데가 닿아서
부드러운 구두 속에서도
일마다 아리다.

밤섬이 싹을 틔우려나 보다. 걸핏하면 뺨 얻어맞는 눈에 강 건너 일판(한 지역)이 그냥 노오랗게 헝클어져서는 흐늑흐늑(나뭇가지나 머리카락 따위의 얇고 긴 물체가 자꾸 느리고 부드럽게 흔들리는 모양)해 보인다.

_1936년 3월 《조광》

보험 없는 화재

격장에서 불이 났다. 흐린 하늘에 눈발이 성기게 날리면서 화염은 오적어(烏賊魚, 오징어) 모양으로 덩어리 먹을 펙펙 토한다. 많은 약품을 취급하는 큰 공장이란다. 거대한 불더미 속에서는 간헐적으로 재채기하듯이 색다른 연기 뭉텅이가 내뿜긴다. 약품이 폭발하나 보다.

역(亦, 또한) 송구스러운 말이나 불구경 싫어하는 사람은 없는 것 같다. 뒤곁으로 돌아가서 팔짱을 끼고 서서 턱살 밑으로 달려드는 화광(火光, 불빛)을 쳐다보고 서 있자니, 얼굴이 후끈후끈해 들어오는 것이 꽤 할 만하다. 잠시 황홀한 엑스타제 속에 놀아본다.

불을 붙여놓고 보니까 뜻밖에 너무도 엉성한 그 공장 바라크(Barrack, 가건물)는 삽시간에 불길에 휘감겨 버렸다. 그 휘말린 혓바닥이 인접한 게딱지 같은 빈민굴을 향해 널름거리기 시작해서야 겨우 소방대가 달려왔다. 인제 정말 재미있다, 삼방(三方, 세 방면)으로 호—스를 들이대고는 빈민굴 지붕 위에 올라서서 야단들이다. 하릴없이 깝친다(신이 나서 몸이나 몸 일부를 자꾸 방정맞게 움직이는 모양).

이만큼 떨어져서 얼굴이 뜨거워 못 견디겠으니 거친 화염 속에 들어서다시피 바싹 다가선 소방대는 어지간하다면서 여전히 점점 더 사나워지는 훈훈한 불길을 쬐고 있자니까, 인제는 게서(거기서) 더는 못 견디겠는지 호—스 꼭지를 쥔 채 지붕에서 뛰어 내려온다. 그러면 그렇지, 하고 그 실오라기만도 못한 물줄기를 업신여기자니까, 이번에는 호—스를 화염 쪽에서 돌려서 잇닿은 빈민굴을 막 축이기 시작한다. 이미 화염에 굴뚝 빨래 널어놓은 장대를 그슬리기 시작한 집들은 세간 기명(器皿, 살림살이에 쓰는 여러 가지 기구)을 끌어내느라 허겁지겁 야단법석이더니, 결국 헐어내기 시작한다.

타는 것에서 손을 떼고, 성한 집을 헐어내는 이유는 심한 서북풍에 화염의 진로를 차단하자는 속셈일 것이다. 그러나 아직 불은 붙지도 않았는데 덮어놓고, 헐리고, 물을 끼얹고 해서 세간 기명을 그냥 엉망으로 만들어버렸다. 빈민굴 주민들로 보면 이보다 더 억울한 일은 없을 것이다.

하도(아주, 몹시) 들이 몰리고 내몰리면서 좁은 골목 안에서 복작(많은 사람이 좁은 곳에 모여 수선스럽게 들끓는 모양)질을 치기에 좀 내다보니까 삼층장 · 의걸이(위는 옷을 걸 수 있고, 아래는 반닫이로 된 장) · 양푼 · 납세 독촉장 · 바이올린 · 여우 목도리 · 다 해진 돗자리 · 단장 스파이크 · 구두 · 구공탄 · 풍로 등 이따위 나부랭이가 장이 서다시피 내쌓였다. 그중 이부자리는 물벼락을 맞아서 이미 결딴난 것이 보기에도 사납다.

그제야 여기까지 타들어 오려나보다 하고 선뜩 겁이 난다. 그래, 집으로 얼른 들어가 보니 어머니가 덜—덜— 떨면서 때 묻은 이불 보퉁이를 뭉쳤다 끌렀다 하면서 갈팡질팡하신다. 문득, 코웃음이 나오는 것을 참으면서 — 그건 그렇게 싸서 어디다 내놓을 작정이십니까? — 하고 묻는다. 생각해보면, 남의 셋방 신세니 불에 다 탄대야 집 한 채 탄 것의 몇 분의 일도 못되리라.

불길은 인제 서향 유리창에 환—하다. 타려나 보다. 타면 탔지 하는 일종 비유하기 어려운 허무한 생각에서 다시 뒤꼍으로 돌아가서 불구경을 계속한다.

그동안에도 만일 불이 정말 이 일대를 소진하고야 말 작정이라면 제일 먼저 꺼내 와야 할 것이 무엇일까를 생각하여 보았다. 그러나 아무것도 선뜻 떠오르는 게 없다. 그럼, 다 타도 좋다는 심리인가. 아마 그런 게다.

어머니는 그 다 떨어진 포대기와 빈대로 들끓는 반닫이가 무한히 아까운 모양이다. 또 저 걸레 나부랭이를 길에 내놓았다가 그것들을 줄레줄레 들고 찾아갈 곳이 있나, 그것도 생각해봤으나 그 역시 없다. 일가 혹은 친구 — 내 한 몸뚱이 같으면 몰라도 이 때 묻은 가족을 일시에 말없이 수용해줄 곳은 암만해도 없는 것이다.

불행히 불은 예까지 오기 전에 꺼졌다. 그 좋은 불구경이 너무 하잘것없이 끝난 것도 섭섭했지만, 그와 달리 무엇이라고 형언할 수 없는 적막을 느꼈다.

듣자니, 공장은 화재보험을 든 덕분에 일 파운드짜리 알코올 병 하나 꺼내 놓지 않고도 수만 원의 보상을 받으리라고 한다. 화재보험—참 이것은, 어떤 종류의 고마운 하느님보다도 훨씬 더 고마운 하느님이 틀림없다.

어머니는 어찌 되든지 간에 그때 마음 같아서는 "빌어먹을! 몽땅 다 타버리지" 하고 실없이 심술이 났다. 재산도 걸레 조각도 없는 알몸뚱이가 한번 되어 보고 싶었던 게다. 물론 '화재보험 하느님'이 내게 아무런 보상도 줄 바는 아니지만…….

_1936년 3월 3일 《매일신보》 〈조춘점묘〉 제1편

단지한 처녀

들판이나 나무에 핀 꽃을 똑 꺾어본 일이 없다. 그건 야생 것을 더 귀하다고 한답시고 해서 그런 게 아니라 대체가 성격이 비겁하게 생겨먹은 탓이다. 못 꺾는 축보다는 서슴지 않고 꺾을 수 있는 사람이 역시—매사에 잔인하다는 소리를 듣는 수는 있겠지만—영단(英斷, 지혜롭고 용기 있는 결단)이란 우수한 성격적 무기를 가진 게 아닌가 한다.

끝엣누이(막내여동생) 동무 되는 새색시가 그 어머니 임종에 왼손 무명지를 끊었다. 과연 동양 도덕의 최고 수준을 건드렸다고 해서 무슨 상인지 돈 삼 원을 탔단다. 세월이 세월 같으면 번듯한 홍문(紅文, 궁전이나 왕릉 등에 있는 붉게 칠한 문)이 서야 할 계제에 돈 삼 원이란 어떤 도량형법으로 산출한 액수인지는 알 바 없거니와 그 보다도 잠깐 이 단지한 새색시 자신이 되어 생각을 해보니 소름이 끼친다. 사뭇 식도(食刀, 식칼)로다 한 번 찍어 안 찍히는 것을 두 번 찍고, 세 번 찍고, 열 번 찍어 안 넘어가는 나무가 없다는 격으로 기어이 찍어 떨어뜨렸다니, 그 하늘이 동할 효성도 효성이지만, 우선 이 끔찍끔찍한 잔인성은 상상만 해도 몸서리가 치고도 오히려 남음이 있다. 이렇게 해서 더러 죽은 어머니를 살리는 수가 있다니, 그것을 의학이 어떻게 교묘하게 설명해 줄진 모르나 도무지 신화 이상의 신화다.

원체 동양 도덕으로는 신체발부에 창이(瘡痍, 상처)를 내는 것은 엄중히 취췌(금지)한다고 과문(過聞, 지나칠 정도로 많이 들음)이 들어왔거늘, 그럼 이 무시무시한 훼상을 왈, 그중에도 으뜸이라는 효도의 극치로 대접하는 역설적 이론의 근거를 찾기 어렵다. 따라서 무슨 물질적인 문화에 그저 맹종하자는 것이 아니라 시대와 생활 시스템의 변천을 좇아서 거기에 따르는, 역시 새로운, 즉 이 시대와 이 생활에 준구(準矩, 근거)되는 적확한 윤리적 척도가 생겨야 할 것이 아니라 의식적으로 입법해내야 할 것이다.

단지(斷指, 예전에 가족의 병이 위중할 때, 병을 낫게 하기 위해 피를 내어 먹이려고 자기 손가락을 자르거나 깨물던 일)—이 너무도 독한 도덕 행위는 오늘 우리가 짊어지고 있는 어떤 종류의 생활 시스템이나 사상적 프로그램으로 재어보아도 일종의 무지한 야만적 사실임을 부정하기 어려운 외에 아무 취할 것이 없다. 알아보니까, 학교도 변변히 못 가본 규중처녀라니, 물론 학교에서 얻어 배운 것은 아니겠고, 그렇다면—어른들의 호랑이 담배 먹는 옛이야기나, 그렇지 않으면 울긋불긋한 각설이 떼의 효자충신전이 트여준 것임이 틀림없을 것이다. 그 밖에는 손가락을 잘라서 죽는 부모를 살릴 수 있다는 가엾은 효법(孝法)을 이 새색시에게 여실히 가르쳐줄 수 있을 만한 길이 없다. 아—전설의 힘의 이렇듯 큼이여.

그러자 수삼일 전에 이 새색시를 보았다. 어머니를 잃은 크나큰 슬픔이 만면에 형언할 수 없는 추색을 빚어내는 새색시의 인상은 독하기는커녕 어디 한 군데 흠 잡을 데조차 없는 가련하고 온순한, 그야말로 하디(토머스 하디, 영국의 소설가)의 '테스' 같은 소녀였다. 누이는 그냥 제 일처럼 붙들고 울고 하는 곁에서 단지에 대한 그런 아포리즘(aphorism, 금언 · 격언 · 경구처럼 삶의 교훈 등을 간결하게 표현한 글)과는 다른 감격과 슬픔을 느끼지 않을 수 없었다. 기적으로 상처는 도지지도 않고 그냥 아물었으니 하늘이 무심치 않다고 생각했다.

여하간, 이 양(羊)이나 다름없이 부드럽게 생긴 소녀가 제 손가락을 넓적한 식도로다 데꺽 찍어 내었다는 것은 꿈에도 생각할 수 없다. 다만, 그의 가련한 무지와 가중한 전통이 이 새색시에게 어머니를 잃고, 자기는 평생 불구자가 되게 한 이중의 비극을 낳게 한 것이다.

극구 칭찬하는 어머니와 누이에게 억제하지 못할 슬픔은 슬쩍 감추고 일부러 코웃음을 치고—여자란 대개가 도무지 잔인하게 생겨 먹었습니다. 밤낮으로 고기도 썰고, 두부도 썰고, 생선 대가리도 죽이고, 나물도 뜯고, 버들가지를 꺾어서는 피리도 만들고, 피륙도 찢고, 버선감도 싹둑싹둑 썰어내고, 허구한 날 하는 일이 일일이 잔인하기 짝이 없는 것뿐이니, 아따 제 손가락 하나쯤은 비웃 (생선) 한 마리 토막 치는 셈만 치면 찍히지— 하고 흘려버린 것은 물론 기변이요, 속으로는 역시 그 갸륵한 지성과 범키 어려운 일편단심에 아파하지 않을 수 없었고, 존경하는 마음으로 하여 머리 수그리지 않을 수 없었다.

불행히 시대에서 비켜선 지고한 효녀 그 새색시! 그래, 돈 삼 원에다 어느 신문 사회면 저 아래에 칼표 딱지만 한 우메구사(短新, 단신)를 장만해준 것밖에 무엇이 소저(小姐, 아가씨)의 적막해진 무명지 억울한 사정을 가로맡아 줍디까. 당신을 공경하면서 오히려 '단지'를 미워하는 심사 저 뒤에는 아주 근본적으로 미워해야 할 무엇이 가로놓여 있는 것을 소저 그대는 꿈에도 모르리다.

_1936년 3월 5일《매일신보》〈조춘점묘〉제2편

차생윤회

길을 걷노라면 '저런 인간일랑 좀 죽어 없어졌으면' 하고 골이 벌컥 날만큼, 이 세상에 살아 있지 않아도 좋을, 산댔자 되레 가지가지 해독이나 끼치는 것밖에 재주가 없는 인생들을 더러 보곤 한다.

일전에 영화 〈죄와 벌〉에서 얻어들은 '초인법률초월론'이라는 게 뭔지는 모르지만 진보한 인류 우생학적 위치에서 보자면, 가령 유전성이 확실히 있는 불치의 난병자, 광인, 주정(酒精, 알코올) 중독자, 유전의 위험이 없어도 접촉 혹은 공기전염이 꼭 되는 악저(惡疽, 흉한 종기)의 유자(有子), 또 도무지 어떻게도 손을 댈 수도 없는 절대 걸인 등은 다 자진해서 죽든지 그렇지 않으면 모종의 권력으로 일조일석(一朝一夕, 하루 아침, 하루 저녁이란 뜻으로, 매우 짧은 시간을 말함)에 깨끗이 소탕하는 게 옳을 것이다. 극흉 극악의 범죄인 역시 그 종자를 절멸시켜야 옳다. 그런데 이것만은 현행 법률이 잘 행사해준다. 그러나— 법률에 대한 어려운 이론을 알 바 없거니와— 물론 충분한 증거와 함께 범죄 사실이 노현(露顯, 겉으로 드러남)한 경우에 한해서이다.

영화 〈프랑켄슈타인〉에 나오는 지상 최고의 흉악한 용모의 소유자가 여기에도 있다면 그 흉리(胸裏, 마음에 품고 있는 생각이나 느낌)에는 어떤 극악의 범죄 계획을 내함(內含, 안에 숨기고 있음)하고 있다 하더라도, 다만 그의 그 용모 골상이 흉악하다는 이유만으로는 법률이 그에게 판재나 처리를 할 수는 없으리라. 그런 경우에 법률은 미행(尾行)을 붙여서 차라리 그 자의 범죄 현장을 탐탐(耽耽, 위엄 있게 주시함)히 기다릴 것이다. 의아한 자는 벌하지 않는다니 그럴 법하다.

그러나 또 생각해 보면 걸인도 없고, 병자도 없고, 범죄인도 없는, 하여간 오늘 우리 눈에 거슬리는 온갖 것이 다 깨끗이 사라져 버린 타작마당 같은 말쑥한 세상은, 만일 그런 것이 지상에 실현할 수 있다면, 지상은 그야말로 심심하기 짝이 없는 권태 그것과도 같은 세상일 것이다. 그로 인해 자선가의 허영심도 채울 길이 없을 것이며, 의사도, 변호사도, 아니 재판소도, 온갖 것이 모두 소용(所用, 쓸 곳 또는 쓰이는 바)이 없어질 것이고, 따라서 그날이 그날 같을 것이니, 이래서야 참, 정말 속수무책으로, 바야흐로 할 일이 없어질 것이다. 이런 춘풍태탕(春風駘蕩, 봄 경치가 화창하고 한가로운 모양)한 세월 속에서 어쩌다가 우연히 부스럼이라도 좀 나는 사람이 하나 있다면 참괴(慙愧, 부끄러움)를 이기지 못하여 천하 만민 앞에서 아주 깨끗하게 일신을 자결할 것이고, 또 그런 세상의 도덕이 그러기를 무언중에 요구해 놓아둘 것이다.

그게 겁이 나서 그런지는 모르지만, 천하의 어떤 우생학자도, 초인법률초월론자도 행정가에 대하여 정말 이 '살아 있지 않아도 좋을 인간들'의 일제(一齊, 여럿이 한꺼번에)한 학살을 제안하거나 요구하지는 않나 보다. 혹 그런 일이 전대에는 더러 있었는지는 모르지만, 일찍이 한 번도 이런 대영단적(大英斷的, 지혜롭고 용기 있는 큰 결단을 띰) 우생학을 실천한 행정가는 없지 않았나 싶다. 없을 뿐만 아니라 나환자 사구금(赦救金)이니, 빈민구제기관이니, 시료병실(施療病室, 실험 · 검사 · 분석 등을 위해 만든 병실)이니 해서, 어쨌든 이네들의 생명에 대하여 아무런 위협도 가하지 않을 뿐 아니라, 한편 그윽이 보호하는 기색 또한 무르녹는다. 가령, 종로에서 전차를 기다리자면 '나리 한 푼 줍쇼!' 하고 달려든다. 더러는 준다. 그중에는 '내 십 전 줄 테니, 다시는 거지 노릇 하지 마라'고 한 부인이 있다니, 구복(拘腹, 배를 잡고 웃음)할 일이다. 또 점두(店頭, 가게 앞)에 그 호화 장려한 풍모로 나타나서 '한 푼 줍쇼!' 소리를 될 수 있는 대로 듣기 싫게 연발하는 인간에게도 불성문(不成文, 묻지 않음)으로 한 푼 주어 보내기로 되어 있다. 그래서 암암리에 사람들은 이 지상의 암(癌)을 잘 기를 뿐만 아니라 은연히 엄호하기조차 한다. 이 또한 눈에 띄지 않는 모순이다.

즉, 그런 그다지 많지 않은, 그러나 절대 적지 않은 한 층(層)을 길러서 이쪽이 제 생활의 어떤 원동력을 거기서 얻자는 것인지도 모른다. 목숨이 끊어지지 않을 만큼만 먹여 살려서는 그런 것이 역연(歷然, 분명하고 또렷한)히 지상에 있다는 것을 사실로 지적해서는 제 삶의 가치와 레이션데틀(존재 이유)를 교만하게 긍정하자는 기획일 것이다. 그러면서 부절히 이악저로 하여 고통과 협위(脅威, 위협)를 느끼는 중에 '네놈이 어디 나 같은 인간이 될 수 있나 보자.' 라는 형언할 수 없는 어떤 투쟁심을 흉중에 축적해서는 '저게 겨우내 안 죽고 또 살아.' 하는 의외에도 생활의 원동력을 급취(汲取, 빨아들여서 가짐)하자는 것일 거다.

하루 종로를 오르내리는 동안에 세 번 적선을 베푼 일이 있다. 파(破) 기록적 사실임이 틀림없다. 한 푼 받아들고 연이어 고개를 끄덕이고 꽁무니를 빼는 꼴을 보면서 '네놈 덕에 내가 사람 노릇 하는 것이다. 알기나 아니?' 하고 심히 궁한 허영심 고소(苦笑, 쓴웃음)를 지었다. 나 자신 역시 지상에서 살 자격이 그리 없다는 것을 가끔 느끼는 까닭이다. 그러나 다음 순간, '나를 먹여 살리는 내 바로 상부구조가 또 이렇게 만족해하겠지!' 하고 소름이 연(聯, 계속됨) 쫙 끼쳤다. 이에 나 역시 어떤 점잖은 이들의 허영심과 생활 원동력을 제공하기 위하여 꾸멀꾸멀하는 '거지적 존재'구나라는 생각에, 눈의 불이 번쩍 나지 않을 수 없었다.

_ 1936년 3월 10일 《매일신보》 〈조춘점묘〉 제3편

공지에서

얼음이 아직 풀리기 전 어느 날, 덕수궁 마당에 혼자 서 있었다. 마른 잔디 위에 날이 따뜻하면 여기저기 쌍쌍이 벌려 놓일 사람 더미가 이날은 그림자도 안 보인다. 이렇게 넓은 마당을 텅 비워두는 뜻을 알 길이 없다.

땅이 심심할 것 같다. 땅도 인제는 초목이 우거지고, 기암괴석이 배치되는 데만 만족해하지 않을 것이다. 차라리 초목이 없고, 괴석이 없더라도, 집이 서고, 집 속에 사람들이 북적북적하고, 또 집과 집 사이에 참 아끼고 아껴서 남겨놓은 가늘고, 길고, 요리 휘고, 조리 휜 얼마간의 지면(地面)—즉, 길에는 늘 구두 신은 남녀가 뚜걱뚜걱(뚜벅뚜벅) 오고 가고, 여러 가지 차량이 굴러가고 하기를 희망할 것이다. 이렇게 땅의 성격도, 기호도 변하였을 것이다.

그래, 이건 아마 겨울 동안 인마(人馬, 사람과 말)의 통행을 엄금해놓은 각별한 땅이 아닌가 하고, 대단히 겸연쩍어서 부리나케 대한문으로 내달으려니까, 하늘에 소리가 있으니 사람의 소리로다. — 그러나 역시 잔디밭 위에는 아무도 없고, 지난가을에 해뜨리고(버리고) 간 캐러멜 싸개가 바람에 이리 날고 저리 날고 할 뿐이다.

그러나 다음 순간, 반드시 덕수궁에 적을 둔 금리(金鯉, 비단잉어) 떼나 놀아야 할 연못 속에 겨울 차림을 한 남녀가 무수히 헤어져 놀고 있는 것이 눈에 띄었다. 하나도 육지에 올라선 이가 없이 말짱 그 손바닥만 한 연못에 들어서서는 스마트한 스케이팅을 즐기는 것이 아닌가.

요컨대, 새로 발견된 공지로군 — 하고 경이의 눈을 옮길 길이 없어 가까이 다가서서는 새로 점령된 미끈미끈한 공지를 조심성스러이(조심스럽게) 좀 들여다보았다. 그러나 금리어 떼는 다 어디로 쫓겨 갔을까. 어족은 냉혈동물이라더니, 물이 얼어도 밑바닥까지만 얼지 않으면 그 얼음장 밑 냉수 속에서 족히 살아갈 수 있다는 것인가. 그러나 그 예리한 스케이트 날로 너무 걸커(긁어) 밀어 놓아서 얼음은 영 불투명하다. 투명만 하면 불그스레한 금리어 꽁지가 더러 들여다보이기도 하련만. — 여하간 이 손바닥만 한 연못이 깊으면 얼마나 깊을까. — 바닥까지 다 꽝꽝 얼었다면 어족은 일거에 몰사하였을 것이고, 얼음장 밑에 물이 흐르고 있다면 이 까닭 모를 소요(騷擾, 소란)에 얼마나 골치를 앓을까. 그러나 이 신기한 공지를 즐기기 위해서 그들은 어족의 두통 같은 것쯤은 가산하지 않았을 것이다.

그날 황혼 천하에 공지 없음을 한탄하며 뉘 집 이 층에서 저물어가는 도회를 내려다보고 있었다. 그때 실로 덕수궁 연못 같은, 날만 따뜻해지면 제 출몰에 해소될 엉성한 공지와는 비교도 안 되는 매우 훌륭한 공지를 하나 발견하였다.

○○ 보험회사 신축용지라고 대서특필한 높다란 판장(板墻, 널빤지)으로 둘러막은 목산(目算, 눈어림) 범(凡) 천 평 이상의 명실상부 공지가 아닌가. 잡초가 우거졌다가 우거진 채 말라서 일면이 세피아 빛으로 덮인 실로 황량한 공지였다. 입추의 여지가 가히 없는 이 대도시 한복판에 이런 인외경(人外境, 사람이 살지 않는 곳. 즉, 속세를 떠난 곳)의 감을 풍기는 적지 않은 공지가 있다는 것은 기적이 아닐 수 없다.

인마(人馬)의 발자취가 끊긴 지 — 아니, 그건 또 처음부터 없었는지도 모르지만 — 오랜 이 공지에는 강아지 서너 마리가 모여 석양의 그림자를 끌고 희롱한다.

정말 공지 — 참말이지 이 세상에는 이제 공지라고는 없다. 아스팔트를 깐 뻰질한(뻔지르르한) 길도 공지가 아니다. 질펀한 논밭, 임야, 석산, 모두 아무개의 소유답(所有畓)이요, 아무개 소유의 산갓(산림)이요, 아무개 소유의 광산인 것이다.

생각하면, 들에 나는 풀 한 포기가 공지에 뿌리를 내리지 못한다. 이치대로 하자면 우리는 소유자의 허락이 없이 일 보의 반보를 어찌 옮겨 놓으리오.

오늘 우리가 제법 교외로 산책을 할 수 있는 것은 아직도 세상인심이 좋아서 모두 묵허(默許, 모르는 체 내버려 둠으로써 슬며시 허락함)해주기 때문에 향유할 수 있는 치사(侈奢)다.

하나도 공지가 없는 이 세상에, 어디로 갈까 하던 차에 이런 공지다운 공지를 발견하고, 저기 가서 두 다리 쭉 뻗고 누워서 담배나 한 대 피웠으면 하고 나서 또 생각해보니까, 이것도 역(亦, 또한) ○○ 보험회사가 이윤을 기다리고 있는 건조물임을 깨달았다. 다만, 이 건조물은 콘크리트로 여러 층을 쌓아 올린 것과 달리, 잡초가 우거진 형태를 하고 있을 뿐인 것이다.

봄이 왔다. 가난한 방 안에 왜(倭) 꽈리 분(盆) 하나가 철을 찾아서 요리조리 싹이 튼다. 그 닷곱 한 되도 안 되는 흙 위에다가 늘 잉크병을 올려놓곤 하다가 싹 트는 것을 보고 잉크병을 치우고, 겨우내 그대로 두었던 낙엽을 거두고 맑은 물을 한 주발 주었다. 그리고 천하에 공지라곤 요 분 안에 놓인 땅 한 군데밖에는 없다며 좋아하였다. 그러나 두 다리를 뻗고 누워서 담배를 피우기에는 이 동글납작한 공지는 너무 좁다.

_1936년 3월 12일 《매일신보》 〈조춘점묘〉 제4편

도회의 인심

도회의 인심이란 어느 만큼이나 박(薄, 마음 씀이나 태도가 너그럽지 못하고 쌀쌀함)해지려는지 알 길이 없다.

이런 이야기를 들은 일이 있다. 상해에서는 기아(棄兒, 아이를 몰래 내다 버리는 일)를—그것도 보통 죽은 것을—흔히 쓰레기통에다 한다고 한다. 새벽이면 쓰레기를 치우는 인부가 와서는 휘파람을 불어가며 쓰레기를 치우는데, 그는 이 흉악한 기아를 보고도 별반 놀라지 않을 뿐만 아니라 그 애총(아총. 즉, 어린아이의 무덤)을 이리 비켜놓고 저리 비켜놓고 해서 쓰레기만 치운 뒤 잠자코 돌아간다는 것이다. 요컨대, 기아야 뭐 그리 이상하랴. 다만, 이것은 쓰레기는 아니니, 내가 치우지 않을 따름이요, 어떻게 되건 나와는 상관없다—이 뜻이다.

설마 했지만, 또 생각해보면 있을 법도 한 일이다. 참 도회의 인심은 어느 만큼이나 박하고 말려는지 종잡을 수 없다.

이 나가야(연립주택)로 이사 온 지도 벌써 돌(일 년)이 가까워져 오나 보다. 같은 들보 한 지붕 밑에 쭈욱—칸칸이 산다. 박서방, 김씨, 이상, 최주사……. 이렇게 크고 작은 문패가 칸칸이 붙어있다. 그러나 그들은 서로 사귀지 않는다. 그중에서도 직업은 서로 절대 비밀이다. 남편 혹은 나 같은 아내 없는 장성한 아들들은 앞문으로 드나든다. 그러나 아내 혹은 말만 한 누이동생들은 뒷문으로 드나든다.

남편은 아침 혹 낮에 나가면 대개 저녁 혹은 밤에나 들어온다. 그러나 아낙네들은 집에 있다. 저녁때가 되면 자연 쌀을 씻어야 하니 수도(水道)로 모여든다. 모여들면 남자들처럼 서로 꺼리고, 기피하지 않고, 곧잘 언어 노출증을 나타낸다. 그래서는 잠자코 있었으면 모를 이야기, 안 해도 좋을 이야기, 흉아잡이(다른 사람을 흉보는 일) 무릎맞춤이 시작되어서 가끔 여류 무용전(武勇傳, 무용담)을 만들기도 한다. 그리하여 힘써 감추는 남편씨의 직업도 탄로가 나서 바깥양반의 자존심을 여지없이 분쇄하고 마는 것이다. 그러나 기압은 대체로 봐 무풍 상태다.

우리 집 변소 유리창에 똑바로 보이는 제2열 나가야 ○호 칸에 들은 젊은 세대는 작하(昨夏, 지난해 여름) 이래 내외 싸움이 끊일 새가 없더니, 가을에 들어서자 추풍낙엽과 같이 남편이 남편 직에서 떨어졌다. 부인은 ○○카페 화형(花形, 얼굴 마담) 여급이라는 것이다. '메리 위도(Merry widow, 이혼녀)'가 된 '화형'은 남편을 경질하기에는 환경의 이롭지 못함을 깨달았는지 결국 떠나버렸다.

지금 그 칸은 빈 채다. 물론 이사를 하는 경우에도 이웃에 인사를 하는 수고스러운 미덕은 이 나가야 규정에 없다. 그 바로 이웃 칸에 든 젊은이의 감상담에 의하면, 앓던 이가 빠진 것 같단다. — 왜냐하면, 그 풍기를 문란케 하는 종류의 레코드 소리를 더는 안 듣게 되었기 때문이다.

그 이웃에 사는 지방분이 아주 잘 침착(沈着, 밑으로 가라앉아 들러붙음)된 젊은 이는 젖먹이를 잃어버렸다. 그와 함께 그 죽은 아이 체중보다도 훨씬 더 많을 지방분도 깨끗이 잃어버렸다. 그러나 그 어린애를 위해서나, 애어머니 지방분을 위해서나 부의 한 푼 있을 리 없다. 나도 훨씬 뒤에야 알았으니까—

날이 매우 추워지자, 우리 바로 격장에 사남매로 조직된 가족이 이사 왔다. B전문학교에 다니는 오빠가 한 쌍, W여고보에 다니는 매씨(妹氏, 남의 손아래 누이를 높여 이르는 말)가 한 쌍 — 매양 석각(夕刻, 저녁때)이면 혼성 사중창 유행가가 우리 아버지의 완고한 사상을 괴롭힌다고 한다. 그렇건만 나는 한 번도 그 오빠들을 본 일이 없고, 누이 역시 한 번도 그 매씨들과 말을 나눠본 일이 없다.

정월에 반대편 이웃집에서 흰떡을 했다. 한 가락 주겠지 했더니, 과연 한 가락도 안 준다. 우리는 지짐이만 부쳤다. 좀 줄까 하다가 흰떡 한 가락 안 주는 걸 뭘! 하고 혼자 먹었다. 사남매 집은 원래 계산에 넣지 않은 이유가 그믐날 밤까지도 아무것도 부치지도 지지지도 않았기 때문이다. 그것은 흰떡과 지짐이를 그 이웃집에 기대하고 있는 수작이 아닌가도 싶었다. 그래서 미웠고, 계산에도 넣지 않았다. 물론 이것은 내 오해인지도 모르지만—

해토(解土, 겨우내 얼었던 땅이 봄이 되어 녹아서 풀림)되면서 막다른 칸에 든 젊은

이가 본처에서 일약 첩으로 실격한 사건이 생겼다. 그러나 아무도 그 젊은이를 동정하지 않고, 그 남편이 배불뚝이라고 험담만 실컷 하다가 나자빠졌다. 그리고 우리 집에는 나날이 찾아오는 빚쟁이의 수효가 늘어가기 시작했다. 그러다가 건물회사에서 집달리(執達吏, 집행관)를 데리고 나와 세간 기명 등속(等屬, 나열한 사물과 같은 종류의 것들을 몰아서 이르는 말)에다가 딱지를 붙이고 갔다. 집세가 너무 많이 밀렸다는 이유다. 이런 뒤법석(여럿이 몹시 소란스럽게 떠듦)이 일어난 것을 사남매는 모두 학교에 갔으니 알 길이 없고, 이쪽 이웃 역(亦, 또한) 어느 장님이 눈을 떴나 하는 식이다. 차라리, 나는 다행이라고 생각하였다. 동네방네가 죄다 알고 야단을 치면 더 창피하니.

"이리 오너라!"

"누굴 찾으시오?"

"여기가 ○씨 집이오?"

"아뇨!"

"그럼, 어디요?"

"그걸 내가 아오."

하는, 문답이 우리 집 문간에서 있나 싶더니, 아버지 말씀이

"알아도 안 가르쳐 주는 게 옳아!"

"왜요?"

"아, 빚쟁일 것이 분명하니, 그거 남 못 할 노릇 아니냐!"

라고 하신다.

도회의 인심은 대체 얼마나 박하고 말려고 이러나—

_1936년 3월 20일《매일신보》〈조춘점묘〉 제5편

골동벽

가령, 신라나 고려 시대 사람들이 밥상에다 콩나물도 좀 담고, 장조림도 담고, 또 약주도 따르고 해서 조석(朝夕)으로 올려 놓고 쓰던 식기 나부랭이가 분묘 등지에서 발굴되었다고 해서 떠들썩하니, 대체 그것이 어쨌다는 것인지 알 수 없다. 그게 무엇이 그리 큰일이며, 그 사금파리(사기그릇이 깨져 생긴 작은 조각) 조각이 무엇이 그리 가치 높이 평가되어야 할 것이냐는 말이다. 황차(況且, 하물며 또는 더군다나) 그렇지도 못한 항아리 나부랭이를 가지고 어쩌니 저쩌니 하는 것을 보면 알 수 없는 심사다.

우리는 선조의 장한 일들을 잊어버려서는 안 된다. 그러나 오늘 눈으로 보아서 그리 값도 나가지 않는 것을 놓고 얼싸안고 혀로 핥고 하는 꼴은, 진보한 '커트 글라스' 그릇 하나를 만들어내는 부지런함에 비하면, 그 태타(怠惰, 몹시 게으름)의 극을 타기(唾棄, 배척하거나 업신여김)하고 싶다.

가끔 아는 이에게서 자랑을 듣는다. "내 이조 항아리 좋은 것을 우연히 싸게 샀으니 와 보시오—"다. 싸다는 그 값이 절대 싸지도 않을뿐더러, 막상 가 보면 대개는 아무 예술적 가치도 없는 태작(駄作, 보잘것없는 작품)인 경우가 많다. 그야 오늘 우리가 미쓰코시 백화점 식기부(주방용품을 판매를 담당하는 부서)에서 살 수 없는 물건이니 볼 점이야 있겠지— 하지만 그 볼 점이라는 게 실로 하찮은 것이다.

항아리 나부랭이는 말할 것도 없이 그 시대에 있어 의식적으로 미술품으로 만들어진 것은 아니다. 간혹 꽤 미술적인 요소가 풍부하게 섞여 있는 것이 있기는 있되, 역시 여기(餘技, 취미로 하는 기술이나 재간) 정도요, 하다못해 꽃을 꽂으려는 실용이라도 실용을 목적으로 만들어진 것임이 틀림없다. 이것이 오랜 세월 지하에 파묻혔다가 시대도 풍속도 영 딴판인 세상 사람의 눈에 뜨이니 위선(爲先, 다른 것에 앞서 우선함) 역설적으로 신기해서 얼른 보기에 교묘한 미술품 같아 보인다. 이것을 순수한 미술품으로 알고 왁자지껄 하는 것은 가경(可驚, 가히 놀랄만 함)할 무지다.

어느 박물관에서 허다한 점수(點數)의 출토품을 연대순으로 진열해놓고, 또 경향이며, 여러 가지 분류 방법을 적확히 구분해서 일목요연토록 해놓은 것을 구경하고, 처음으로 그런 출토품의 아름다움과 가치 있음을 느꼈다. 결국, 골동품의 가치는 그런 고고학적인 요구에서 생기는 것일 것이다. 겸하여 느끼는 아름다운 심정은 선조에 대한 그윽한 향수에서 오는 것이 아닐까.

역사라는 학문을 부정할 수는 없으리라. 어느 시대의 생활양식, 민속, 민속예술 등을 알고자 할 때 비로소 골동품의 가치는 높아진다. 그러니까 골동품은 골동품만을 모아 놓는 박물관과 병존하지 않고는 그 존재 이유가 없을 뿐만 아니라 하등의 구실을 하지 못한다. 같은 시대의 것, 같은 경향의 것을 한데 모아 놓고 봄으로써 과연 구체적인 역사적인 지식을 얻을 수 있는 것이지— 그러니까 물론 많을수록 좋다— 그렇지 않고 외따로 떨어진 한 파편은 원인(猿人, 오래된 인류의 조상) 피테칸트로푸스의 단 한 개의 골편처럼 너무 짐작을 세울 길에 빈곤하다. 심지어 그것을 항아리 한 개, 접시 두 조각해서 자기 침두(枕頭, 베갯머리)에 늘어놓고 그중에 좋은 것은 누가 알까 봐 쉬쉬 숨기기까지 하는 당세(當世, 바로 이 시대) 골동인 기질은 우선 아까 말한 고고학적 의의에서 가증한 일이요, 둘째 그 타기할 수전노적 사유관념에 지나지 않아 밉기 그지없다.

그러나 이 좋은 것을 쉬쉬하는 패쯤은 양민이다. 오 전에 사서 백 원에 파는 것을 큰 미덕으로 삼는 골동가도 있기 때문이다. 이는 실로 경탄할 화폐제도의 혼란이라고 할 수 있다.

모 씨는 하루 이런 이야기를 한다.

— 요전에 샀던 것인데 깜빡 속았어. 그러나 오 원만 밑지고 겨우 다른 사람한테 넘겼지. 큰일 날 뻔 했어—

위조 골동품을 모르고 고가에 샀다가 그것이 위조라는 것을 알자 산값에서 오 원만 밑지고 다른 사람에게 팔아먹었다는 성공 미담이다.

재떨이로 쓸 수도 없다는 점에 있어서 우선 제로에 가까운 가치밖에 없는 접시 한 개를 위조하는 심사를 상상하기도 어렵거니와 그런 귀매망량(鬼魅魍魎, 도깨비와 귀신)이 이렇게 공교(工巧, 교묘함)하게 골동 세계를 떠돌고 있거니 생각하면 소름이 끼칠 일이다.

누구는 수만 원짜리 명도(名刀, 이름난 칼)를 샀다가 위조라는 것을 알고 눈물을 머금고 땅에 묻어 버렸다고 한다. 그러나 이 가짜 항아리, 접시 나부랭이는 속은 사람이 또 속이고, 또 다른 이를 속여서 잘하면 몇백 년도 더 견디리라. 하면 그동안 선대에는 이런 위조 골동품이 있었다네— 하고 그것마저 유서 깊은 골동품이 되고 말 것이다.

이런 타기할 괴취미(怪趣味)밖에 갖고 있지 않은 분들에게 위조— 골동품일랑은 눈에 띄는 대로 때려 부수시오— 하고 권하기는커녕 골동품— 물론 이 경우 순수한 미술품 말고 항아리 나부랭이를 말함— 은 고고학적 민속학적 요구에서 박물관에 있어야만 값이 있는 것이지 그렇지 않은 건 전혀 의미가 없소. 그러니 죄다 박물관에 기부하시오, 라고 권하면 권하는 이에게 천한 놈이라고 꾸짖을 것이 뻔—하다.

_ 1936년 3월 24일~25일 《매일신보》 〈조춘점묘〉 제6편

동심 행렬

아침 길이 똑—보통학교 학동들 등교 시간과 마주치는 고로 자연 많은 어린이를 보게 된다. 그네들의 일거수일투족, 눈 한 번 끔벅하는 것, 말 한마디가 모두 경이(驚異, 놀라움)다. 우선, 자신이 그런 아이들과 너무 멀고, 또 제 몸이 책보를 끼는 생활을 그만둔 지 너무 오래며, 학교 다니는 어린 동생들도 모두—성장해서 집안이 그런 학동을 기르는 분위기에서 퍽 멀어진 지가 오래되었기 때문이다. 그래서 그저 먼—꿈의 세계를 너무나 똑똑히 눈앞에 보는 것만 같아서 가슴이 뿌듯할 적이 많다.

학동들은 칠팔 세로 여남은 살까지 남녀가 뒤섞인 현란한 행렬이다. 이것도 엄격한 중고교육을 받은 우리로는 경이다. 자전거가 멋모르고 좁은 골목에 들어섰다가 혼이 난다. 암만 벨이 울려도 이 아침거리의 폭군들은 길을 비켜주지는 않는다. 자전거는 하는 수 없이 하마(下馬)를 하고 또 뭐라고 중얼거려도 보나 그런 것에 귀를 기울이는 사심(邪心)이 없다. 저희끼리 이야기가 너무나 재미있어 견딜 수가 없는 것이다. 물론 누구하고 동무도 없고 행렬에도 끼기지 못하고 화제도 없는 인물은 골목 한편 인가(人家) 담벼락에 비켜서서 이 화려한 행렬에 공손히 길을 치워주어야 한다.

우리는 구경도 못 한 '란도셀(Ransel, 일본 초등학생들이 등에 메는 책가방)'이란 것을 하나씩 짊어졌다. 그것도 부럽다. 그 속에는 우리가 한 번도 갖고 놀아보지 못한 찬란한 그림책이 들었다. 십이 색 '크레용'도 들었다. 불란서(프랑스) 근대화파보다도 훨씬 무섭고 자유분방한 그들의 자유화를 기억한다. 우리는 일생을 통하여 기어코 완전한 거짓말 속에서 시종(始終)하라는 건가 보다. 우리는 이제 시작해서 저런 자유화 한 장을 그릴 수 있을까. '란도셀'이라는 것 속에는 하고많은 보배가 들어 있다. 그러나 장난꾼이들 '란도셀'이란 '란도셀'이 어쩌면 모조리 헤어져 떨어져서 헌털뱅이(헌 것을 속되게 이르는 말)인구.

단발이 부쩍 늘었다. 여남은 살 먹은 여학동(學童) 단발한 것은 깨끗하고 신선하고 칠팔 세 여학동 단발한 것은 인형처럼 귀엽다.

남학동들은 일제히 양복이다. 양복에다가 보통학교 아동 이외에는 이행(履行)을 불허하는 경편(輕便, 가볍고 편한) 운동화들을 신었다. 그래서는 좁은 골목 넓은 길을 살과 같이 닫고 또 한 군데 한없이 머물러서는 장난한다. 이렇게 등교 시간 자체가 그네들에게는 황홀한 것이고 규정 이상의 과정인 것이다. 그중에는 셋 혹 넷 무더기가 져서 걸어가면서 무슨 책인지 한 책에 집중되어 열중한다. 안경 쓴 학동이 드문드문 끼었다. 유리에 줄이 좍좍 간 것이 제법 근시들이다. 뭐가 저리 재밌을까—하고 궁금해서 흘깃 좀 훔쳐본다. 양홍(洋紅, 붉은 빛깔 색소) 군청(群青, 짙은 남청색) 등 현란한 극채색(매우 짙은 색깔) 판의 소년 잡지다. 그림은 무슨 군함 등속인가 싶다. 그러나 글자는 그저 줄이 죽죽 가 보일 뿐이지 눈에 들어오지 않는다.

보통학교 학동이 안경을 썼다는 것은 실사(實事, 사실) 해괴망측한 일이다. 일인 것이 첫째 깜찍스럽다. 하도 앙증스럽고 해서 처음에는 웃고 그만두었으나 생각해 보면 웃고 말 일이 아니다. 근시는 무슨 절름발이나 벙어리 같은 부류의, 그야말로 불구자라곤 할 수 없되 불구자는 불구자다. 세상에는 치레로 금테안경을 쓰는 못생긴 백성도 있기는 있으나 '오페라글라스(오페라나 연극을 볼 때 쓰는 안경)' 비행사의 그 툭 불거진 안경 이외에 안경은 없는 게 좋다. 그것을 저런 아직 나이 들지 않은 연골 어린이들에게까지 씌우지 않으면 안 된다는 세상은 그리 고맙지 않은 세상임이 틀림없다.

여기에는 여러 가지 원인이 있겠으나 현대의 고도화한 인쇄술에도 트집을 아니 잡을 수 없다. 과연 보통학교 교과서만은 활자의 제한이 붙어서 굵직굵직한 것이 괜찮다. 그만만하면 선천적 근시안이 아닌 다음에는 활자 탓으로 눈을 옥지르거나(눌러 죄거나 두들겨 부수는 것) 하는 일이 없을 것 같다. 그러나 학동들이 교과서만 주무르다 그만두느냐면, 천만에 우선, 참고서라는 것이 대개가 구 '포인트' 활자로 되어 먹었다. 급기 소년잡지 등속에 이른즉슨 심지어 육 호(六號) 칠(七) '포인트' 반을 사용하여 오히려 태연한 출판업자— 게다가 추악한 극채색을 덮어서 예의 학동들의 동공을 노리고 총공격의 자세를 일각도 게을리하지는 않는다.

아직도 안경 쓴 학동보다 안 쓴 학동의 수효가 더 많은 것으로 보아 한편 괴이하기도 하나, 아직 그들의 독서열이 사십 도에 이르지 않은 것을 차라리 다행히 생각하고 싶다. 누구에게라도 안경 상을 추장(推奬, 권유함)하고 싶다. 오늘 같은 부덕한 활자 허무 시대에 가하여 불완전한 조명장치밖에 없는 이 땅에 늘어갈 것은 근시안뿐일 터이니 말이다.

_ 1936년 3월 26일 《매일신보》 〈조춘점묘〉 제7편

어느 시대에도

어느 시대에도 그 현대인은 절망한다. 절망이 기교를 낳고 기교 때문에 또 절망한다.

_1936년 3월 13일《시와 소설》

여상

——"그 슬프고도 흐늑흐늑한 소꼽장난을 지금껏 잊으려야 잊을 수는 없습니다."

지난여름 뒷산 머루를 많이 따먹고 입술이 젖꼭지 빛으로 까맣게 물든 것을 보았습니다. 지금 토실토실한 살 속으로 따끈따끈 포도주가 흐릅니다. 단 한 사람을 위한 잔치 단 한 번 잔치를 위하여 예비 된 이 병마개를 뽑기는커녕 아무나 만져 보는 것도 아닙니다. 그러나 자색(紫色) 복스러운 피부에서 겨우내 목초(牧草) 내가 향긋하니 보랍니다.

삼단 같은 머리에 다홍빛 댕기가 고추처럼 열렸습니다. 물동이 물도 가만히 있는데 댕기는 왜 이렇게 흔들리나요. 꼭 쥐어야지요. 너무 대롱대롱 흔들리다가 마음이 달뜨기 쉽습니다.

이 봄이 오더니 저고리에 머리때가 유난히 묻고, 묻고 하는 것이 이상합니다. 아랫배가 싸르르 아프다는 핑계로 가야 할 나물 캐러도 못 가곤 합니다.

도회와 달라 떠들지 않고 오는 봄, 조용히 바뀌는 아이 어른, 그만해도 다섯 해 전 거상(居喪, 부모의 상을 당함) 입은 몸이 서도(西道, 황해도와 평안도의 별칭) 650리에 이런 처녀를 처음 보았고, 그 슬프고도 흐늑흐늑한 소꿉장난을 지금껏 잊으려야 잊을 수는 없습니다.

_1936년 4월《여성》

내가 좋아하는 화초와 내 집의 화초

나는 지금 집이 없습니다. 물론 화초도 없습니다. 그전 우리 집 뒤꼍이 꽤 넓어서 화초가 많았습니다. 그러나 화초를 좋아하지 않았나 봅니다.

옥잠화라는 꽃이 있습니다. 미망인 같대서 좋아합니다. 혹 그 꽃이 가다가 눈에 띄이면 나는 좀 점잖지 못한 눈으로 보는 버릇이 있습니다.

_1936년 5월《조광》

약수

바른대로 말이지 나는 약수보다도 약주를 좋아하는 편입니다.

술 때문에 집을 망치고 해도 술 먹는 사람이면 후회하는 법이 없지만, 병이 나으라고 약물을 먹었는데 낫지 않고 죽었다면 사람은 이 트집 저 트집 잡으려 듭니다.

우리 백부께서 몇 해 전에 뇌일혈로 작고하셨는데 평소에 퍽 건강하셔서 피를 어쨌든지 내 짐작으로 화인(火印, 장에서 곡식을 되는 데 쓰도록 관아에서 낙인을 찍어 공인하여 만든 되) 한 되는 쏟았건만 일주일을 버티셨습니다. 마지막에 돈과 약을 물 쓰듯 해도 오히려 구할 길이 없는지라 백부께서 나더러 약수를 길어 오라는 것입니다. 그때 친구 한 사람이 악박골 바로 넘어서 살았는데, 그저 밥, 국, 김치, 숭늉 모두가 약물로 뒤범벅이었건만 그의 가족들은 그리 튼튼하지도 못할 뿐 아니라 그 먼저 해에는 그의 막내 누이를 폐환으로 잃어버렸습니다. 그래서 나는 이것은 미신이구나 하고 병을 들고 악박골로 가서 한 병 얻어 가지고 오는 길에 그 친구 집에 들러서 내일은 우리 집에 초상이 날 것 같으니 사퇴 시간에 좀 들러달라고 그래놓고 왔습니다.

백부께서는 혼란된 의식 가운데서도 이 약물을 아마 한 종발이나 잡수셨던가 봅니다. 그리고 이튿날 낮에 운명하셨습니다. 임종을 마치고 나는 뒷곁으로 가서 5월 속에서 잉잉거리는 벌떼, 파리 떼를 보고 있었습니다. 한물 진 작약 꽃이 파리하나 가만히 졌습니다.

'익키!' 하고 나는 가만히 깜짝 놀랐습니다. 그래서 또 술이 시작입니다.

백부는 공연히 약물을 잡수시게 해서 그랬느니 마니 하고 자꾸 후회를 하시길래 나는 듣기 싫어서 자꾸 술을 먹었습니다.

"세분 손님, 약주 잡수세욧."

소리에 어깨를 으쓱거리면서 그 목로 집 마당을 마음에 맞는 친구들과 어우러져서 서성거리는 맛이란 굴비나 암치(소금에 절여 말린 암컷 민어)를 먹어가면서 약물을 퍼먹고 급기야 체하여 배탈이 나고 그만두는 프래그머티즘에 견줄 것이 아닙니다.

나는 술이 거나—하게 취해서 어떤 여자 앞에서 몸을 비비 꼬면서 '나는 당신 없이는 못 사는 몸이오.'하고 얼러보았더니 얼른 그 여자가 내 아내가 되어 버린 데는 실없이 깜짝 놀랐습니다. 애—이건 참 땡이로구나 하고 삼 년이나 같이 살았는데 그 여자는 삼 년이나 같이 살아도 이 사람은 그저 세계에 제일 게으른 사람이라는 것 밖에는 모르고 그만둔 모양입니다.

게으르지 않으면 부지런히 술이나 먹으로 다니는 게 또 마음에 안 맞았다는 것입니다.

한번은 병이 나서 신애(신열)—로 앓으면서 나더러 약물을 떠오라기에 그것은 미신이라고 그랬더니 뾰로통하는 것입니다.

아내가 가버린 것은 내가 약물을 안 길어다 주었대서 그런 것 같은데, 또 내가 '약주'만 밤낮 먹으러 다니는 것이 보기 싫어서 그런 것도 같고, 하여간 나는 지금 세상이 시들해져서 그날그날이 심심한데 술 따로 안주 따로 판다는 목로 조합 결의가 아주 마음에 안 들어서 못 견디겠습니다.

누가 술만 끊으면 내 위해 주마고 그러지만 세상에 약물 안 먹어도 사람이 살겠거니와 술 안 먹고는 못사는 사람이 많은 것을 모르는 말입니다.

_1936년 7월《중앙》

밤이 이슥한데 나는 사실 그 친구와 이런 회화를 했다, 는 이야기를 염치 좋게 하는 것은 요컨대 천하의 의좋은 내외들에게 대한 통명이다. 친구는

"여비(旅費)?"

"보조래도 해줬으면 좋겠다는 말이지만."

"둘이 간다면 내 다 내주지."

"둘이?"

"임(姙)이와 결혼해서—"

여자 하나를 두 남자가 사랑하는 경우에는 꼭 싸움을 하는 법인데, 우리는 안 싸웠다. 나는 결이 좀 났다, 는 것은 저는 벌써 임이와 육체까지 수수하고 나서 나더러 임이와 결혼하라니까 말이다.

나는 연애보다 공부를 해야겠어서 그 친구더러 여비를 좀 꾸어달란 것인데 뜻밖에 회화가 이 모양이 되고 말았다.

"그럼, 다 그만두겠네."

"여비두?"

"결혼두."

"건 왜?"

"싫어!"

그러고 나서는 한참이나 잠자코 있었다. 두 사람의 교양이 서로 뺨을 친다든지 하고 싶은 충동을 참느라고 그런 것이다.

"왜 내가 임이와 그런 일이 있었대서 그러나? 불쾌해서!"

"뭔지 모르겠네!"

"한 번, 꼭 한 번밖에 없네. 독미(毒味)란 말이 있지."

"순수허대서 자랑인가?"

"부러 그러나?"

"에피그램이지."

암만해도 회화로는 해결이 안 된다. 회화로 안 되면 행동인데 어떤 행동을 하나.

물론 싸워서는 안 된다. 친구끼리는 정다워야 하니까. 그래서 우리는 우리 두 사람의 공동의 적을 하나 찾기로 한다. 친구가

"이(李)를 알지? 임이 첫 남자!"

"자네는 무슨 목적으로 타협을 하려 드나."

"실연허기가 싫어서 그런다구나 그래 둘까."

"내 고집두 그 비슷한 이유지."

나는 당장에 허둥지둥한다. 내 인색한 논리는 눈살을 찌푸린다. 나는 꼼짝할 수가 없다. 이렇게까지 나는 인색하다.

친구는,

"끝끝내 이러긴가?"

"수세(守勢)두 공세(攻勢)두 다 우리 집어치우세."

"엔간히 겁을 집어먹은 모양일세그려!"

"누구든지 그야 타락허기는 싫으니까!"

요 이야기는 요만큼만 해둔다. 임이 남자가 셋이 되었다는 것을 누설한댔자 그것은 벌써 비밀도 아무것도 아니다.

_1936년 8월《여성》

아름다운 조선말

──"아름다운 조선말 가운데도 내가 그중 아름답게 생각하는 말 다섯 가지와 자랑하고 싶은 점."

무관(無關, 서로 허물없이 가까운 관계)한 친구가 하나 있대서 걸핏하면 성천(成川, 평안도 성천. 수필 〈산촌여정〉과 〈권태〉의 배경이 된 곳)에를 가고 가고 했습니다. 거기서 서도인(西道人, 황해도와 평안도 사람) 말이 얼마나 아름다운지를 깨쳤습니다.

들어 있는 여관 아이들이 손(客)을 가리켜 '나가네'라고 그리는 소리를 듣고 '좋은 말이구나!' 했습니다. 나같이 표표한 여객(旅客)이야말로 '나가네'란 말에 딱 필적하는 것같이 회심(會心, 마음에 흐뭇하게 들어맞음. 또는 그런 상태의 마음)의 음향이었습니다. 또 '눈깔사탕'을 '댕구알'이라고들 그럽니다. '눈깔사탕'의 깜찍스럽고 무미(無味)한 어감에 비하여 '댕구알'이 풍기는 해학적인 여운이 여간 구수하지 않습니다.

그리고 어서어서 하고 재촉할 제 '엉야—'하고 콧소리를 내어서 좀 길게 끌어 잡아당기는 풍속이 있으니 그것이 젊은 여인네인 경우에 눈이 스르르 감길 듯이 매력적입니다.

그러고는 지용(芝溶, 시인 정지용)의 시 어느 구절엔가 "검정콩 푸렁콩을 주마"하는 '푸렁'소리가 언제도 말했지만 잊을 수 없는 아름다운 말솜씨입니다.

불초(不肖) 이상(李箱)은 말끝마다 참 참 소리가 많아 늘 듣는 이들의 웃음을 사는 데 제 딴에는 참 소리야말로 참 아름다운 화술인 줄 믿고 그리는 것이거늘 웃는 것은 참 이상한 일입니다.

_1936년 9월《중앙》

추석삽화(秋夕揷畵)

1년 365일 그중의 몇 날을 추려 적당히 계절 맞춰 별러서 그날만은 조상을 추억하며 생의 즐거움에서 멀어진 지 오래된 그들 망령을 있다 치고 위로하는 풍속을 아름답다 아니할 수 없으리라.

이것을 굳이 뜻을 붙여 생각하자면, 그날그날의 생의 향락 가운데서 때로는 사(死)의 적막을 가끔 상기해 보며, 그러함으로써 생의 의의를 더 한층 깊이 뜻있게 인식하도록 하는 선인들의 그윽한 의도에서 나온 수법이 아닐까.

이번 추석날 나는 돌아가신 삼촌 산소를 찾았다. 지난 한식날은 비가 와서, 거기다 내 나태가 가하여 삼촌 산소에 가지 못했으니, 이번 추석에는 부디 가보아야겠고, 또 근래 이 삼촌이 지금껏 살아 계셨던들 하는 생각이 문득 드는 적이 많아서 중년에 억울히 가신 삼촌을 한번 추억해 보고도 싶고 한 마음에서 나는 미아리행 버스를 타고 나갔던 것이다.

온 산이 희고, 온 산이 곡성(哭聲, 곡소리)으로 하여 은은하다. 소조한 가을 바람에 추초(秋草, 가을철의 푸른 풀)가 나부끼는 가운데 분묘는 5년 전에 비하여 몇 배수나 늘었다. 사람들은 나날이 저렇게들 죽어 가는구나 생각하니 적이 비감하다. 물론 5년 동안에 더 많은 아기가 탄생하였으리라—그러나 그렇게 날로 날로 지상의 사람이 바뀐다는 것도 또한 슬픈 일이 아닌가.

다섯 번 조락(凋落, 초목의 잎 따위가 시들어 떨어짐)과 맹동(萌動, 싹이 틈)을 거듭한 삼촌 산소가 꽤 거친 모양을 바라보고 퍽 슬펐다. 시멘트로 땜질한 석상은 틈이 벌어졌고 친우 일동이 해 세운 석비도 좀 기운 듯싶었다.

분토(墳土, 무덤) 한 곁에 앉은 잠시, 생전의 삼촌 그 준엄하기 짝이 없는 풍모를 추억해 보았다. 그리고 운명하시던 날, 장사 지내던 날, 내 제복 입었던 날들의 일, 이런 다섯 해 전 일들이 내 심안을 쓸쓸히 지나가는 것이었다.

나는 또 비명을 읽어 보았다. 하였으되—

공렴정직 신의우독 公廉正直信義友篤
금란결계 시동우락 金蘭結契矢同憂樂
중세최절 사우함통 中世摧折士友咸慟
한산편석 이표충정 寒山片石以表衷情

삼촌 구우(舊友, 옛 친구. 또는 사귄 지 오래된 친구) K씨의 작(作)으로 내 붓 솜씨다.

오늘 이 친우 일동이 세운 석비 앞에 주과(酒果, 술과 과일)가 없는 석상이 보기에 한없이 쓸쓸하다.

그때 고 이웃 분묘에 사람이 왔다. 중로(中老)의 여인네가 한 분, 젊은 내외인 듯싶은 남녀, 10세 전후의 소학생이 하나, 네 사람이다. 젊은 남정네는 양복을 입었고 젊은 여인네는 구두를 신었다. 중로의 여인네가 보통이를 펴더니 주과를 갖춘 조촐한 제상을 차리는 것이다. 그리고 향을 피우고 잔을 갈아 부으며 네 사람은 절한다. 양복 입은 젊은 내외의 하는 절이 더한층 슬프다. 그리고 교복 입은 소학생의 하는 절은 너무나 애련하다. 중로의 여인네는 호곡(號哭, 소리를 내어 슬피 욺)한다. 호곡하며 일어날 줄을 모른다. 젊은 내외는 소리 없이 몇 번이나 향 피우고 잔 붓고 절하고 하더니 슬쩍 비켜서는 것이다. 소학생도 따라 비켜선다. 비켜서서 그들은 멀리 건너편 북망산을 손가락질도 하면서 잠시 담화하더니 돌아서서 언제까지라도 호곡하려 드는 어머니를 일으킨다. 그러나 좀처럼 일어나려 하지 않는다.

그때 이날만 있는 이 북망산 전속의 걸인이 왔다. 와서 채 제사도 끝나지 않은 제물을 구걸하는 것이다. 그 태도가 마치 제 것을 제가 요구하는 것과 같이 퍽 거만하다. 부처(夫妻, 부부)는 완강히 꾸짖으며 거절한다. 승강이가 잠시 계속된다.

이 광경을 바라보고 앉았는 동안에 내 등 뒤에서 이 또한 중로의 여인네가 한 분 손자인 듯싶은 동자 손을 이끌고 더듬더듬 내려오는 것이었다. 오면서 분묘 말뚝을 하나하나 자세히 조사한다. 필시 영감님의 산소

위치를 작년과도 너무 달라진 이 천지에서 그만 묘연히 잊어버린 것이리라. 이 두 사람은 이윽고 내 앞도 지나쳐 다시 돌아 그 이웃 언덕으로 올라간다. 그래도 좀처럼 여기구나 하고 서지 않는다.

건너편 그 거만한 걸인은, 시비의 무득(無得, 얻는 것이 없음)함을 깨달았던지, 제물을 단념하고 다시 다음 시주를 찾아서 간다.

걸인은 동쪽으로 과부는 서쪽으로—

해는 이미 일반(日半, 정오)을 지났으니 나는 또 삶의 여항(閭巷, 백성의 살림집이 많이 모여 있는 곳)으로 돌아가지 않으면 안 되리라. 코스모스 핀 언덕을 터벅터벅 내려오면서 그 과부는 영감님의 무덤을 찾았을까 걱정하면서 버스 선 곳까지 오니까 모퉁이 목로술집에서는 일장의 싸움이 벌어진 중이었다. 말할 것도 없이 거상(居喪, 상중에 있음) 입은 사람끼리다.

—1936년 10월 14~15일 《매일신보》

구경(求景)

전문(專門, 어떤 분야에 상당한 지식과 경험을 가지고 오직 그 분야만 연구하거나 맡음. 또는 그 분야)한 것이 나는 건축인 관계상 재학 시대에 형무소 견학을 간 일이 더러 있다.

한번은 마포 벽돌 공장을 보러 간 일이 있는데, 그것은 건물을 보러 간 것이 아니라 벽돌 제조의 여러 가지 속을 보러 간 것이니까, 말하자면 건축 재료 제조 실제를 연구하는 한 시간이었다. 그러니까 죄수들의 생활이라든가 혹은 그들의 생활에 건물 구조를 어떻게 적응시켰나를 보러 간 것이 아니고, 다만 한 공장을 보러 간 것에 지나지 않는 것이니까, 직공들은 반드시 죄수들일 필요도 없거니와 또 거기가 하국(何國)의 형무소가 아니어도 좋다. 클래스 전부라야 12명이었는데 그날 간 사람은 겨우 7, 8명에 불과하였다고 기억한다.

옥리(獄吏, 형무소 직원)의 안내를 받아 공장 각 부분을 차례차례 구경하기로 되었다. 구경하기 전에 옥리는 우리에게 부디부디 다음 몇 가지 점에 주의해달라고 일러주는 것이었다. 즉, 담배를 피우지 말 것, 그들에게 무슨 필요로든 절대 말을 건네지 말 것, 그네들의 얼굴을 너무 차근차근히 들여다보지 말 것 등이다. 차례대로 이윽고 견학이 시작되었다. 그러나 나는 처음부터 벽돌 제조 같은 것에는 추호의 흥미도 가지지는 않았다. 죄수들의 생활, 동정의 자태를 볼 수 있다는 것이 이 견학이 나로 하여금 즐겁게 하여 주는 이유의 전부였다. 나는 일부러 끝으로 좀 처지면서 그 똑같이 적토색 복장에 몸을 두르고 깃에다 번호찰(番號札, 번호표)을 붙인 이네들의 모양을 살피기로 하였다. 그런데 과연 아니나 다를까, 그들은 끝없는 증오의 시선을 우리에게 던지는 것이 아니냐? 나는 놀랐다. 가슴이 두근두근해왔다. 그리고 제출물에 겁이 나서 얼굴이 달아 들어오는 것을 어찌하는 수가 없었다. 너무나 똑똑히 불쾌한 표정을 지어 보이는 그들을 나는 차마 바로 쳐다보는 재주가 없었다.

자기의 치욕의 생활의 내면을 혹 치욕이라고까지 하지는 않더라도 결코 남에게 떠벌려 자랑할 것이 못 되는 제 생활의 내면을 어떤 생면부지 사람들에게 막부득이 구경시키지 않으면 안 되는 것을 누구나 다 싫어하리라. 앙불괴어천 부불작어인(仰不愧於天俯不怍於人,《맹자》에 나오는 말로 '우러러보아 하늘에 부끄럽지 않고, 굽어보아 사람에게 부끄럽지 않는 것'이란 뜻) ―이런 심경에서 사는 사람이라도 그런 일 점의 흐린 구름이 지지 않은 생활을, 남이 그야말로 구경거리로 알고 보려 달려들 때는 적이 불쾌할 것이다. 황차(況且, 하물며) 죄수들이 자기네의 치욕적 생활을 백일 아래서 여지없이 구경거리로 어떤 몇 사람 앞에 내놓지 않으면 안 되는 경우에 그들의 심통함이 또한 복역의 괴로움보다 오히려 배대(倍大, 더욱 큼)할 것이다.

소록도의 나원(癩院, 나환자 시설)을 보고 온 이의 이야기를 들으면 아무리 석존(석가세존. '석가모니'를 높여 이르는 말) 같은 자비스러운 얼굴을 한 사람이 내도(來到, 어떤 지점에 와서 닿음)하여도 그들은 그저 무한한 증오의 눈초리로 맞이할 줄밖에 모른다 한다. 코가 떨어지고 수족이 망가진 자기네 추악한 군상을 사실 동류 이하의 어떤 사람에게도 보이기 싫을 것이다. 듣자니 그네들끼리는 희희낙락하기도 하며 때로는 연애까지도 할 듯싶은 일이 다 있다 한다. 형무소 죄수들도 내가 본 대로는 의외로 활발하게 오히려 생활난에 쪼들려 헐떡헐떡하는 사바의 노역꾼들보다도 즐거울 듯이 일하고 있는 것이었다. 다만, 그러면서도 남의 어떤 눈도 싫어하는 까닭은 말하자면 대등의 지위를 떠난 연한(憐恨, 불쌍하게 여기는 마음), 모멸, 동정, 기자(忌恣, 샘이 많고 제멋대로임), 이런 것을 혐오하는 인정 본연의 발로와 다름없는 것이 아닐까 한다.

가량(假量, 어림짐작함), 천형병(天刑炳, 하늘이 내리는 큰 벌과 같은 병)의 병원(病源, 병이 생긴 근본적인 원인)을 근절코자 할진대, 보는 족족 이 병 환자는 살육해 버려야 할는지도 모르지만 기왕 끔찍한 인정을 발휘해서 그들을 보호하는 바에는 될 수 있는 대로 그들의 심정을 거슬려 주어서는 안 될 것이다. 그러하다면 그들이 제일 싫어하는 '구경'을 절대로 금해야 할 것이다. 형무소 같은 것은 성(盛)히 구경시켜서 죄과를 미연에 방지하는 것이 좋지나 않을까 하는 생각이 들기도 하지만, 좀처럼 구경을 잘 시키지 않는 것은 역시 죄수 그들의 심정을 건드리지 않도록 하는 깊은 용의에서가 아닌가 한다.

_1936년 10월 16일《매일신보》

예의(禮儀)

걸핏하면 끽다점(喫茶店, 다방)에 가 앉아서 무슨 맛인지 알 수 없는 차를 마시고 또 우리 전통에서는 무던히 먼 음악을 듣고 그리고 언제까지라도 우두커니 머물러 있는 취미를 업신여기리라. 그러나 전기기관차의 미끈한 선, 강철과 유리, 건물 구성, 예각, 이러한 데서 미를 발견할 줄 아는 세기의 인(人)에게 있어서는 다방의 일게(一憩, 휴식)가 신선한 도락이요, 우아한 예의가 아닐 수 없다.

생활이라는 중압은 늘 훤조(喧噪, 시끄럽게 지껄이며 떠듦)하며 인간의 부드러운 정서를 억누르려 드는 것이다. 더욱이 현대라는 데 깃들이는 사람들은 이 중압을 한층 더 확실히 감지하지 않을 수 없다. 어디를 보아도 교착된 강철과 거암(巨巖, 큰 바위)과 같은 콘크리트 벽이 숨찬 억압 가운데 자칫하면 거칠기 쉬운 심정을 조용히 쉴 수 있도록, 그렇게 알맞은 한 개의 의

자와 한 개의 테이블이 있다면 어찌 촌가(寸暇, 얼마 안 되는 짧은 겨를)를 에어내어 발길이 그리로 옮겨지지 않을 것인가. 가(加)하기를 한 잔의 따뜻한 차와 가연(街蠕, 거리의 움직임)의 훤조한 잡음에 바뀌는 아름다운 음악이 있다면 그 심령들의 위안됨이 더한층 족하다고 하지 않으리오.

그가 제철공장의 직인이건, 그가 외과 의실의 집도의건, 그가 교통정리 경찰이건, 그가 법정의 논고인(論告人, 검사)이건, 그가 하잘것없는 일고용인(日雇庸人, 날품팔이)이건, 그가 천만장자의 외독자이건, 묻지 않는다. 그런 구구한 간판은 네온사인이 달린 다방 문간에 다 내려놓고 들어가는 것이다. 그곳에서는 다 같이 심정의 회유(懷柔, 어루만지어 달램)를 기원하는 티 없는 '사람'의 하나가 되는 것이다. 그러기에 이곳에서는 누구나 다 겸손하다. 그리고 다 같이 부드러운 표정을 하는 것이다. 신사는 다 조신하게 차를 마시고 숙녀는 다 다소곳이 음악을 즐긴다.

거기는 오직 평화가 있고 불성문(不成文, 글자로 써서 나타내지 아니함)의 정연하고도 우아 담박한 예의 준칙이 있는 것이다. 결코, 이웃 좌석에는 들리지 않을 만큼 그만큼 낮은 목소리로 담화한다. 직업을 떠나서, 투쟁을 떠나서 여기서 바뀌는 담화는 전면(纏綿, 실이나 노끈 따위가 친친 뒤엉킴)한 정서를 풀 수 있는 그런 그윽한 화제리라.

다 같이 입을 다물고, 눈을 흡뜨지 않고 슈베르트나 쇼팽을 듣는다. 그때 육중한 구두로 마룻바닥을 건드리며 장단을 맞춘다거나, 익숙한 곡조라 하여 휘파람으로 합주를 한다거나 해서는 아주 못쓴다. 왜? 그렇게 하는 것은 이곳의 불성문인 예의를 깨뜨림이 지극히 큰 고로.

나는 그날 밤에도 몸을 스미는 추냉(秋冷, 가을의 찬 기운)을 지닌 채 거리를 걸었다. 천심에 달이 교교하여(皎皎――, 달이 매우 맑고 밝음) 일보 일보가 적이 무겁고 또한 황막하여 슬펐다. 까닭 모를 애수 고독이 불현듯이 인간다운 훈훈한 호흡을 연모하게 하는 것이었다. 나는 달빛을 등지고 늘 드나드는 한 다방으로 들어섰다.

양 3인씩의 남녀가 벌써 다정해 보이는 따뜻한 한 잔씩의 차를 앞에 놓고 때마침 사운드박스에서 울리는 현악중주의 명곡을 즐기고 있는 것이 아닌가.

나도 또한 신사답게 삼가는 보조로 그들 가운데 한 자리를 차지하고 그리고 차와 음악을 즐기기로 하였다.

5분, 10분, 20분, 이 적당한 휴게가 냉화하려 들던 내 혈관의 피를 얼마간 덥혀주기 시작하는 즈음에―

문이 요란히 열리며 4, 5인의 취한이 고성 질타하면서 폭풍과 같이 침입하였다. 그들은 한복판, 그중 번듯한 좌석에 어지러이 자리를 잡더니 차를 청하여 수선스러이 마시며 방약무인하게 방가(放歌, 높은 목소리로 노래 부름)하는 것이었다. 그 바람에 음악은 간곳없고, 예의도 간곳없고 그들의 추외(醜猥, 외람되고 듣기 싫음)한 성향(聲響, 소리의 울림)이 실내를 흔들 뿐이다.

내 심정은 다시 거칠어 들어갔다. 몸부림하려 드는 내 서글픈 심정을 나 자신이 이기기 어려웠다. 나는 1초라도 바삐 이곳을 떠나고 싶어서 자리를 걷어차고 일어나서 문간으로 나가려 하는 즈음에―

이번에는 유두백면(油頭白面, 머리에 기름을 바르고 얼굴이 희고 고움)의 일장한(一

壯漢, 허우대가 크고 힘이 세찬 남자)이 사자만이나 한 셰퍼드를 한 마리 끌고 들어오는 것이 아닌가. 나는 대경실색하여 뒤로 물러서면서 보자니까, 그 개는 그 육중한 꼬리를 흔들흔들 흔들며 이 좌석 저 좌석의 객을 두루두루 코로 맡아보는 것이다.

그때 취한 중의 한 사람이 마시다 남은 차를 이 무례한 개를 향하여 끼얹었다. 개는 질겁하여 뒤로 물러서더니, 그 산이 울고 골짜기가 무너질 것 같은 크나큰 목소리로 이 취한을 향하여 짖어 대는 것이었다.

나는 창황히(미처 어찌할 사이 없이 매우 급작스럽게) 찻값을 치르고 그곳을 나와 보도를 디뎠다. 걸으면서도 그 예술의 전당에서 울려 나오는 해괴한 견폐성(犬吠聲, 개 짖는 소리)을 한참이나 등 뒤에서 들을 수 있었다.

_1936년 10월 21일《매일신보》

기여(寄與)

그다지 명예롭지 못한 그러나 생각해보면 또 그렇게까지 불명예라고까지 할 것도 없는 질환을 가지고 어떤 학부 부속병원에를 갔다. 진찰이 끝나고 인제 치료를 시작하려 그 그리 보기 좋지 않은 베드 위에 올라 누웠다. 그랬더니 난데없이 수십 명의 흑장속(黑裝束, 검은 옷을 입은 무리)의 장정 일단이 우—틈입하여서는 내 침상을 둘러싸는 것이다. 말할 것도 없이 이 학부 재학의 학생들이요, 이것은 임상강의 시간임이 틀림없다. 손에는 각각 노트를 들었고, 시선을 내 환부인 한 점에 집중시키고 있는 것이다. 의사, 즉 교수는 서서히 입을 열어 용의주도하게 내 치료받고자 하는 개소(個所, 여러 곳 가운데 한 곳)를 주무르면서 유창한 어조로 강의를 개시하는 것이 아닌가. 이것은 나에게 있어서 참으로 천만의 외의 일일 뿐 아니라 정말로 불쾌하기 짝이 없는 봉변일 수밖에 없는 일이다.

그들은 대체 누구의 허락을 얻어 나를 실험동물로 사용하는 것인가. 옆구리에 종기 하나가 나도 그것을 남에게 내보이는 것이 불쾌하겠거늘, 아픈 탓으로 치부를 내보이지 않으면 안 되는 그 자그마한 기회를 타서 밑천 들이지 않고 그들의 실험동물을 얻고자 꾀하는 것일 것이니, 치료를 받기 위해서는 반드시 이런 굴욕을 받아야만 된다는 제도라면 사차불피(辭此不避, 사양하거나 피할 수 없음)일 것이나, 그렇다 하더라도 이 변만은 어디까지든지 불쾌한 일이다.

의학의 진보 발달을 위하여 노구치 박사는 황열병에 넘어지기까지도 하였고, 또 최근 어떤 학자는 호열자(괴질) 균을 스스로 삼켰다 한다. 이와 같은 예에 비긴다면 치부를 잠시 학생들에게 구경시켰다는 것쯤 심술부릴 거리조차 못 될 것이다. 차라리 잠시의 아픔과 부끄러움을 참았다는 것이 진격한 연구의 한 도움이 된 것을 광영(영광)으로 알아야 할 것이요, 기뻐하여야 할 것이다.

그러나 또 생각해보면 사람은 누구나 다 반드시 이렇게 실험동물로 제공되어야 할 책임이 있다는 것은 아니리라. 환부를 내어 보이는 것은 어느 사람에게 있어서도 유쾌치 못한 일일 것이다. 의학만이 홀로 문화의 발달 향상을 짊어진 것은 아니겠고, 이 사회에서 생활을 향유하는 이치고는 누구나 적든 많든 문화를 담당하는 일원임이 틀림없다. 허락 없이 의학의 연구재료로 제공될 그런 호락호락한 몸은 하나도 없을 것이다. 그렇다면 의사는, 교수는, 박사는, 그가 어떤 종류의 미미한 인간에 불과한 경우일지라도 반드시 그의 감정을 존중히 하여 일언 간곡한 청탁의 말이 있어야 할 것이요, 일언 승낙의 말이 있는 다음에야 교재로 사용할 수 있을 것이겠다.

요(要)는 이런 종류의 기여를 흔연히 하게 하는 새로운 도덕관념의 수립과 새로운 감정 관습의 보급에 있을 것이다.

어떤 해부학자는 자기의 유해를 담임하던 교실에 기부할 뜻을 유언하였다 한다. 그의 제자들이 차마 그 스승의 유해에 해부도(解剖刀)를 대기 어려웠을 줄 안다.

또 어떤 학술적인 전람회에서 사형수의 두개골을 여러 조각에 조각조각 켜놓은 것을 본 일이 있다. 얼른 생각에 사형수 같은 인류의 해독을 좀 가혹히 짓주물렀기로니 차라리 그래 싼 일이지, 이렇게도 생각이 되지만, 또 한편으로 생각해보면 혼백이 이미 승천해버린 유해에는 죄가 없는 것일 것이니, 같이 사람대접으로 취급하는 것이 지당한 일일 것이 아닐까. 또한 본인의 한마디 승낙하는 유언을 얻어야 할 것이요, 그렇지 않으면 통상의 예를 갖추어 주어야 옳으리라.

나환인을 위하여 — 첫째 격리가 목적이겠으나 — 지상의 낙원을 꾸며 놓았어도 소록도에서는 탈출하는 일이 빈빈(頻頻)히 있다 한다.

만일 그런 감정이나 도덕의 새로운 관념이 보급된다면 사형수는 의례히(으레) 해부를 유언할 것이요, 나환자는 자진하여 소록도로 갈 것이다.

"내 치부에 이러이러한 질환이 발생하였는데 일찍이 듣지도 보지도 못한 듯하오니, 아무쪼록 여러 학자와 학생들이 모여 연구해주시기 바랍니다."

하고 나서는 기특한 인사가 출현할는지도 마치 모른다. 그렇다면 여러 학생 앞에 치부를 노출시키는 영광을 얻기에 경쟁을 하는 고마운 세월이 올는지도 또 미처 모르는 것이요, 오기만 한다면 진실로 희대의 기관(奇觀, 기이한 광경)일 것이나 인류 문화의 향상 발달에 기여하는 바만은 오늘에 비하여 훨씬 클 것이다.

_1936년 10월 22일 《매일신보》

실수(失手)

몇 해 전까지지도 동경 역두(역 앞)에는 릭샤(Rickshaw)—즉, 인력거가 있었다 한다. 외국 관광단을 실은 호화선이 와 닿으면 제국호텔을 향하는 어마어마한 인력거의 행렬을 볼 수 있었다 한다. 그들 원래(遠來, 먼 곳에서 옴)의 이방인들을 접대하는 갸륵한 예의리라.

그러나 오늘 그 '달러'를 헤뜨리고 가는 귀중한 손님을 맞이하는데 인력거는 폐지되었고 통속적인, 그들에게 있어서는 너무나 통속적인 자동차로 한다고 한다.

이것은 원래의 진객(珍客, 귀한 손님)을 접대하는 주인으로서의 갸륵한 위신을 지키는 심려에서이리라.

그러나 그 코 높은 인종을 모시는 인력거는 이 나라에서 아주 없어진 것이 아니다. 아닐 뿐만 아니라 아직도 너무 많다.

수일 전 본정(本町, 지금의 서울 중구 충무로) 좁고도 복작복작하는 거리를 관류하는 세 채의 인력거를 목도하였다. 말할 것도 없이 백인의 중년 부부를 실은 인력거와 모 호텔 전속의 안내인을 실은 인력거다. 그들은 우리 시민이 정히(진정으로 꼭) 못 알아들을 수밖에 없는 국어로 지껄이며 간혹 조소 비슷이 웃기도 하고 손에 쥔 단장을 들어 어느 방향을 가리키기도 한다. 자못 호기에 그득 찬 표정이었다.

과문(寡聞, 보고 들은 것이 적음)에 의하면, 저쪽 의례 준칙으로는 이 손가락질하는 버릇은 크나큰 실례라 한다. 하면 세계 만유(漫遊, 한가로이 이곳저곳을 두루 다니며 구경하고 놂)를 하옵시는 거룩한 신분의 인사니 필시 신사리라.

그러하면 이 젠틀맨 및 레디는 인력거 위에 앉아서 이 낯선 거리와 시민들에게 서슴지 않고 실례를 하는 모양이다.

'이까짓 데서는 예를 갖추지 않아도 좋다' 하는 애초부터의 괘씸한 배짱임이 틀림없다.

일순 나는 말할 수 없는 불쾌한 감정에 사로잡혀 마음대로 하라면 위선 다소곳이 그 인력거의 채를 잡고 있는 차부를 난타한 다음 그 무뢰한의 부부를 완력으로 징계하여 주고 싶었다.

그러나 또 생각해보면 그들은 내가 채 알지 못 하는 바 세계적 지리학자거나 고현학자(考現學者, 현대의 사회와 풍속 등을 연구하는 학자)인지도 모른다. 그렇지 않은 단지 일개 평범한 만유객에 지나지 않는다 하더라도 그들은 적지 않은 달러를 이 땅에 널어놓고 갈 것이요, 고국에 이 땅의 풍광과 민속을 소개할 것이다. 어쨌든 이들은 족히 진중히 접대하여야만 할 손님임이 틀림없다.

그렇다면?

내가 이들을 징계하였다는 것이 도리어 내 고향을 욕되게 하는 것이리라. 그렇건만—

그때 느낀 그 불쾌한 감정은 조금도 사라지지 않는다.

아무쪼록 많은 수효의 외국 관광단을 유치하는 것은 우리 이 땅의 주인 된 임무일 것이며 내방한 그들을 겸손하고도 친절한 예의로 접대하여서 그들로 하여금 이 땅 이 백성들의 인상을 끝끝내 좋도록 하는 것 또한 지켜야 할 임무일 것이다.

그러나 겸손을 지나쳐 그들의 오만과 모멸을 용납할 수 없다. 이것을 법 없이 감수하는 것은 위에서 말한 주인으로서의 임무에도 배치되는 바 크다.

이 땅에 있는 것을 그들에게 구경시켜주는 것은 결코 동물원의 곰이나 말승냥이(늑대)가 제 몸뚱이를 구경시키는 심사와는 다르다. 어디까지든지 그들만 못하지 않은 곳. 그들에게 없는, 그들보다 나은 곳을 소개하고 자랑하자는 것일 것이거늘—

인력거 위에 앉아서 단장 끝으로 손가락질을 하는 그들의 태도는 확실히 동물원 구경에 근사한 태도요, 따라서 무례요, 더없는 굴욕이다.

국가는 마땅히 법규로써 그들에게 어떠한 산간벽지에서라도 인력거를 타지 못하도록 취체(取締, 규칙이나 법령, 명령 따위를 지키도록 통제함)하여야 할 것이다.

그들이 부두, 역두에 닿았을 때 직접 간접으로 이 땅의 위신을 제시하여 놓아야 할 것이다. 그것을 위선 인력거로 실어 숙소로 모신다는 것은 해괴망측하기가 짝이 없는 일이다. 동경뿐만 아니라 서울 거리에서도 이 괘씸한 인력거의 행렬을 보지 않게 되어야 옳을 것이 아닌가.

연전에 나는 어느 공원에서 어떤 백인이 한 걸식에게 50전 은화를 시여(施與, 남에게 물건을 거저 줌)한 다음 카메라를 희롱하는 것을 지나가던 일위 무골청년(武骨青年)이 보고 구타하는 것을 목도한 일이 있다. 이 청년 역 향토를 아끼는 갸륵한 자존심에서 우러난 행동이었음이 틀림없으리라. 그러나 이것은 그 이방인은 어찌 되었던 잘못된 일일 것이니 투어리스트 뷰로(Tourist Bureau, 여행사)는 한낱 관광단 유치에만 부심할(애씀) 것이 아니라 이런 실수가 미연에 방지되도록 안으로서의 차림차림에도 유의하는 바가 있어야 할 것이다.

_1936년 10월 27~28일《매일신보》

가을의 탐승처

'사꾸라'라는 꽃을 나는 그렇게 장하게 여기는 자(者)가 아닙니다. 연이(然而, 그러나) 이 '사꾸라'가 가을에 진짜 단풍보다도 훨씬 단풍답게 홍엽(紅葉)이 지는 것을 보고, 거 제법이라고 여겼습니다. 하니 가을에 아무도 가려고 들지 않는 우이동으로 어디 슬쩍 가보는 것이 탐승탐자(探勝探字, 경치 좋고, 좋은 글을 찾아다님)에 어울리는 노릇이 아닐까 하는 소생(小生)의 우안(愚案, 어리석은 생각)입니다.

가을에 금강산을 찾는 것은 어째 백 원짜리 지폐를 한꺼번에 수천수만 장 목도하는 것 같아서 소생 같은 소심한 자에게는 좀 송구스러운 일이 아닌가 하는 것 또한 소생의 우론(愚論)입니다.

_1936년 10월《조광》

행복

달이 천심(天心, 하늘 한가운데)에 왔으니 이만하면 충분하다. 물은 아직 좀 덜 들어온 것 같다. 축축한 모래와 마른 모래의 경계선이 달빛 아래 멀리 아득하다. 찰락 찰락— 한 여남은 미터는 되나 보다. 단애(斷崖, 깎아지른 듯한 낭떠러지) 바위 위에 우리 둘은 걸터앉아 그 한순간을 기다리고 있다.

"자, 인제 그만 일어나요."

마흔아홉 개의 담배꽁초가 내 앞에 무슨 푸성귀 싹처럼 헤어져 있다. 나머지 담배가 한 대 탄다. 이것이 다 타는 동안 나는 마지막 결심을 할 수 있어야 한다.

"어서 일어나요."

선이가 일어났다. 이제는 정말 기다리던 그 순간이 왔나 보다. 나는 선이 머리를 손으로 걷어 치켜 주었다.

"겁나지 않아?"

"아—뇨."

"좀 춥지?"

"당신은 어때요?"

입술이 뜨겁다. 그 순간, 쉰 개째 담배가 다 탔다. 아무래도 이제 피할 도리가 없다.

"자, 그럼 꼭 붙들어."

"네—"

행복의 절정을 그냥 맨눈으로 넘긴다는 것이 내게는 공포다. 하지만 이 순간 이후 내 몸을 이 지상에 살려둘 수 없다. 그렇다고 해서 선이를 두고 갈 수도 없다.

그러나—

뜻밖에도 파도가 높았다. 이런 파도 속에서도 우리 둘은 한순간도 떨어지지 않았다. 얼마나 떠돌아다녔던지 결국 피로가 몰려 왔다—

죽기 전.

이렇게 해서 죽나 보다. 우선, 선이 팔이 내 목에서부터 풀려나갔다. 동시에 내 팔은 선이의 허리를 놓쳤다. 그 순간 물 먹은 내 귀가 들은 선이의 단말마(斷末魔, 숨이 끊어질 때 내는 짧은 비명).

"○○씨!"

하지만 그것은 내 이름이 아니었다.

순간, 나는 정신이 번쩍 났다.

오냐, 그렇다면—

나는 죽어서는 안 된다.

나는 마지막 힘을 내어 뒷발을 한 번 탕— 하고 굴러보았다. 몸이 깜짝 놀라 갑자기 떠는 듯이 움직인다. 목이 수면 밖으로 나왔을 때 조금 전 둘이 앉았던 바위가 눈앞에 보였다. 파도는 밀물이라 해안을 향해 친다.

잠시 후 나는 바위 위로 기어오를 수 있었다. 그리고 뒤도 돌아보지 않고 가 버리려다가 문득 '선이를 살려야 한다'는 생각이 들었다.

척 늘어진 선이를 안아 올렸을 때 선이의 몸은 아직 따뜻했다.

오호, 너로구나.

너는 평생을 두고 내 형상 없는 형벌 속에서 불행하리라. 그래서 우리 둘은 결혼하였던 것이다.

규방에서 나는 신부에게, 행형(行刑, 형을 집행함)하였다.

어떻게?

갖가지 행복의 길을 수많은 교재를 통해 가르쳤다. 물론 내 포옹의 다정한 맛도.

그러나 선이가 한 번 미엽(媚靨, 보조개)을 보이려 드는 순간, 나는 영상(嶺上, 재의 꼭대기)의 고목처럼 냉담하곤 했다. 규방에는 늘 추풍이 소조히(고요하고 쓸쓸함) 불었다.

결국, 나는 과로로 인해 무척 야위었다. 그러면서도 눈이 빨간 채 무엇인가를 찾고 있다.

나는 가끔 내게 물어본다.

'너는 무엇을 원하느냐? 복수? 천천히, 천천히 하여라. 네가 죽는 날에야 끝날 일이니까.'

'아니야! 나는 지금 나만을 사랑해줄 동정을 찾고 있어. 한 남자 혹은 두 남자를 사랑한 일이 있는 여자를 나는 결코 사랑할 수 없어. 왜냐고? 그럼, 나더러 먹다 남은 형해(形骸, 생명이 없는 육체)에 만족하란 말이야?'

'허— 너는 벌써 잊었구나. 네 복수가 필(畢, 일정한 의무나 과정을 마침)하는 것이 네 낙명(落命, 죽음)의 날이라는 것을. 네 일생은 네가 부활하던 순간부터 이미 제단 위에 올려 놓여 있는 것을 어쩌나?'

3개월의 시간이 지났다. 형리의 심경에도 권태가 찾아왔다.

'싫다. 귀찮아졌다. 나는 한 번만 평민으로 살아 보고 싶구나. 내게 정말 애인을 다오.'

마호메트의 것은 마호메트에게로 돌려보내야 할 것이다. 일생을 희생하겠다던 장도(壯圖, 큰 계획이나 포부)를 나는 석 달 동안에 이렇게 탕진하고 말았다.

"당신처럼 사랑한 일은 없습니다."라든가, "당신만을 사랑하겠습니다."라든가 하는 그 여자의 말은 첫사랑 이외의 어떤 남자에게 있어서도 인사 정도에 지나지 않는다는 것을 결코 잊어서는 안 된다.

"그를 만났지."

"누구를요?"

"○○!"

"그래, 결혼했대요?"

그것이 이렇게까지 선이에게는 걱정이 되는 모양이다. 아니, 될 것이다. 나는 사실,

"아니, 혼자던데. 여관에 머물고 있다던데."

"그럼, 아직 결혼 안 했군. 그래, 왜 안 했을까?"

아, 슬픈 독백이여!

"추물이야, 살이 띵띵 찐 게."

"네? 거, 그렇게까지 조소하진 마세요. 그래도 당신네보다 얼마나 인간미가 있는데요. 그저 인간이 좀 부족하다 뿐이지."

나는 거기서 더 입이 떨어지지 않았다. 후회도 되었다.

물론 선이는 내 선이 아니다. 아닐 뿐만 아니라 ○○를 사랑하고, 그다음 ○를 사랑하고, 그다음—

지금 그녀는 나를 사랑하는…… 척하고 있다. 하지만 나는 그녀만을 사랑한다. 그러니까 우리는—

어떻게 해야 좋을까? 환술(幻術, 사람의 눈을 어리어 속이는 기술)이 천장을 뚫고 떨어지는 물방울에 와르르 무너져 버렸다. 창밖에서는 빗소리가 내 나태를 이러니저러니 하고 시비하는 것만 같다. 그러고 보니 벌써 새벽이다.

_1936년 10월《여성》

정조(貞操)

이런 경우—즉 '남편만 없었던들', '남편이 용서만 한다면' 하면서 지켜진 아내의 정조란 이미 간음이다. 정조는 금제(禁制, 어떤 일이나 행위를 하지 못하게 통제함)가 아니요 양심이다. 이 경우의 양심이란 도덕성에서 우러나오는 것을 가리키지 않고 '절대의 애정' 그것이다.

만일 내게 아내가 있고, 그 아내가 실로 요만 정도의 간음을 범한 때 내가 무슨 어려운 방법으로 곧 그것을 알 때 나는 '간음한 아내'라는 뚜렷한 죄명 아래 아내를 내어쫓으리라.

내가 이 세기에 용납되지 않는 최후의 한 꺼풀 막이 있다면 그것은 오직 '간음한 아내는 내어쫓으라'는 철칙에서 영원히 헤어나지 못하는 내 곰팡내 나는 도덕성이다.

비밀(秘密)

비밀이 없다는 것은 재산이 없는 것처럼 가난할 뿐만 아니라 더 불쌍하다. 정치(情癡, 사랑에 눈먼 사람) 세계의 비밀—내가 남에게 간음한 비밀, 남을 내게 간음시킨 비밀, 즉 불의의 양면—이것을 나는 만금과 오히려 바꾸리라. 주머니에 푼전이 없을망정 나는 천하를 놀려먹을 수 있는 실력을 가진 큰 부자일 수 있다.

이유(理由)

나는 내 아내를 버렸다. 아내는 "저를 용서하실 수는 없었습니까" 한다. 그러나 나는 한 번도 '용서'라는 것을 생각해본 일은 없다. 왜? '간음한 계집은 버리라'는 철칙에 의혹을 가지는 내가 아니다. 간음한 계집이면 나는 언제든지 곧 버린다. 다만, 내가 한참 망설여 가며 생각한 것은 아내의 한 짓이 간음이가 아닌가, 그것을 판정하는 것이었다. 불행히도 결론은 늘 '간음이다'였다. 나는 곧 아내를 버렸다. 그러나 내가 아내를 몹시 사랑하는 동안 나는 우습게도 아내를 변호하기까지 하였다. '될 수 있으면 그것이 간음은 아니라는 결론이 나도록' 나는 나 자신의 준엄(峻嚴, 조금의 타협도 없이 매우 엄함) 앞에 애걸하기까지 하였다.

악덕(惡德)

용서한다는 것은 최대의 악덕이다. 간음한 계집을 용서하여보아라. 한 번 간음에 맛을 들인 계집은 두 번째도 세 번째도 간음하리라. 왜? 불의라는 것은 재물보다도 매력적인 것이기 때문에—

계집은 두 번째 간음이 발각되었을 때 실로 첫 번째 보지 못하던 귀곡적(鬼哭的, 귀신의 울음) 기법으로 용서를 빌리라. 번번이 이 귀곡적 기법은 그 묘를 극하여 가리라. 그것은 여자라는 동물 천혜의 본질이다.

어리석은 남편은 그때마다 새로운 감상으로 간음한 아내를 용서하겠지— 이리하여 실로 남편의 일생이란 '이놈의 계집이 또 간음하지나 않을까' 하고 전전긍긍하다가 그만두는 가엾이 허무한 탕진이리라.

내게서 버림을 받은 계집이 매춘부가 되었을 때 나는 차라리 그 계집에게 은화를 지불하고 다시 매춘할망정 간음한 계집을 용서하지도 버리지도 않는 잔인한 악덕은 범하지 말아야 한다고

_1937년 4월《삼사문학》

권태

1

어서—차라리—어두워 버리기나 했으면 좋겠는데, 벽촌의 여름날은 지루해서 죽겠을 만치 길다. 동에 팔봉산, 곡선은 왜 저리도 굴곡 없이 단조로운고? 서를 보아도 벌판, 남을 보아도 벌판, 북을 보아도 벌판, 아—이 벌판은 어쩌라고 이렇게 한이 없이 늘어 놓였을꼬? 어쩌자고 저렇게까지 똑같이 초록색 하나로 되어 먹었노?

농가가 가운데 길 하나를 두고 좌우로 한 10여 호씩 있다. 휘청거린 소나무 기둥, 흙을 주물러 바른 벽, 강낭대(옥수숫대)로 둘러싼 울타리, 울타리를 덮은 호박 넝쿨, 모두 그게 그것같이 똑같다. 어제 보던 댑싸리 나무, 오늘도 보는 김 서방, 내일도 보아야 할 흰둥이, 검둥이.

해는 백 도 가까운 볕을 지붕에도, 벌판에도, 뽕나무에도, 암탉 꼬랑지에도 내리쪼인다. 아침이나 저녁이나 뜨거워서 견딜 수 없는 염서(炎暑, 매우 심한 더위)가 계속이다.

나는 아침을 먹었다. 할 일이 없다. 그러나 무작정 널따란 백지 같은 '오늘'이라는 것이 내 앞에 펼쳐져 있으면서 무슨 기사(記事)라도 좋으니 강요한다. 나는 무엇이고 하지 않으면 안 된다. 무엇을 해야 할 것인가 연구해야 한다. 그럼 — 나는 최 서방네 집 사랑 툇마루(방과 마당 사이에 있는 좁은 마루)로 장기나 두러 갈까. 그것 좋다.

최 서방은 들에 나갔다. 최 서방네 사랑에는 아무도 없나 보다. 최 서방의 조카가 낮잠을 잔다. 아하, 내가 아침을 먹은 것이 열 시가 지난 후니까 최 서방의 조카로서는 낮잠 잘 시간이 틀림없다.

나는 최 서방의 조카를 깨워 가지고 장기를 한판 벌이기로 한다. 최 서방의 조카로서는 그러니까 나와 장기 두는 것 그것부터가 권태다. 밤낮 두어야 마찬가질 바에는 안 두는 것이 차라리 나았지 — 그러나 안 두면 또 무엇을 하나? 둘밖에 없다. 지는 것도 권태이거늘, 이기는 것 역시 어찌 권태가 아닐 수 있으랴? 열 번 두어서 열 번 내리 이기는 장난이란 열 번 지는 이상으로 싱거운 장난이다. 나는 참 싱거워서 견딜 수 없다.

한 번쯤 져 주리라. 나는 한참 생각하는 체하다가 슬그머니 위험한 자리에 장기 조각을 갖다 놓는다. 최 서방의 조카는 하품을 쓱 한 번 하더니 이윽고 둔다는 것이 딴전이다. 으레 질 것이니까 골치 아프게 수를 보고 어쩌고 하기도 싫다는 것이리라. 아무렇게나 생각나는 대로 장기를 갖다 놓고는 그저 얼른 끝을 내어 져 줄 만큼 져 주면 상승 장군(常勝將軍, 싸울 때마다 항상 이기는 장군)은 이 압도적 권태를 이기지 못해 제물에(남의 힘이나 간섭 없이 저 혼자의 힘이나 까닭으로. 즉, 제풀에) 가 버리겠지 하는 사상(思想, 생각)이리라. 가고 나면 또 낮잠이나 잘 작정이리라.

나는 부득이 또 이긴다. 이제 그만 두잔다. 물론 그만두는 수밖에 없다. 일부러 져 준다는 것조차가 어려운 일이다. 나는 왜 저 최 서방의 조카처럼 아주 영영 방심 상태가 되어 버릴 수가 없나? 이 질식한 것 같은 권태 속에서도 자세한 승부에 구속을 받나? 아주 바보가 되는 수는 없나? 내게 남아 있는 이 치사스러운 인간 이욕(利慾, 사사로운 이익을 탐내는 욕심)이 다시없이 밉다. 나는 이 마지막 것을 면해야 한다. 권태를 인식하는 신경마저 버리고 완전히 허탈(虛脫, 몸에 기운이 빠지고 정신이 멍함. 또는 그런 상태)해 버려야 한다.

2

나는 개울가로 간다. 가물(가뭄)로 인해 너무나 빈약한 물이 소리 없이 흐른다. 뼈처럼 앙상한 물줄기가 왜 소리를 치지 않나?

너무 덥다. 나뭇잎들이 다 축 늘어져서 허덕허덕(힘에 부쳐 계속 쩔쩔매거나 괴로워하며 애쓰는 모양)하도록 덥다. 이렇게 더우니 시냇물인들 서늘한 소리를 내어 보는 재간도 없으리라.

나는 그 물가에 앉는다. 앉아서, 자, 무슨 제목으로 나는 사색해야 할 것인가 생각해 본다. 그러나 물론 아무런 제목도 떠오르지 않는다. 그렇다면 아무것도 생각 말기로 하자. 그저 한량없이 넓은 초록색 벌판 지평선, 아무리 변화하여 보았댔자 결국 치열한 곡에의 역을 벗어나지 않는 구름, 이런 것을 건너다본다.

지구 표면적의 100분의 99가 이 공포의 초록색이리라. 그렇다면 지구야말로 너무나 단조 무미한 채색이다. 도회에는 초록이 드물다. 나는 처음 여기 표착(漂着, 정처 없이 떠돌아다니다가 일정한 곳에 정착함을 비유적으로 이르는 말)하였을 때 이 신선한 초록빛에 놀랐고 사랑하였다. 그러나 닷새가 못 되어서 이 일망무제(一望無際, 한눈에 바라볼 수 없을 정도로 아득하게 멀고 넓어서 끝이 없음)의 초록색은 조물주의 몰취미와 신경의 조잡성으로 말미암은 무미건조한 지구의 여백인 것을 발견하고 다시금 놀라지 않을 수 없었다.

어쩔 작정으로 저렇게 퍼렇나. 온종일 저 푸른빛은 아무 짓도 하지 않는다. 오직 그 푸른 것에 백치와 같이 만족하면서 푸른 채로 있다. 이윽고 밤이 오면 또 거대한 구렁이처럼 빛을 잃어버리고 소리도 없이 잔다. 이 무슨 거대한 겸손이냐.

이윽고 겨울이 오면 초록은 실색(失色, 색을 잃음)한다. 그러나 그것은 남루를 갈기갈기 찢은 것과 다름없는 추악한 색채로 변하는 것이다. 한겨울을 두고 이 황막하고 추악한 벌판을 바라보고 지내면서 그래도 자살 민절(悶絶, 지나친 번민으로 정신을 잃음)하지 않는 농민들은 불쌍하기도 하려니와 거대한 천치(선천적으로 정신 작용이 완전하지 못하여 어리석고 못난 사람. 즉, 바보)다.

그들의 일생 또한 이 벌판처럼 단조로운 권태 일색으로 도포된 것이리라. 일할 때는 초록 벌판처럼 더워서 숨이 칵칵 막히게 싱거울 것이요, 일하지 않을 때는 겨울 황원(荒原, 버려두어 거친 들판)처럼 거칠고 구지레하게(상태나 언행 따위가 더럽고 지저분함) 싱거울 것이다.

그들에게는 흥분이 없다. 벌판에 벼락이 떨어져도 그것은 뇌성 끝에 가끔 있는 다반사에 지나지 않는다. 촌동(村童, 촌 아이)이 범에게 물려가도 그것은 맹수가 사는 산촌에 가끔 있는 신벌(神罰, 신이 내리는 벌)에 지나지 않는다. 실로 전신주 하나 없는 벌판에서 그들이 무엇을 대상으로 흥분할 수 있으랴.

팔봉산 등을 업어 철골 전신주가 늘어섰다. 그러나 그 동선은 이 촌락에 엽서 한 장을 내려뜨리지 않고 서 있다. 동선으로는 전류도 통하리라. 그러나 그들의 방이 아직도 송명(松明, 관솔에 붙인 불. 즉, 관솔불)으로 어두침침한 이상 그 전선주들은 이 마을 동구(洞口, 마을 어귀)에 늘어선 포플러 나무와 조금도 다름이 없다.

그들에게 희망은 있던가? 가을에 곡식이 익으리라. 그러나 그것은 희망은 아니다. 본능이다. 내일. 내일도 오늘 하던 일을 계속해야지. 이 끝없는 권태의 내일은 왜 이렇게 끝없이 있나? 그러나 그들은 그런 것을 생각할 줄 모른다. 간혹 그런 의혹이 전광(電光, 번갯불)과 같이 그들의 흉리(凶裏, 가슴)를 스치는 일이 있어도 다음 순간 하루의 노역으로 말미암아 잠이 오고 만다. 그러니 농민은 참 불행하도다. 그럼, 이 흉악한 권태를 자각할 줄 아는 나는 얼마나 행복한가.

3

댑싸리 나무도 축 늘어졌다. 물은 흐르면서 가끔 웅덩이를 만나면 썩는다. 내가 앉아 있는 데는 그런 웅덩이가 있다. 내 앞에서 물은 조용히 썩는다.

낮닭 우는 소리가 무던히 한가롭다. 어제도 울던 낮닭이 오늘도 또 울었다는 것 외에 아무 흥미도 없다. 들어도 그만 안 들어도 그만이다. 다만, 우연히 귀에 들려왔으니까 그저 들었달 뿐이다.

닭은 그래도 새벽, 낮으로 울기나 한다. 그러나 이 동리(동네) 개들은 짖지를 않는다. 그러면 모두 벙어리 개들인가? 아니다. 그 증거로 이 동리 사람이 아닌 내가 돌팔매질을 하면서 위협하면 십 리나 달아나면서 나를 돌아다보고 짖는다. 그렇건만 내가 아무 그런 위험한 짓을 하지 않고 지나가면 천 리나 먼 데서 온 외인, 더구나 안면이 이처럼 창백하고 봉발(蓬髮, 텁수룩하게 흐트러진 머리카락)이 작소(鵲巢, 까치집)를 이룬 기이한 풍모를 쳐다보면서도 짖지 않는다. 참 이상하다. 어째서 여기 개들은 나를 보고 짖지를 않을까? 세상에 희귀하고 겸손한 개들도 다 많다.

이 겁쟁이 개들은 이런 나를 보고도 짖지 않으니, 그럼 대체 무엇을 보아야 짖으랴?

그들은 짖을 일이 없다. 여인(旅人, 나그네)은 이곳에 오지 않는다. 오지 않을 뿐만 아니라 국도 연변에 있지 않은 이 촌락을 그들은 지나갈 일도 없다. 가끔 이웃 마을 김 서방이 온다. 그러나 그는 여기 최 서방과 똑같은 복장과 피부색과 사투리를 가졌으니 개들이 짖어 뭐하랴. 이 빈촌에는 도둑이 없다. 인정 있는 도둑이면 여기 너무도 빈한한 새악시들을 위하여 훔친 비녀나 반지를 가만히 놓고 가지 않으면 안 되리라. 도둑에게 이 마을은 도둑의 도심을 도둑맞기 쉬운 위험한 지대(地帶, 자연적, 또는 인위적으로 한정된 일정 구역)리라.

그러니 실로 개들이 무엇을 보고 짖으랴. 개들은 너무나 오랫동안—아마 그 출생 당시부터—짖는 버릇은 포기한 채 지내 왔다. 몇 대를 두고 짖지 않은 이곳 견족(犬族)들은 결국 짖는 본능을 상실하고 만 것이리라. 인제는 돌이나 나무토막으로 얻어맞아서 견딜 수 없이 아파야 겨우 짖는다. 그러나 그와 같은 본능은 인간에게도 있으니 특히 개의 특징으로 쳐들 것은 못 되리라.

개들은 대개 제가 자라고 있는 집 문간에 가 앉아서 밤이면 밤잠, 낮이면 낮잠을 잔다. 왜? 그들은 수위(守衛, 지키어 호위함)할 아무 대상도 없으니까. 최 서방네 개가 이리로 온다. 그것을 김 서방네 개가 발견하고 일어나서 영접한다. 그러나 영접해 본댔자 할 일이 없다. 양구(良久, 한참 후)에 그들은 헤어진다.

설레설레 길을 걸어 본다. 밤낮 다니던 길, 그 길에는 아무것도 떨어진 것이 없다. 촌민들은 한여름 보리와 조를 먹는다. 반찬은 날된장과 풋고추다. 그러니 그들의 부엌에조차 남은 것이 없겠거늘 하물며 길가에 무엇이 족히 떨어져 있을 수 있으랴. 길을 걸어 본댔자 소득이 없다. 낮잠이나 자자. 그리하여 개들은 천부(天賦, 태어날 때부터 지님)의 수위술을 망각하고 탐닉하여 버리지 않을 수 없을 만큼 타락하고 말았다.

슬픈 일이다. 짖을 줄 모르는 벙어리 개, 지킬 줄 모르는 게으름뱅이 개, 이 바보 개들은 복날 개장국을 끓여 먹기 위하여 촌민의 희생이 된다. 그러나 불쌍한 개들은 음력도 모르니 복날이 몇 날이나 남았는지 전혀 알 길이 없다.

4

이 마을에는 신문도 오지 않는다. 소위 승합자동차라는 것도 통과하지 않으니 도회의 소식을 무슨 방법으로 알랴?

오관(伍官, 다섯 가지 감각)이 모조리 박탈된 것이나 다름없다. 답답한 하늘, 답답한 지평선, 답답한 풍경 가운데 나는 이리 뒹굴 저리 뒹굴고 싶을 만큼 답답해하고 지내야만 된다.

아무것도 생각할 수 없는 상태 이상으로 괴로운 상태가 또 있을까. 인간은 병석에서도 생각하는 법이다.

끝없는 권태가 사람을 엄습하였을 때 그의 동공은 내부를 향하여 열리리라. 그리하여 망쇄(忙殺, 정신을 차릴 수 없을 정도로 매우 바쁨)할 때보다도 몇 배나 더 자신의 내면을 성찰할 수 있을 것이다.

현대인의 특질이요, 질환인 자의식의 과잉은 이런 권태하지 않을 수 없는 권태 계급의 철저한 권태로 말미암음이다. 육체적 한산, 정신적 권태, 이것을 면할 수 없는 계급이 자의식 과잉의 절정을 표시한다. 그러나 지금 이 개울가에 앉은 나에게는 자의식 과잉조차가 폐쇄되었다. 이렇게 한산한데, 이렇게 극도의 권태가 있는데, 동공은 내부를 향하여 열리기를 주저한다.

아무것도 생각하기 싫다. 어제까지도 죽는 것을 생각하는 것 하나만은 즐거웠다. 그러나 오늘은 그것조차가 귀찮다. 그러면 아무것도 생각하지 말고 눈뜬 채 졸기로 하자.

더워 죽겠는데 목욕이나 할까? 그러나 웅덩이 물은 썩었다. 썩지 않은 물을 찾아가는 것은 귀찮은 일이고…. 썩지 않은 물이 여기 있기로서니 나는 목욕하지 않으리라. 옷을 벗기가 귀찮다. 아니! 그보다도 그 창백하고 앙상한 수구(瘦軀, 빼빼 마른 몸)를 백일(白日, 밝게 빛나는 해) 아래 널어 말리는 파렴치를 나는 견디기 어렵다.

땀이 옷에 배면? 배인 채 두자. 그렇다고 하더라도 이 더위는 무슨 더위냐. 나는 일어나서 오던 길을 되돌아가던 중 교미하는 개 한 쌍을 만났다. 그러나 인공의 교미가 없는 축류(畜類, 가축)의 교미는 권태 그것인 것같이 권태 그것이다. 동리 동해(童孩, 어린아이)들에게도 젊은 촌부들에게도 흥미의 대상이 되지 않는다.

함석 대야는 그 본연의 빛을 일찍이 잃어버리고 그들의 피부색과 같이 붉고 검다. 아마 이 집 주인 아주머니가 시집올 때 가지고 온 것이리라.

세수를 해본다. 물조차 미지근하다. 물조차 이 무지한 더위에는 견딜 수 없었나 보다. 그러나 세수의 관례대로 세수를 마친다. 그리고 호박 덩굴이 축 늘어진 울타리 밑 호박 덩굴의 뿌리 돋친 데를 찾아서 그 물을 준다. 너라도 좀 생기를 내라고.

땀내 나는 수건으로 얼굴을 훔치고 툇마루에 걸터앉아 있자니, 내가 세수할 때 내 곁에 늘어섰던 주인집 아이들 넷이 제각기 나를 본받아 그 대야를 사용하여 세수를 한다.

저 애들도 더워서 저러는구나 하였더니 그렇지 않다. 그 애들도 나처럼 일거수일투족을 어찌하였으면 좋을까 당황해하고 있는 권태들이었다. 다만, 내가 세수하는 것을 보고 그럼 우리도 저 사람처럼 세수나 해볼까 하고 따라서 세수를 해보았다는 데 지나지 않는다.

5

원숭이가 사람 흉내를 내는 것이 내 눈에는 참 밉다. 어쩌자고 여기 아이들은 내 흉내를 내는 것일까? 귀여운 촌동들을 원숭이를 만들어서는 안 된다.

나는 다시 개울가로 가본다. 썩은 물 늘어진 댑싸리 외에 아무것도 없다. 그러나 나는 거기 앉아서 이번에는 그 썩은 웅덩이 속을 들여다본다.

순간, 나는 진기한 현상을 목도한다. 무수한 오점이 방향을 정돈해 가면서 움직이고 있는 것이다. 이것은 생물임이 틀림없다. 송사리 떼임이 틀림없다. 이 부패한 소택(沼澤, 작은 연못) 속에 이런 앙증스러운 어족이 서식하리라고는 꿈에도 생각하지 못했다. 요리 몰리고 조리 몰리고 역시 먹을 것을 찾음이리라. 무엇을 먹고사누. 버러지를 먹겠지. 그러나 송사리보다 더 작은 버러지라는 것이 있을까!

잠시도 가만히 있지 않는다. 저물도록 움직인다. 대략 같은 동기(動機, 어떤 일이나 행동을 일으키게 하는 계기)와 같은 모양으로 그러는 것 같다. 동기! 역시 송사리의 세계에도 시급한 목적이 있는 모양이다.

차츰차츰 하류를 향하여 군중(群衆, 무리를 지음)적으로 이동한다. 저렇게 하류로 하류로만 가다가 또 어쩔 작정인가. 아니, 그들은 중로에서 또 상류를 향하여 거슬러 올라올지도 모른다. 그러나 당장은 하류로 향하여 가고 있는 것이 확실하다. 하류로, 하류로!

5분 후 그들의 모양이 보이지 않을 만큼 그들은 멀리 하류로 내려갔다. 그리고 웅덩이는 아까와 같이 도로 썩은 물로 조용해지고 말았다.

나는 그 자리에서 일어나서 풀밭으로 가보기로 한다. 풀밭에는 암소 한 마리가 있다. 그 웅덩이 속에 그런 맹랑한 현상이 잠복해 있을 수 있다니, 하고 나는 적잖이 흥분했다. 그러나 그 현상도 소낙비처럼 지나가고 말았으니 잊어버리고 그만두는 수밖에.

소의 뿔은 벌써 소의 무기는 아니다. 소의 뿔은 오직 안경의 재료일 따름이다. 소는 사람에게 얻어맞을 뿐이다. 그러니 실상 소에게는 무기가 필요 없다. 소의 뿔은 오직 동물학자를 위한 표지다. 야우(野牛, 야생의 소) 시대에는 이것으로 적을 돌격한 일도 있습니다, 하는 마치 폐병(廢兵, 전쟁으로 불구자가 된 병사)의 가슴에 달린 훈장처럼 그 추억성이 애상적이다.

암소의 뿔은 수소의 그것보다도 한층 더 겸허하다. 이 애상적인 뿔이 나를 받을 리 없으니 나는 마음 놓고 그 곁 풀밭에 가 누워도 좋다. 나는 누워서 우선 소를 본다. 소는 잠시 반추(反芻, 한번 삼킨 먹이를 다시 게워 내어 씹음. 또는 그런 일)를 그치고 나를 응시한다.

'이 사람의 얼굴이 왜 이리 창백하냐. 아마 병인인가 보다. 내 생명에 위해를 가하려는 거나 아닌지 조심해야지.'

이렇게 소는 속으로 나를 심리(審理, 자세히 조사하여 처리함)하였으리라. 그러나 5분 후 소는 다시 반추를 계속하였다. 소보다도 내가 마음이 놓인다.

소는 식욕의 즐거움조차 냉대할 수 있는 지상 최대의 권태자다. 얼마나 권태에 지질렀기(기운이나 의견 따위를 꺾어 누름)에 이미 위에 들어간 식물을 다시 게워 그 시금털털한 반소화물의 미각을 역설적으로 향락하는 것처럼 보이는 것일까?

소의 체구가 크면 클수록 그의 권태도 크고 슬프다. 나는 소 앞에 누워 내 세균같이 사소한 고독을 겸손해하면서, 나도 사색의 반추가 가능할지 몰래 생각을 좀 해본다.

6

길 복판에서 6, 7인의 아이들이 놀고 있다. 적발동부(머리를 빡빡 깎은 아이)의 반나체다. 그들의 혼탁한 안색, 흘린 콧물, 두른 베, 두렁이(두루마기) 벗은 웃통만을 가지고는 그들의 성별조차 거의 분간할 수 없다. 그러나 그들은 여아가 아니면 남아요, 남아가 아니면 여아인, 결국에는 귀여운 5, 6세 내지 7, 8세의 '아이들' 임이 틀림없다. 이 아이들이 여기 길 한복판을 선택하여 유희하고 있다.

돌멩이를 주워 온다. 여기는 사금파리(사기그릇의 깨어진 조각)도 벽돌 조각도 없다. 이 빠진 그릇을 여기 사람들은 버리지 않는다. 그러고는 풀을 뜯어 온다. 풀, 이처럼 평범한 것이 또 있을까. 그들에게 있어서 초록빛의 물건이란 무엇이고 간에 다시없이 심심한 것이다. 그러나 하는 수 없다. 곡식을 뜯는 것도 금제(禁制, 하지 못하게 말림)니까 풀밖에 없다.

돌멩이로 풀을 짓찧는다. 푸르스레한 물이 돌에 가 염색된다. 그러면 그 돌과 풀은 팽개치고 또 다른 풀과 돌멩이를 가져다가 똑같은 짓을 반복한다. 한 10분 동안 아무 말 없이 잠자코 이렇게 놀아 본다. 그쯤 되면 권태가 온다. 풀도 싱겁고 돌도 싱겁다. 그러면 그 외에 무엇이 있나? 없다.

그들은 일제히 일어선다. 질서도 없고 충동의 재료도 없다. 다만, 그저 앉아 있기 싫으니까 이번에는 일어서 보았을 뿐이다. 일어서서 두 팔을 높이 하늘을 향하여 쳐든다. 그리고 비명에 가까운 소리를 질러 본다. 그러더니 그냥 그 자리에서 겅중겅중 뛴다. 그러면서 그 비명을 겸(兼, 동시에 함)한다.

나는 이 광경을 보고 그만 눈물이 났다. 여북하면(정도가 매우 심하거나 상황이 좋지 않음. 여기서는 '얼마나 심심하면'으로 해석할 수 있음) 저렇게 놀까. 이들은 놀 줄조차 모른다. 어버이들은 너무 가난해서 이들 귀여운 애기(아기)들에게 장난감을 사다 줄 수가 없었던 것이다.

이 하늘을 향하여 두 팔을 뻗치고 소리를 지르면서 뛰는 그들의 유희가 내 눈에는 암만해도 유희같이 생각되지 않는다. 하늘은 왜 저렇게 어제도 오늘은 내일도 푸르냐는 조물주에게 대한 저주의 비명이 아니고 무엇이랴.

아이들은 짖을 줄조차 모르는 개들과 놀 수는 없다. 그렇다고 해서 모이를 찾느라고 눈이 벌건 닭들과 놀 수도 없다. 아버지도 어머니도 너무나 바쁘다. 언니 오빠조차 바쁘다. 역시 아이들은 아이들끼리 노는 수밖에 없다. 그런데 대체 무엇을 갖고, 어떻게 놀아야 하나. 그들에게는, 장난감 하나 없는 그들에게는 영영 엄두(감히 무엇을 하려는 마음을 먹음. 또는 그 마음)가 나지 않을 것이다. 그들은 이렇듯 불행하다.

그 짓도 5분이다. 그 이상 더 길게 이 짓을 하자면 그들은 피로할 것이다. 순진한 그들이 무슨 까닭에 피로해야 되나? 그들은 위선 싱거워서 그 짓을 그만둔다.

그들은 도로(먼저와 다름없이. 또는 본래의 상태대로) 나란히 앉는다. 그런데 소리가 없다. 무엇을 하나. 무슨 종류의 유희인지, 유희는 유희인 모양인데… 이 권태의 왜소(矮小, 덩치가 작음) 인간들은 또 무슨 기상천외의 유희를 발명했나.

5분 후 그들은 비키면서 하나씩 둘씩 일어선다. 제각각 대변을 한 무더기씩 누어 놓았다. 아, 이것도 역시 그들의 유희였다. 속수무책의 그들 최후의 창작 유희였다. 그러나 그중 한 아이가 영 일어나지를 않는다. 그는 대변이 나오지 않는다. 그럼 그는 이번 유희의 못난 낙오자임이 틀림없다. 분명히 다른 아이들 눈에 조소의 빛이 보인다. 아, 조물주여! 이들을 위하여 풍경과 완구(玩具, 장난감)를 주소서.

7

날이 어두워졌다. 해저(海底, 바다 밑)와 같은 밤이 오는 것이다. 나는 자못 이상하다. 가만히 생각해 보면 나는 배가 고픈 모양이다. 이것이 정말이라면 나는 어째서 배가 고픈가. 무엇을 했다고 배가 고픈가.

자기 부패 작용이나 하고 있는 웅덩이 속을 실로 송사리 떼가 쏘다니고 있더라. 그럼 내 장부 속으로도 나로서는 자각할 수 없는 송사리 떼가 준동(蠢動, 꿈쩍거리며 움직임)하고 있나 보다. 아무튼, 나는 밥을 아니 먹을 수 없다.

밥상에는 마늘장아찌와 날된장과 풋고추조림이 관성의 법칙처럼 놓여 있다. 그러나 먹을 때마다 이 음식이 내 입에 내 혀에 다르다. 그러나 나는 그 까닭을 설명할 수 없다.

마당에서 밥을 먹으면 머리 위에서 그 무수한 별이 야단이다. 저것은 또 어쩌라는 것인가. 내게는 별이 천문학의 대상이 될 수 없다. 그렇다고 시상(詩想, 시의 구상)의 대상도 아니다. 그것은 다만 향기도 촉감도 없는 절대 권태의 도달할 수 없는 영원한 피안(彼岸, 불교에서 말하는 깨달음의 세계)이다.

별조차가 이렇게 싱겁다.

저녁을 마치고 밖으로 나와 보면 집집에서는 모깃불 연기가 한창이다. 그들은 마당에서 멍석을 펴고 잔다. 별을 쳐다보면서 잔다. 그러나 그들은 별을 보지 않는다. 그 증거로 그들은 멍석에 눕자마자 눈을 감는다. 그러고는 눈을 감자마자 쿨쿨 잠이 든다. 별은 그들과 관계없다.

나는 소화를 촉진시키느라고 길을 왔다 갔다 한다. 되돌아설 적마다 멍석 위에 누운 사람의 수가 늘어 간다. 이것이 시체와 무엇이 다를까? 먹고 잘 줄만 아는 시체. 나는 이런 실례로운(실례되는) 생각을 정지해야만 되겠다. 그리고 나도 가서 자야겠다.

방에 돌아와 나는 나를 살펴본다. 모든 것에서 절연(絶緣, 인연이나 관계를 끊음)된 지금의 내 생활… 자살의 단서조차 을 길이 없는 지금의 내 생활은 과연 권태의 극, 그것이다. 그렇건만 내일이라는 것이 있다. 다시는 날이 새지 않을 것 같은 밤 저쪽에 또 내일이라는 놈이 한 개 버티고 서 있다. 마치 흉맹(凶猛, 흉악하고 사나움)한 형리(刑吏, 형을 집행하는 사람)처럼…. 나는 그 형리를 피할 수 없다. 오늘이 되어 버린 내일 속에서 질식할 만큼 심심해해야 하고 기막힐 만큼 답답해해야 한다.

그럼, 오늘 하루를 나는 어떻게 지냈던가. 이런 것은 생각할 필요가 없으리라. 그냥 자자! 자다가 불행히, 아니 다행히 또 깨거든 최 서방 조카와 장기나 또 한판 두자. 웅덩이에 가서 송사리를 볼 수도 있고, 몇 가지 안 남은 기억을 소처럼 반추하면서 끝없이 나태를 즐기는 방법도 있지 않으냐.

불나비가 달려들어 불을 끈다. 불나비는 죽었든지 화상을 입었으리라. 그러나 불나비라는 놈은 사는 방법을 아는 놈이다. 불을 보면 뛰어들 줄도 알고, 평상(平常, 평상시)에 불을 초조히 찾아다닐 줄도 아는 정열의 생물이니 말이다. 그러나 여기 어디 불을 찾으려는 정열이 있으며 뛰어들 불이 있느냐. 없다. 나에게는 아무것도 없는, 내 눈에는 아무것도 보이지 않는다.

암흑은 암흑인 이상 이 좁은 방의 것이나 우주에 꽉 찬 것이나 분량상의 차이는 없으리라. 나는 이 대소없는 암흑 가운데 누워서 숨 쉴 것도 어루만질 것도 또 욕심나는 것도 아무것도 없다. 다만, 어디까지 가야 끝이 날지 모르는 내일, 그것이 또 창밖에 등대(等待, 미리 준비하고 기다림)하고 있는 것을 느끼면서 오들오들 떨고 있을 뿐이다.

_1937년 5월 4일~11일《조선일보》

슬픈 이야기

—어떤 두 주일 동안

그곳은 참 오랜만에 가 본 것입니다. 누가 거기에 가 보라고 그랬는지는 모릅니다. 매우 변했더군요. 그 전에 사생(寫生, 실물이나 실제 경치를 있는 그대로 본떠 그리는 일)하던 다리 아치(개구부 상부의 무게를 지탱하기 위하여 돌이나 벽돌을 곡선 모양으로 쌓아 올린 구조물. 또는 그런 모양이나 구조)가 모색(暮色, 날이 저물어 가는 어스레한 빛) 속에 여전하고, 시냇물 역시 그 밑을 조용히 흐르고 있습니다. 또 양쪽 언덕은 잘 다듬어서 중간중간 연못처럼 물이 괴었고, 자그마한 섬들이 세간(世間, 집안 살림에 쓰는 온갖 물건)처럼 조촐하게 놓여있습니다. 거기서 시냇물을 따라 좀 더 올라가면 졸업 기념으로 사진을 찍던 나무다리가 있습니다.

그 시절 친구들은 모두 뿔뿔이 헤어져 지금은 안부조차 모릅니다. 나는 거기까지는 가지 않고 의자처럼 생긴 어느 나무토막에 앉아서 물속으로도 황혼이 오는지 안 오는지 들여다보고 있었습니다. 잎사귀가 모두 떨어진 나무들이 물속에 거꾸로 비쳤습니다. 전신주도 비쳤습니다. 물은 그런 틈새로 잘 빠져서 흐릅니다. 하지만 내려놓은 그 풍경을 만져 보는 일은 결코 없습니다. 바람 없는 저녁입니다. 물속 전신주에 달린 전등에 불이 들어왔습니다. 마치 무슨 중요한 '말씀' 같습니다.

— '밤이 오십니다.'

나는 고개를 들어 땅 위의 전신주를 보았습니다. 갑자기 불이 켜집니다. 내가 보지 않는 동안 백주(白晝, 대낮)를 한 병 담아서 놀던 전등이 잠시 한눈을 판 것 같습니다. 그래, 밤이 오나…… 그러고 보니, 공기가 참 차갑습니다.

두루마기 아궁탱이(소맷부리) 속에서 오른손이 왼손을 꼭 쥐고 땀을 흘리고 있습니다. 내 마음이 허공에 있거나 물속으로 가라앉았을 동안에도 육신은 육신끼리의 사랑을 잊어버리거나 게을리하지 않나 봅니다. 머리카락은 모자 속에서 헝클어진 채 아무 소리도 없습니다. 어떻게 생각하면 이 가난한 모체(母體, 몸)를 의지하며 지내는 것들이 불쌍한 것도 같습니다. 땅으로 치면 메마른 불모지와도 같은 셈입니다. 눈도 퀭하니 힘이 없고, 귀도 먼지가 잔뜩 앉아서 너절한 행색입니다. 목에서는 소리가 제대로 나기는 하지만 낡은 풍금처럼 윤기가 없습니다. 콧속 역시 늘 도배한 것, 낡은 것처럼 우중충합니다. 20여 년이나 하나를 믿고 다소곳이 따라 지내온 그들이 어지간히 가엾고 끔찍할 뿐입니다. 그런 그윽한 충성을 잊은 채, 나는 지금 망하려 드는 것입니다.

일신(一身, 자기 한 몸)의 식구들이(손 · 코 · 귀 · 발 · 허리 · 종아리 · 목

등) 주인의 심사를 무던히 헤아리나 봅니다. 이리 비켜서고 저리 비켜서고, 서로서로 쳐다보기도 하고, 불안스러워하기도 하는 중에도 서로서로 의지하고, 여전히 다소곳이 닥쳐올 일을 기다리고만 있는 것 같습니다. 그러는 동안 꽤 어두워졌습니다.

별이 한 분씩 두 분씩 모여들기 시작합니다. 어디서 오시나. 굿 이브닝! 뿔뿔이 이야기꽃을 피우나 봅니다. 어떤 별은 좋은 담배를 피우고, 어떤 별은 정한(情恨, 정과 한) 손수건으로 안경알을 닦기도 하고, 또 기념촬영을 하는 무리도 있습니다. 나는 그런 오붓한 회장(會場, 모임이 열리는 장소)을 고개를 들어 쳐다보지 않은 채 물속을 통해 쳐다봅니다. 시각이 거의 되었나 봅니다. 오늘 밤 프로그램은 참 재미있는 여흥이 가지가지 있나 봅니다. 금 단추를 단 순시(巡視, 돌아다니며 사정을 살피는 사람)가 여기저기서 들창을 닫는 소리가 들립니다.

갑자기 회장이 어두워지더니, 모든 얼굴이 활기를 띱니다. 그중에는 가벼운 흥분으로 인해 잠깐 입술이 떨리는 이도 있고, 의미 있는 미소를 주고받으며 눈을 끔벅거리는 이들도 있습니다. 안드로메다, 오리온, 이렇게 좌석을 정한 후 담배도 모두 꺼버렸습니다. 그때 누군가가 회장 뒷문으로 허둥지둥 들어왔나 봅니다. 모든 별의 고개가 한쪽으로 일제히 기울어졌습니다. 근심스러운 체조, 그리고 숨결 죽이는 겸허로 인해 하늘이 더 깊고, 멀고, 어둡고, 멀어진 것 같습니다.

무슨 일일까요? 넓은 하늘 맨 뒤까지 들리는 그윽하지만, 결코 거칠지 않은 음악처럼 맑고 또렷한 말씀이 들립니다.

—여러분, 오늘 저녁에는 모두 일찍 돌아가시라는 전령입니다.

우—모두 일어나나 봅니다. 발루아 검정 모자는 참 품(品, 등급)이 있어 보이고, 스페인풍 망토 자락 역시 퍽 보기 좋습니다. 에나멜 구두가 부드러운 융단을 딛는 소리가 빠드득빠드득 꽈리 부는 소리처럼 들립니다. 모두 뿔뿔이 걸어서 갑니다.

이제 회장이 텅 빈 것 같습니다. 군데군데 전등이 몇 개 남아 있을 뿐입니다. 오늘 밤 숙직을 할 늙은이가 들어오더니, 그나마 하나씩 둘씩 꺼져 버립니다. 삽시간에 등불도 다 꺼지고, 어둡고 답답한 하늘에는 츄잉검과 캐러멜 껍데기가 여기저기 흩어져 있습니다. 무슨 일이 있으려나. 대궐에 초상이 났나 봅니다.

나는 팔짱을 끼고 오랫동안 잊어버렸던 우두 자국을 만져 보았습니다. 그러고 보니 우리 어머니도, 우리 아버지도 모두 얼굴이 얽으셨습니다. 하지만 두 분 모두 마음만은 착하기 그지없습니다. 우리 아버지는 손톱이 일곱 개밖에 없습니다. 궁내부 활판소에 다닐 때 손가락 세 개를 두 번에 걸쳐 잘리고 말았습니다. 우리 어머니는 생일도, 이름도 모릅니다. 태어나면서부터 친정이 없기 때문입니다. 그래서 나는 외갓집이 있는 사람이 매우 부럽습니다. 하지만 우리 아버지는 장모 있는 사람을 그렇게 부러워하지 않습니다.

나는 두 분께 돈을 갖다 드린 일도, 뭘 사 드린 일도 없습니다. 또 한 번도 절을 해본 일이 없습니다. 두 분이 내게 운동화를 사주시면, 나는 그것을 신고, 두 분이 모르는 골목길로만 다녀 금방 망가뜨리고 말았습니다.

또 월사금(학교에 매달 내던 수업료)을 주시면 두 분이 못 알아보는 글자만을 골라서 배웠습니다. 그랬건만 두 분은 단 한 번도 나를 미워한 일이 없습니다. 집을 나갔다가 23년 만에 돌아왔더니, 여전히 가난하게 사실 뿐이었습니다. 어머니는 내 대님과 허리띠를 접어주셨고, 아버지는 내 모자와 양복저고리를 걸기 위해 못을 박으셨습니다. 동생도 다 자랐고, 막냇누이도 어느새 아가씨가 되어 있었습니다. 그렇건만 나는 돈을 벌 줄 모릅니다. 어떻게 하면 돈을 벌 수 있을까요? 못 법니다, 못 법니다.

내게는 친구도 없습니다. 어른도 없습니다. 버릇도 없습니다. 뚝심(굳세게 버티어 내는 힘)도 없습니다.

손이 빰을 만집니다. 남의 손처럼 차갑습니다. '무슨 생각을 그렇게 하시나요? 이렇게 야위었는데.' 모체(母體)가 망하려 드는 기색을 알아차렸나 봅니다. 이내 위문(慰問, 불행에 처한 사람이나 수고하는 사람 등을 위로하고 사기를 북돋기 위해 방문하거나 안부를 물음)이 끊이지 않습니다. 그러면 뭘 하나. 속절없을 뿐이지.

나는 내 마음 최후의 재산인 기사마저도 이미 몰래 내다 버렸습니다. 남은 것이라곤 약 한 봉지와 물 한 그릇 뿐입니다. 어느 날이고, 밤 깊이 너희들이 잠든 틈을 타서 살짝 망하리라. 그 생각이 하나 적혀 있을 뿐입니다. 어머니 아버지에게 말하지 않고, 친구들에게도 전화하지 않은 채 기아(棄兒, 부모 또는 육아의 의무가 있는 사람이 아이를 몰래 내어 다 버림)하듯이 망하렵니다.

하하, 비가 오시기 시작합니다. 살랑살랑 물 위에 파문이 어지럽습니다. 고무신 신은 사람처럼 소리가 없습니다. 눈물보다도 고요합니다. 공기는 한층 더 차갑습니다. 까치나 한 마리…… 참, 이 비에 까치집이 새지 않는지 모르겠습니다. 이제 까치도 살기가 어려워져 서울 근방에서는 모두 없어졌나 봅니다. 이렇게 궂은비가 오는 밤에는 우는 사람도 많을 것입니다. 건너편 양옥집 들창이 유달리 환하더니, 결국 누군가가 그 들창을 안으로 닫아 버리고 맙니다. 따뜻한 방이 눈을 감고 실없는 장난을 하려나 봅니다. 마음대로 하라지요, 뭐.

하지만 한데는 너무 춥고, 빗방울은 차차 굵어갑니다. 비가 오네, 비가 오누나. 이제 비가 들기만 하면 날이 새렷다. 그런 계절에 대한 근심이 마음을 불안하게 하는 때, 나는 사람이 불현듯 그리워집니다. 지금 내 곁에는, 내 여인이 벙어리처럼 서 있을 뿐입니다.

나는 가만히 여인의 얼굴을 쳐다봅니다. 참 하얗고도 애처롭습니다. 여인에게는 그전에 달빛 아래서 오래오래 놀던 세월이 있었나 봅니다. 아, 저런 얼굴에…… 하지만 입 맞출 곳이 하나도 없습니다. 입 맞출 자리란, 말하자면 얼굴 중에도 반드시 아무것도 아닌 자그마한 빈 터전이어야만 합니다. 그렇건만 이 여인의 얼굴에는 그런 공지(空地, 빈터)가 단 한 군데도 없습니다. 나는 이 태엽을 감아도 소리 안 나는 여인을 가만히 가져다가 내 마음에다 놓아두는 중입니다. 텅텅 빈 내 모체가 망할 때, 나는 이 '시몬'과 같은 여인을 체(滯, 막힘)한 채 그리렵니다. 이 여인은 내 마음의 잃어버린 제목입니다. 그리고 미구(未久, 앞으로 곧)에 내어다 버릴 내 마음을 잠시 걸어 두는 한 개의 못입니다. 육신의 각 부분도 이 모체의 허망함을 묵인하고 있나 봅니다.

"여인이여, 내 그대 몸에는 손가락 하나 대지 않으리다. 그러니 우리 함께 죽읍시다."

"Double Platonic Suicide(동반자살)인가요?"

"아니지요, 두 개의 Single Suicide(자살)이지요."

나는 수첩을 꺼내어 날짜를 짚었습니다. 오늘이 11월 16일이고, 다음 다음 주 휴일이 12월 1일이라고.

"두 주일이군요."

여인의 창호지같이 창백한 얼굴에 금이 가면서 웃음이 살짝 보입니다. 여인은 그윽한 내 공책에 악보처럼 생긴 글자로 증서를 하나 쓰고 지장을 찍어주었습니다.

"틀림없이 같이 죽어드리기로."

"네, 감사하다 뿐이겠습니까."

나는 내가 제일 좋아하는 노래를 생각하며 휘파람을 불었습니다.

나는 세상의 모든 죄송스러운 일을 잊어버리기로 하였습니다. 그리고 깨끗한 손수건을 깃발처럼 흔들었습니다. 패배의 기념입니다.

"저기 저 자동차들은 비가 오는데 어디를 저렇게 가는 걸까요?"

"네, 그 고개 너머에 성모의 시장이 있습니다."

"일 원짜리가 있다니 정말 불을 지르고 싶습니다."

"왜요?"

자동차들은 헤드라이트로 물을 튀기면서 언덕 너머로 언덕 너머로 몰려갑니다. 오늘처럼 척척한 밤공기 속에서는 분도 좀 더 발라야 하고, 향수도 좀 더 강렬한 것이 필요할 것 같습니다.

참 척척합니다. 이제 비가 제법 옵니다. 모자 차양(햇볕을 가리거나 비가 들이치는 것을 막기 위하여 처마 끝이나 창문 바깥쪽에 덧붙이는 물건)에서도 물이 뚝뚝 떨어집니다. 두루마기는 속속들이 젖어서 이제 저고리마저 젖기 시작했습니다. 아무도 보는 사람이 없습니다. 아무도 없는데 왜 부끄러워해야 합니까? 나는 누구나 만날 때마다 부끄러워하렵니다. 그러나 그이는 내가 왜 부끄러워하는지 모릅니다.

내 속에 사는 악마는 고생을 많이 한 사람처럼 키가 매우 작습니다. 또 몸무게 역시 몇 푼 되지 않습니다. 그런데 어디서 횡재를 하고 돌아왔습니다. 장갑을 벗으면서 초췌하지만 즐거운 얼굴을 잠시 거울 속으로 엿보나 봅니다. 그러고 나서 깨끗한 도화지 위에 단색으로 풍경화를 한 장 그립니다.

언젠가 한 번 왔다 간 적이 있는 항구입니다. 날이 좀 흐렸습니다. 반찬도 맛이 없습니다. 젊은 사람이 젊은 여인을 곁에 세운 채 우체통에 편지를 넣습니다. 철썩, 어둠은 물과 같이 출렁출렁하나 봅니다. 우체통 안으로 꾹두서니 빗물이 차갑게 튀어서 편지가 젖었을까 생각해봅니다. 젊은 사람이 입맛을 다시더니 곁에 있던 여인과 어깨를 나란히 한 채 부두를 향해 걸어갑니다. 몇 시나 되었을까…… 4시? 해는 어지간히 서쪽으로 기울고, 음산한 바람이 밀물 냄새를 품고 불어옵니다.

"담배 다섯 갑만 주세요. 그리고 오십 전짜리 초콜릿도 하나 주시구요."

여보 하릴없이 실감개 같지…….

"자, 안녕히 계십시오."

골목은 길고 포도(鋪道, 돌 · 시멘트 · 아스팔트 따위를 깔아 단단하게 다져 꾸민 도로)에는 귤껍질이 여기저기 흩어졌습니다.

뚜— 부두에서 들려오는 기적 소리가 분명합니다. 뚜—, 이 뚜— 소리에는 엷은 보라색을 칠해야 합니다. '부두'올시다. 에그, 여기도 버스가 있구려.

돛대 위에서 깃발이 숨이 차서 헐떡헐떡 야단입니다. 젊은 사람은 앞가슴 두 번째 단추를 빼어놓습니다. 누가 암살을 하면 어떻게 하게? 축항(築港, 항구)의 물은 새까맣습니다. 나무토막이 떴습니다. 저놈은 대체 어디서 떨어져 나온 놈일까요? 참, 갈매기가 나네요. 오늘은 헌 옷을 입었습니다. 길이 진가 봅니다.

자, 탑시다. 선벽은 검고, 굴 딱지가 많이 붙어 있습니다. 하여간 탑시다. 시간이 다 된 모양입니다. 뚜— 뚜뚜— 떠나나 봅니다. 저는 좀 드러눕겠습니다. "저도요!" 좀 동그란 들창으로 좀 내다봐야겠군요. 항구에는 불이 들어왔습니다. 여인의 이마를 좀 짚어봅니다. 따끈따끈합니다. 팔팔 끓습니다. 어쩌나…… 그러지 마요. 담배를 피워 물었습니다. 한 개 피우고, 두 개 피우고, 잇대어 세 개를 피우고, 네 개, 다섯 개, 이렇게 해서 쉰 개를 피우는 동안에 결심하면 됩니다.

"여보, 그동안 당신은 초콜릿이나 잡수세요."

선실에도 불이 켜졌습니다. 모두 피곤하나 봅니다. 마흔 개, 마흔한 개…… 이렇게 해서 어느 사이에 마흔아홉 개를 태워버렸습니다. 혀가 아려서 견디지 못하겠습니다. 초저녁이 흔들립니다.

"여보, 이 꽁초 늘어선 것 좀 봐요! 마흔아홉 개예요. 일어나요, 이제 갑판으로 나갑시다."

여인은 다소곳이 일어나건만 여전히 말이 없습니다. 흐렸군. 별도 없이 바다는 그냥 문을 닫은 것처럼 어둡습니다. 소금 냄새 나는 바람이 여인의 치맛자락을 휘날립니다. 한 개 남은 담배에 불을 붙여 물고, 요거 한 대가 다 타는 동안 마지막 결심을 하면 됩니다.

"여보, 서럽지는 않소?"

여인은 머리를 좌우로 흔듭니다.

"이제 다 탔소!"

문을 닫아라. 배를 벗어 버리는 미끄러운 소리…… 답답한 야음을 떠미는 힘든 소리…… 바다가 깨어지는 요란한 소리…… 굿바이! 악마는 이 그림 한구석에 차근차근 사인을 하였습니다.

두 주일이 속절없이 지나가고, 휴일이 찾아왔습니다. 나는 강변 모래밭을 여인과 함께 걷고 있었습니다. 나는 기침을 합니다. 콜록콜록—콜록—결국 감기가 들고 말았습니다.

바람이 사정없이 불어옵니다. 내 포켓에는 걱정이 하나 들어 있습니다. 여인은 오늘 유달리 키가 작아 보일 뿐만 아니라 생기가 없어 보입니다. 그럴 줄 알았습니다. 당신은 너무 젊습니다. 그렇게 젊은 몸으로 이렇게 자꾸 기일이 천연(遷延, 일이나 날짜 등을 오래 끌어 미룸)되는 데서, 나는 불안이 점점 커갈 뿐입니다. 바람을 띵띵 먹은 돛폭(돛을 이루고 있는 넓은 천)을 둘씩 셋씩 세운 상선이 뒤이어 올라가고 있습니다. 노래나 한마디 하시구려. 하늘은 차고, 땅은 젖었습니다. 과자보다도 가벼운 여인의 체중입니다.

나는 돌아서서 겨우 담배를 붙여 물고 겸사겸사 한숨을 쉬었습니다. 기침이 납니다. 저리 가봅시다. 방풍림 우거진 속으로 철로가 놓여 있습니다. 까치 한 마리도 없이, 낙엽은 낙엽대로 쌓여서 이 세상에 이렇게 황량한 데가 또 있을까요?

나는 여인의 팔짱을 끼고 질컥질컥하는 낙엽을 밟으면서 자꾸만 동쪽으로 걸었습니다. 자갈을 가득 실은 화물차가 자그마한 기적을 울리며 우리 곁을 지나갑니다. 우리는 그 자리에 서서 동화 같은 그 풍경을 한없이 바라보았습니다. 간혹 낙엽 위로 나 있는 길도 있습니다. 그러나 사람은 단 한 명도 만날 수 없습니다. 어디까지나 황량한 인외경(人外境, 사람이 살고 있지 않은 곳)일 뿐입니다.

나는 야트막한 여인의 어깨를 어루만지며 장미처럼 생긴 귀에다 대고 부드럽게 말했습니다.

"집에 갑시다."

"싫어요. 저는 오늘 아주 나왔어요."

"닷새만 더 참아요."

"참지요…… 하지만 그렇게까지 해서라도 꼭 죽어야 하나요? 그러면 죽은 셈 치고, 그 영혼을 제게 빌려주실 순 없나요?"

"안 됩니다."

"언제든지 죽어드리겠다는 저당을 붙여도요?"

"네."

세상에 이런 일이 또 있습니까? 나는 주머니 속에서 몇 통의 편지를 꺼내 그 자리에서 모두 찢어버리고 말았습니다. 군(君)이 이 편지를 받았을 때, 나는 이미 아무개와 함께 이 세상 사람이 아니리라는, 내 마지막 허영심을 담은 편지였습니다. 하지만 그게 뭐란 말입니까? 과연, 지금 나로서는 내 한목숨도 끊을 만한 용기가 없습니다. 수양(修養)이 되지 않았기 때문입니다. 하지만 힘써 얻어 보겠습니다. 까치도 오지 않는 이 그윽한 수풀 속에 난데없는 떼 상장(喪章, 상중에 있음을 나타내거나 조의를 표하기 위하여 옷깃이나 소매 따위에 다는 이름표)이 쏟아진 것입니다. 여인의 얼굴은 새파래졌습니다.

_1937년 6월《조광》

산묵집
— 오감도 작자의 말

왜 미쳤다고들 그러는지. 대체 우리는 남보다 수십 년씩 뒤떨어져도 마음 놓고 지낼 작정이냐. 모르는 것은, 내 재주도 모자라겠지만 게을러빠지게 놀고만 지내던 일도 좀 뉘우쳐 봐야 하는 거 아니냐. 여남은 개쯤 써보고서 시 만들 줄 안다고 잔뜩 믿고 굴러다니는 패들과는 물건이 다르다. 2천 점에서 30점을 고르는데 땀을 흘렸다. 31년, 32년 일에서 용대가리를 떡 꺼내어놓고 하도 야단해서 뱀 꼬랑지는커녕 쥐 꼬랑지도 못 달고 그만두니 서운하다. 깜박 신문이라는 답답한 조건을 잊어버린 것도 실수지만 이태준, 박태원 두 형이 끔찍이도 편을 들어준 데는 절한다.

첨(籤, 간단히 적거나 표하여서 붙이는 작은 쪽지) — 이것은 내 새 길의 암시요, 앞으로 제 아무에게도 굴하지 않겠지만 호령하여도 에코 — 가 없는 무인지경은 딱하다. 다시는 이런 — 물론 다시는 무슨 다른 방도가 있을 것이고, 우선 그만둔다. 한동안 조용하게 공부나 하고 딴은 정신병이나 고치겠다.

__1937년 6월《조광》

*이 글은 이상이 직접 발표한 것이 아니라, 그가 죽었을 때 벗 박태원이 쓴 추도사 〈이상의 편모〉에 실려 전하는 글이다. 실험 시 〈오감도〉의 신문연재가 중단된 후 발표하려고 했던 것으로 보인다.

실낙원

소녀

소녀는 확실히 누구의 사진인가 보다. 언제든지 잠자코 있다. 소녀는 때때로 복통이 난다. 누가 연필로 장난을 한 까닭이다. 연필은 유독하다. 그럴 때마다 소녀는 탄환을 삼킨 사람처럼 창백하다고 한다.

소녀는 때때로 각혈을 한다. 그것은 부상당한 나비가 와서 앉는 까닭이다. 나뭇가지는 부러지고 만다.

소녀는 단정(短艇, 작은 배) 가운데 있었다. — 군중과 나비를 피해 냉각된 수압이, 냉각된 유리의 기압이, 소녀에게 시각만을 남겨주었다. 그리고 허다한 독서가 시작된다. 덮은 책 속에 혹은 서재 어떤 틈에 곧잘 한 장의 '얇은 것'이 되어 숨고는 한다.

내 활자에 소녀의 살결 냄새가 섞여 있다. 내 제본에 소녀의 인두 자국이 남아 있다. 이것만은 어떤 강렬한 향수로도 헷갈리게 하는 수 없을—

사람들은 그 소녀를 내 처라고 해서 비난하였다. 듣기 싫다. 거짓말이다. 정말 이 소녀를 본 놈은 하나도 없다.

그러나 소녀는 누구나의 처가 아니면 안 된다. 내 자궁 가운데, 소녀는 무엇인가를 낳아 놓았으니, 그러나 나는 아직 그것을 분만하지 않았다. 이런 소름 끼치는 지식을 내어버리지 않고서야—그렇다는 것이—체내에 먹어 들어오는 연탄처럼 나를 부식시켜 버리고야 말 것이다.

나는 이 소녀로 화장(火葬)해 버리고 그만두었다. 내 비공(鼻孔, 콧구멍)으로 종이 탈 때, 나는 그런 냄새가 어느 때까지라도 저회(低徊, 머리를 숙이고 생각에 잠겨 왔다 갔다 함)하면서 사라지려 하지 않았다.

육친의 장

기독('그리스도'의 음역어)에 혹사한 한 사람의 남루한 사나이가 있었다. 다만, 기독에 비해 눌변이요, 어지간히 무지한 것만이 틀리다면 틀렸다.

연기 50유 1(年紀伍十有一).

나는 이 모조 기독을 암살하지 않으면 안 된다. 그렇지 않으면 내 일생을 압수하려는 기색이 바야흐로 농후하다.

다리 한쪽을 절름거리는 여인 하나가 언제든지 돌아선 자세로 내게 육박한다. 내 근육과 골편과 또 약소한 입방의 혈청과의 원가 상환을 청구하는 모양이다. 그러나—내게 그만한 돈이 있을까. 소설을 써봐야 푼돈도 되지 않는다. 이런 흉장의 배상금을—도리어—물어내라 그러고 싶다. 그러나—어쩌면 저렇게 심술궂은 여인일까. 나는 이 추악한 여인으로부터도 도망가지 않으면 안 된다.

단 한 개의 상아 스틱, 단 한 개의 풍선.

묘혈에 계신 백골까지 내게 무엇인가를 강요하고 있다. 그 인감은 이미 실효된 지 오래다. 하지만 그것은 꿈에도 생각하지 않고 '그 대상으로 나는 내 지능의 전부를 기권하리라.'

칠 년이 지나면 인간 전신의 세포가 최후의 하나까지 교차된다고 한다. 칠 년 동안 나는 이 육친들과 관계없는 식사를 하리라. 그리고 당신네를 위하는 것도 아니고, 또 칠 년 동안은 나를 위하는 것도 아닌 새로운 혈통을 얻어 보겠다—하는 생각을 하여서는 안 된다.

돌려보내라고 하느냐. 칠 년 동안 금붕어처럼 개흙만을 토하고 지내면 된다. 아니—메기처럼.

실낙원

천사는 어디에도 없다. 파라다이스는 빈터다. 때때로 두세 명의 천사를 만날 때가 있다. 제각각 다 쉽사리 내게 키스를 해준다. 그러나 홀연히 즉시 죽어버린다. 마치 웅봉(雄蜂, 벌의 수컷)처럼—천사는 천사끼리 싸움을 하였다는 소문도 있다.

나는 B군에게 내가 향유하고 있는 천사의 시체를 처분해버리겠다고 이야기할 생각이다. 그러면 여러 사람을 웃길 수도 있을 것이다. 사실 S군 같은 사람은 깔깔 웃을 것이다. 그도 그럴 것이 S군은 5척이 넘는 훌륭한 천사의 시체를 십 년 동안이나 충실하게 보관해온 경험이 있으니까—

천사를 다시 불러서 돌아오게 하는 응원기 같은 기는 없을까. 천사는 왜 그렇게 지옥을 좋아하는지 모르겠다. 지옥의 매력이 천사에게도 차차 알려진 것은 아닐까.

천사의 키스에는 색색이 독이 들어 있다. 키스를 당한 사람은 꼭 무슨 병이든지 앓다가 그만 죽어 버리는 것이 예사다.

면경(面鏡, 거울)

철 필 달린 펜촉 하나. 잉크병. 글자가 적혀 있는 지편(모두가 한 사람 것).

부근에는 아무도 없는 것 같다. 그리고 그것은 읽을 수 없는 학문이 아닌가 싶다. 남아 있는 체취를 유리의 '냉담한 것' 덕(德)하지 아니하니, 그 비장한 최후의 학자는 어떤 사람이었는지 조사할 길이 없다. 이 간단한 장치의 정물은 '투탕카멘'처럼 적적하고 기쁨을 보이지 않는다.

피만 있으면, 최후의 혈구 하나가 죽지만 않았으면, 생명은 어떻게라도 보존되어 있을 것이다.

피가 있을까. 혈흔을 본 사람이 있나. 그러나 그 난해한 문학의 끄트머리에 사인이 없다. 그 사람은 — 만일 그 사람이라는 사람이 그 사람이라는 사람이라면 — 아마 돌아오리라.

죽지는 않았을까 — 최후의, 한 사람의 병사의 논공조차 행하지 않을 — 영예를 일신에 지고 지루하다. 그는 필시 돌아올 것인가. 그래서 피로에 가늘어진 손가락을 놀려서는 저 정물을 운전할 것인가.

그러면서도 결코 기뻐하는 기색을 보이지는 아니하리라. 지껄이지도 않을 것이다. 문학이 되어버리는 잉크에 냉담하리라. 그러나 지금은 한없는 정밀(靜謐, 분위기 따위가 고요하고 편안함)이다. 기뻐하는 것을 거절하는 투박한 정물이다.

정물은 부득부득 피곤하리라. 유리는 창백하다. 정물은 골편까지도 노출한다.

시계는 왼쪽 방향으로 움직이고 있다. 그것은 무엇을 계산하는 '미터'일까. 그러나 그 사람이라는 사람은 피곤하였을 것도 같다. 저 칼로리의 삭감 — 모든 기계는 연한이다. 거진거진(거의) — 잔인한 정물이다. 그 강의 불굴하는 시인은 왜 돌아오지 아니할까.

과연 전사하였을까.

정물 가운데, 정물 가운데 정물을 저며 내고 있다. 잔인하지 아니한가.

초침을 포위하는 유리 덩어리에 담긴 지문은 소생하지 아니하면 안 될 것이다. 그 비장한 학자의 주의를 환기하기 위하여.

자화상

여기는 도무지 어느 나라인지 분간할 수 없다. 거기는 태고와 전승하는 판도(版圖, 어떤 세력이 미치는 영역 또는 범위)가 있을 뿐이다. 여기는 폐허다. 피라미드와 같은 코가 있다. 그 구멍으로는 '유구한 것'이 드나들고 있다. 공기는 퇴색되지 않는다. 그것은 선조가 혹은 내 전신이 호흡하던 바로 그것이다. 동공에는 창공이 의고하여 있으니 태고의 영상의 약도다. 여기는 아무 기억도 유언 되어 있지는 않다. 문자가 닳아 없어진 석비(石碑, 비석)처럼 문명에 잡다한 것이 귀를 그냥 지나갈 뿐이다. 누구는 이것이 데스마스크라고 했다. 또 누구는 데스마스크는 도적맞았다고 했다.

죽음은 서리와 같이 내려 있다. 풀이 말라 버리듯이 수염은 자라지 않은 채 거칠어갈 뿐이다. 그리고 천기(天氣) 모양에 따라서 입은 커다란 소리로 외친다. 수류(水流)처럼.

월상(月像)

그 수염 난 사람은 시계를 꺼내어 보았다. 나도 시계를 꺼내어 보았다. 늦었다고 그랬다.

일주야(一晝夜, 새벽부터 밤까지 만 하루)나 늦어서 달이 떴다. 그러나 그것은 너무나 심통한 차림이었다. 만신창이—아마 혈우병인가도 싶었다.

지상에는 금시 산비(酸鼻, 슬프거나 참혹하여 콧마루가 시큰함)할 악취가 미만(彌漫, 널리 가득 차 그들먹함)하였다. 나는 달이 있는 반사 방향으로 걷기 시작하였다. 그러나 걱정스러웠다.—어떻게 달이 저렇게 비참한가 하는—

작일(昨日, 어제)의 일을 생각하였다.—그 암흑을—그리고 내일의 일도—그 암흑을—달은 지지하게도 행진하지 않는다. 나의 그 겨우 있는 그림자가 상하(上下, 오르락내리락함)하였다. 달은 제 체중에 견디기 어려운 것 같았다. 그리고 내일의 암흑의 불길을 징후(徵候, 겉으로 드러나는 낌새)하였다.

나는 이제 다른 말을 찾아내지 않으면 안 되게 되었다. 나는 엄동과 같은 천문과 싸워야 한다. 빙하와 설산 가운데 동결하지 않으면 안 된다. 그리고 달에 대한 일은 모두 잊어버려야 한다.—새로운 달을 발견하기 위하여—

금시로 나는 도도한 대 음향을 들으리라. 달은 타락할 것이다. 지구는 피투성이가 되리라. 사람들은 전율하리라. 부상한 달의 악혈(惡血, 죽은피) 가운데 유영하면서 드디어 결빙하여 버리고 말 것이다.

이상한 괴기가 내 골수에 침입하여 들어오는가 싶다. 태양은 단념한 지상 최후의 비극을 나만이 예감할 수가 있을 것 같다.

드디어 나는 내 전방에 질주하는 내 그림자를 추격하여 앞설 수 있었다. 내 뒤에 꼬리를 이끌며, 내 그림자가 나를 쫓는다.

내 앞에 달이 있다. 새로운—불과 같은—혹은 화려한 홍수 같은—

_死後 발표, 1939년 2월《조광》

모색

바구니의 삼베 보를 벗기자 머루와 다래가 나왔다. 내게 사달라는 것이다. 하지만 나는 머루와 다래의 덜 익은 맛을 좋아하지 않는다. 그래서 들어가지 않겠다고 했다. 도대체 어처구니없이 젊다.

또 하나의 바구니에는 복숭아가 가득 들어 있다. 하지만 그것은 복숭아 같은 모양을 하고는 있지만, 무릇 복숭아는 아니다. 새파랗고 조그마한 다른 과일이다. 그러나 이것은 복숭아인 것이다. 나는 그것을 조금 먹어 보고는 깜짝 놀랐다.

대체로 내 혓바닥은 약하다. 금세 맹목(盲目, 사물을 볼 수 없는 눈)이 될 성싶을 만큼.

촌사람들, 특히 아이들은 아귀(염치없이 먹을 것을 탐하는 사람)처럼 입을 물들이며 먹는다. 나는 그들의 혀가 초인간적으로 건강한 데 혀를 차지 않을 수 없었다. 아니, 촌사람만도 아니다. 파는 사람 자신부터가 열심히 먹으면서 장사를 한다. 그건 그렇게 먹음으로써 다른 사람들에게 식욕을 일으킬 수 있다는 속셈도 있을 것이다. 참으로 늘어진 팔자라고 할 수 있다.

한 사람은 꼬부랑 노인으로서 불행한 운명 때문에 50평생을 이미 꼬깃꼬깃 구겨 버리고 말았다. 보기만 해도 가엾은 얼굴이다. 그리고 또 한 사람은 어처구니없이 젊다. 그녀는 어머니다.

젖먹이 어린놈은 더럽혀진 장난감처럼 지저분하고 때로는 심술궂게 악을 쓴다. 그런데 그 어머니는 거의 무신경하다. 그뿐인가. 때 묻은 젖을 축 늘어뜨린 채 머루만 맛있게 씹고 있다.

노인은 한 푼이라도 더 돈으로 바꾸고 싶었을 것이다.

먹지도 않고, 그 곁에서 수연만장(垂涎萬丈, 침을 만 길이나 흘리다. 제 것으로 만들고 싶어 몹시 탐을 냄)하는 내게 "하나쯤 먹어 보는 것도 좋다. 그리고 맛있거든 제발 좀 사 달라"며 울음 반 웃음반이다.

하지만 나는 나대로 "사지 않을 테니 필요 없다"고 말했다.

그러자 이번에는 어린 것에게 젖을 먹이느라고 잠시 먹던 걸 중지하고 있던 그 젊은 어머니에게 권하는 것이었다. 아마 그녀는 노인의 며느리일 것이다.

며느리는 다시 복숭아와 머루를, 그 시원한 즙을 입속 가득히 스며들도록 넣으면서 음향 효과 역시 신명 나게 씹고 있다.

무엇보다도 나는 그녀가 어떻게 이렇게 어린놈을 낳았는지, 그것이 불가사의해서 견딜 수 없었다. 아마 서방은 건장한 농사꾼일 것이다. 약간 나이가 위인…… 아니면, 나이가 아래일까?

부부의 비밀—노인의 저 쭈글쭈글한 얼굴에 나타난 단념과 만족의 표정. 아들의 행복은 바로 노인의 행복인 것이다.

이 새댁 역시 언젠가는 저 세피아 색으로 반짝반짝하는 노인이 될 것이다. 또 지금 제 가슴팍에 매달려 있는 젖먹이 때문에 자신의 50평생을 희생한 것도 잊은 채 단념과 만족의 생을 보낼 것이다. 새 며느리를 맞이할 즈음, 산에는 다래와 머루가 익을 것이다. 그땐 그것이 벌써 전매특허가 되어 버렸을지도 모른다.

어느덧 모색(暮色, 날이 저물어 가는 어스레한 빛)은 마을에 내려와 저 가난한 장사치들도 모두 돌아가고 말았다.

하지만 그 노인만은 홀로 '조세 장려 표항(標杭, 표지)' 옆에서 애달프게 머물러 있었다. 아마 그것 역시 노인의 노파심 때문일 것이다. 하지만 젊은 어머니는 이미 사라지고 없다.

_1939년 2월《조광》

병상 이후

그는 의사의 얼굴을 몇 번이나 치어다보았다. '의사도 인간이다. 나하고 조금도 다를 것이 없는!' 이렇게 속으로 아무리 부르짖어 보았으나, 그는 의사를 한낱 위대한 마법사)나 예언자 쳐다보듯 보지 아니할 수 없었다. 의사는 붙잡았던 그의 팔목을 놓았다. (가만히) 그는 그것이 한없이 섭섭하였다, 부족하였다.

'왜 벌써 놓을까. 왜 고만 놓을까? 그만 보아가지고도 이 묵은(老) 중병자를 뚫어 들여다볼 수가 있을까.'

꾸지람 듣는 어린아이가 할아버지 눈치를 쳐다보듯이 그는 가련 (참으로)한 눈으로 의사의 얼굴을 언제까지라도 치어다보아 그만두려고 하지 않았다. 의사는 얼굴을 십장생화(十長生畵) 붙은 방문 쪽으로 돌이킨 채 눈은 천장에 꽂아놓고 무엇인지 길이 깊이 생각하는 것 같더니, 길게 한숨 하였다. 꽉 다물어져 있는 의사의 입은 그가 아무리 치어다보아도 열릴 것 같지는 않았다.

안방에서 들리는 담소 소리에서 의사의 웃음소리가 누구의 것보다도 가장 큰 것을 그는 들을 수 있었다. 모든 것은 눈물 날만큼 분하였다. 그러나 '자기의 병이 그다지 중(重)치는 아니 하기에 저렇지.' 하는 생각도 들어, 한편으로는 자그마한 안심을 가져오게 할 수도 있었다. 그러나 그러는 가운데에도 그가 잊을 수 없는 것은 그의 팔목을 잡았을 의사의 얼굴에서부터 방산(放散, 연기나 냄새 따위를 풍김)해 오는 술의 취기(臭氣) 그것이었다.

'술을 마시고도 정확한 진찰을 할 수 있나.'

이런 생각을 하여가며 그래도 그는 그의 가슴을 자제하였다. 그리고 의사를 믿었다. (그것은 억지로가 아니라 그는 그렇게도 의사를 태산같이 믿었다.) 그러나 안방에서 나오는 의사의 큰 웃음소리를 그가 누워서 귀에 들을 수 있었을 때에,

'내 병 같은 것은 안중에도 없지! 술을 마시고 와서 장난으로 내 팔목을 잡았지. 그 수심스러운 무엇인가를 숙고하는 것 같은 얼굴의 표정도 다—일종의 도화극(道化劇, 익살스러운 희극)이었지! 아—아—중요하지도 않은 인간—.'

이런 제어할 수 없는 상념이 열에 고조된 그의 머리에 좁은 구멍으로 뽑아내는 철사처럼 뒤이어 일어났다. 혼자 애썼다. 그러는 동안에도 "아—고만하세요, 전작이 있어서 이렇게 많이는 못 합니다."

의사가 권하는 술잔을 사양하는 이러한 소리와 함께 술잔이 무엇엔가 부딪히는 쨍그렁하는 금속성 음향까지도 구별해내며 의식할 수 있

을 만큼 그의 머리는 아직도 그다지 냉정을 상실치는 않았다.

의사 믿기를 하느님같이 하는 그가 약을 전혀 먹지 않는 것은 그 무슨 모순인지 알 수 없다. 한밤중에 달여 들여오는 약을 볼 때 우선 그는 '먹기 싫다'를 느꼈다.

그의 찌푸려진 지 오래인 양미간은 더 한 층이나 깊디깊은 홈을 짓지 아니하면 아니 되었다. 아무리 바라보았으나 그 누르끄레한 액체의 한 탕기가 묵고 묵은 그의 중병(단지 지금의 형세만으로도 훌륭한 중병환자의 자격을 가지고 있다)을 고칠 수 있을까 믿기는 예수 믿기보다도 그에게는 어려웠다.

목은 그대로 타들어온다. 밤이 깊어 갈수록 신열이 점점 더 높아 가고, 의식은 상실되어 몽현간(夢現間, 꿈과 현실 사이)을 왕래하고, 바른편 가슴은 펄펄 뛸 만큼 아파 들어오는 것이었다. 무엇보다도 우선 가슴 아픈 것만이라도 나았으면 그래도 살 것 같다. 그의 의식이 상실되는 것도 다만 가슴 아픈데 원인 될 따름이었다. (적어도 그에게는 그렇게 생각되었다.)

'나의 아프고 고(苦)로운 것을 하늘이나 땅이나 알지 누가 아나.'

이러한 우스꽝스러운 말을 그는 그대로 자신에서 경험하였다. 약물이 머리맡에 놓인 채로 그는 그대로 혼수상태에 빠져있었다. 얼마 후에 깨어났을 때는 그의 전신에 문자 그대로 땀이 눈으로 보는 동안에 커다란 방울을 지어 가며 황백색 피부에서 쏟아져 솟았다. 그는 거의 기능까지도 정지되어 가는 눈을 치어 들어 벽에 붙은 시계를 보았다. 약 들여온 지 10분. 그동안이 그에게는 마치 장년월(長年月, 오랜 세월)의 외국 여행에서 돌아온 것만 같은 느낌이었다. 약탕기를 들었을 때에 약은 냉수와 마찬가지로 식었다.

'나는 이다지도 중요하지 않은 인간이다. 이렇게 약이 식어버리도록 이것을 마시라는 말 한마디 해주는 사람이 없으니.'

그는 그것을 그대로 들이마셨다. 거의 절망적 기분으로, 그러나 말라 빠진 그의 목을 그것은 훌륭히 축여주었다.

얼마 동안이나 그의 의식은 분명하였다. 빈약한 등광(燈光, 등불의 빛) 밑에 한쪽으로 기울어져 가며 담벼락에 기대어 있는 그의 우인(友人, 친구)의 〈몽국풍경〉의 불운한 작품을 물끄러미 바라다보았다. 평소 같으면 그 화면(畵面)이 몹시 눈이 부시어서 (밤에만) 이렇게 오랫동안 계속하여 바라볼 수 없었을 것을 그만하여도 그의 시각은 자극에 대하여 무감각이 되었었다. 몽롱하게 떠올라 오는 그동안 수개월의 기억이 (더욱이) 그를 다시 몽현 왕래(夢現往來)의 혼수상태로 이끌었다. 그 난의식(亂意識) 가운데서도 그는 동요(童搖, 확고하지 못하고 흔들림)가 왔다. — 이것을 나는 근본적인 줄만 알았다.

그때에 나는 과연 한때의 참혹한 걸인이었다. 그러나 오늘날까지의 거짓을 버리고 참에서 살아갈 수 있는 '인간'이 되었다. — 나는 이렇게만 믿었다. 그러나 그것도 사실에 있어서는 근본적은 아니었다. 감정으로만 살아나가는 가엾은 한 곤충의 내적 파문에 지나지 않았던 것을 나는 발견하였다. 나는 또한 나로서도, 또 나의 주위의 — 모든 것에 대하여 굉장한 무엇을 분명히 창작(?)하였는데, 그것이 무슨 모양인지 무엇인지 등은 도무지 기억할 길이 없는 것은 당연한 일이다.

그 동안 수개월 — 그는 극도의 절망 속에 살아왔다 (이런 말이 있을 수 있다면 그는 '죽어 왔다'는 것이 더 정확하겠다). 급기야 그가 병상에 쓰러지지 아니하면 아니 되었을 순간 — 그는 '죽음은 과연 자연적으로 왔다.'를 느꼈다. 그러나 하루 이틀 누워 있는 동안 생리적으로 죽음 가까이까지에 빠진 그는 타오르는 듯한 희망과 야욕을 가슴 가득히 채웠던 것이다. 의식이 자기로 회복되는 사이사이 그는 이 오래간만에 맛보는 새 힘에 졸리었다(보채어졌다). 나날이 말라 들어가는 그의 체구가 그에게는 마치 강철로 만든 것으로만, 결코 죽거나 할 것이 아닌 것으로만 자신(自信)되었다.

그가 쓰러지던 그 날 밤 (그 전부터 그는 드러누웠었다. 그러나 의식을 잃기 시작하기는 그 날 밤이 첫 밤이었다), 그는 자기 우인에게서 길고 긴 편지를 받았다. 그것은 글로써는 졸렬한 것이겠다고 하겠으나 한 순한 인간의 비통을 초(抄, 베낌)한 인간 기록이었다. 그는 그것을 다 읽는 동안에 무서운 원시성(原始性)의 힘을 느꼈다. 그의 가슴속에는 보는 동안에 캄캄한 구름이 전후를 가릴 수도 없이 가득히 엉키어 들었다.

'참을 가지고 나를 대하여 주는 이 순한 인간에게 대하여 어째 나는 거짓을 가지고만 밖에는 대할 수 없는 것은 이 무슨 슬퍼할 만한 일이냐.'

그는 그대로 배를 방바닥에 댄 채 엎드리었다. 그의 아픈 몸과 함께 그의 마음도 차츰차츰 아파 들어왔다.

그는 더 참을 수는 없었다. 원고지 틈에 끼어 있는 3030용지를 꺼내어 한두 자 쓰기를 시작하였다.

'그렇다, 나는 확실히 거짓에 살아왔다. — 그때에 나에게는 체험을 반려(伴侶, 짝이 되는 것)한 무서운 동요가 왔다. — 이것을 나는 근본적인 줄만 알았다. 그때에 나는 과연 한때의 참혹한 걸인이었다. 그러나 오늘까지의 거짓을 버리고 참에서 살아갈 수 있는 '인간'이 되었다. — 나는 이렇게만 믿었다. 그러나 그것도 사실에 있어서는 근본적은 아니었다. 감정으로만 살아나가는 가엾은 한 곤충의 내적 파문에 지나지 않았던 것을 나는 발견하였다. 나는 또한 나로서도 또 나의 주위의 모든 것에게 대하여서도 차라리 여태껏 이상(以上)의 거짓에서 살지 아니하면 안 되었다…… 운운.'

이러한 문구를 늘어놓는 동안에 그는 또한 몇 줄의 짧은 시(詩)를 쓴 것도 기억할 수 있었다. 펜이 무연(無聯, 서로 연관이 없음)히 종이 위를 활주하는 동안에 그의 의식은 차츰차츰 몽롱하여 들어갔다. 어느 때 어느 구절에서 무슨 말을 쓰다가 펜을 떨어뜨렸는지 그의 기억에서는 전혀 알아낼 길이 없다. 그가 펜을 든 채로, 그대로 의식을 잃고 말아버린 것만은 사실이다.

의사도 다녀가고 며칠 후, 의사에게 대한 그의 분노도 식고 그의 의식에 명랑한 시간이 차차로 많아졌을 때, 어느 시간 그는 벌써 알지 못할 (근거) 희망에 애태우는 인간으로 나타났다.

'내가 일어나기만 하면……'

그에게는 단테의 〈신곡〉도, 다빈치의 〈모나리자〉도, 아무것도 그의 마음대로 나올 것만 같았다. 그러나 오직 그의 몸이 불 건강한 것이 한 탓으로만 여겨졌다. 그는 그 우인의 기다란 편지를 다시 꺼내어 들었을 때 전날의 어두운 구름을 대신하여 무한히 굳센 '동지'라는 힘을 느꼈다.

'×× 씨! 아무쪼록 광명을 보시오!'

그의 눈은 이러한 구절이 쓰인 곳에까지 다다랐다. 그는 모르는 사이에 입 밖에 이런 부르짖음을 내기까지 하였다.

'오냐, 지금 나는 광명을 보고 있다'고.

—의주義州통 공사장에서

_死後 발표, 1939년 5월《청색지》

야색

한꺼번에 이처럼 많은 별을 본 적은 없다. 어쩐지 공포감마저 불러일으킨다. 달 없는 밤하늘은 무어라 말할 수 없는 귀기(鬼氣, 소름이 오싹 끼칠 정도의 무서운 기운)마저 서린 채 마치 커다란 음향의 소용돌이 속에 서 있는 느낌이다. 마을 사람들의 식후 한담(閑談, 한가하게 서로 주고받는 이야기)을 멀리 들으며 때때로 이 방대함에 공포를 느끼면서도 하늘을 바라보았다.

과연 이 한 몸은 광대한 우주에 비하면 티끌만 한 가치도 없다. 그런데도 이 야망은 어떻게 된 것인가. 이 불안은 뭔가. 이 악에의 충동은 또 뭔가. 신은 이 순간에 있어서 건강체인 나의 앞에선 단연 무력하다. 그러나 그렇다고 해도 나는 그 신을 이길 수는 없지만. 그러나 나는 신에 대해 저주의 마음 같은 것도 추호도 갖고 있지 않다. 신을 이기겠다는 의욕도 갖고 있지 않다. 왜냐하면 나의 이 불안감은 끝없는 환희 속에서 신의 의지, 신의 제재를 인정하지 않기 때문이다.

그럼에도 불구하고, 나의 이 바윗덩이 같은 우울의 근거는 어디서 오는 것인지 전혀 불명(不明, 분명하지 않음)이다. 그 원천이 내 자신의 내부에 있다면 나는 무엇 때문에 내 자신에 의해 고통을 받는 것일까? 그건 우스운 이야기다.

인간 세상이 온통 제멋대로인 것처럼 자꾸만 생각된다. 그것은 사실 신이 관여하는 바가 아니기 때문이다. 그래서 인간은 자기 한 몸을 마음대로 처리할 수 있고 간섭받지 않는 완전한 자유를 지녔다. 자살이 그것이다.

나는 자살에 대해 생각해본다. 수단, 시기, 유서에 대한 것 등 세세히 냉정하게 생각하는 일에 몰두한다. 그러나 자살하려고 마음먹었다가 자살하지 않고 있는 것도 역시 자유다. 모든 곤란과 치욕을 견뎌내며 아랫배에 힘을 주고 살아가면 되는 것이다.

세상의 많은 자살자는 모두 자살하는 것의 자유에 대해 분명히 알고 있는 사람들이며, 더 큰 고난과 치욕에도 불구하고 뻔뻔스럽게 살아가고 있는 더 많은 사람은 자살하지 않는 것도 또한 자유라는 데 대한 인식을 얻은 사람들이다.

나는 지금 음침한 토막집 속에서 더러운 개와 닭과 돼지새끼가 우글우글하는 마당가에 앉아서 별빛에 의지해 식사를 하고 있는 가난한 농사꾼 일가를 바라보고 있다. 나는 이 사람들의 울울하고 기뻐할 줄 모르는 그리고 장난기 없는 얼굴을 정면으로 바라볼 수가 없다. 왠지는 알 수 없지만 나는 그 어떤 그림자같이 눈에 보이지 않는 저주가 내 자신의 몸에 내려지는 것 같아 견딜 수 없다.

이상하게도 그들은 자살하지 않는다. 자살하지 않는다. 그들이 마음속으로 자살을 생각하는지 아닌지는 알 수 없지만 적어도 그들의 토인(土人, 문명이 미치지 않는 곳에 토착하여 사는 미개한 사람)처럼 검게 탄 얼굴 모습을 일별하면 그들은 결코 단 한 번도 자살에 대해 생각해본 적이 없음을 알아차리게 된다. 그들은 내 생각에 의하면 자살하지 않는다는 것은 완전히 각 개인의 자유의사에 따르는 것이라는 것을 전심 전념 오로지 그것만을 계속 생각하지 않고 미처 다른 생각마저 할 여지가 없는 말하자면 행복한 사람들이다.

그런데 나는 뭔가. 자살하는 일 자살하지 않는 일 등을 번갈아 가며 생각하는 데 몰두하거나 그렇지 않으면 공연히 정신 상태를 어지럽게 해서 그 때문에 몹시 비관하거나 실망하는 등 생각해보면 그야말로 불행한 사람이다.

이런 식으로 나의 일생은 끝나겠지. 생각이 여기에 미치자 산다는 것이 이 얼마나 불쾌와 고통의 연속인가 하는 것에 아연해질 수밖에 없다.

야색은 권태로운 경치를 한층 더 권태롭고 혼연하게 만들었을 뿐 아니라 아무짝에도 쓸데없는 방대한 공포의 광경마저 내장한 채 버티고 있다. 이러한 우매한 자연에 대해서 나는 언제까지나 털끝만 한 친밀감도 발견할 수 없다.

_死後 발표, 1966년 10월

정희에게

지금 편지를 받았으나 어쩐지 당신이 내게 준 글이라고는 잘 믿어지지 않는 것이 슬픕니다. 당신이 내게 이러한 것을 경험케 하기 벌써 두 번째입니다. 그 한번이 내가 시골에 있던 때입니다.

이런 말을 하면 웃을지 모르나, 그간 당신은 내게 커다란 고독과 참을 수 없는 쓸쓸함을 준 사람입니다. 나는 다시금 잘 알 수가 없어지고, 이제 당신이 이상하게 미워지려고까지 합니다.

혹 내가 당신 앞에서 지나친 신경질을 부렸는지는 모르나, 아무튼 점점 당신이 멀어지고 있다는 것을 어느 날 나는 확실히 알았고…… 그래서 나는 돌아오는 걸음이 말할 수 없이 허전하고 외로웠습니다. 그야말로 모연한 시왼길을 혼자 걸으면서 나는 별 이유도, 까닭도 없이 자꾸 눈물이 쏟아지려고 해서 죽을 뻔했습니다.

집에 오는 길로 나는 당신에게 긴 편지를 썼습니다. 물론 어린애 같은 당신이 보면 웃을 편지입니다.

정희야, 나는 네 앞에서 결코 현명한 벗은 못되었었다. 그러나 우리는 즐거웠었다. 내 이제 너와 더불어 즐거웠던 순간을 무덤 속에 가도 잊을 순 없다. 하지만 너는 나처럼 어리석진 않았다. 물론 이러한 너를 나는 나무라지도, 미워하지도 않는다. 오히려 이제 네가 따르려는 것 앞에서 네가 복되고, 거울처럼 밝기를 빌지도 모른다.

정희야, 나는 이제 너를 떠나는 슬픔을, 너를 잊을 수 없어 얼마든지 참으려고 한다. 하지만 정희야, 이건 언제라도 좋다. 네가 백발일 때도 좋고, 내일이라도 좋다. 만일 네 '마음'이 흐리고 어리석은 마음이 아니라 네 별보다도 더 또렷하고, 하늘보다도 더 높은 네 아름다운 마음이 행여 날 찾거든 혹시 그러한 날이 오거든, 너는 부디 내게로 와다오—.

나는 진정 네가 좋다. 웬일인지 모르겠다. 네 작은 입이 좋고, 목덜미가 좋고, 볼때기도 좋다. 나는 이후 남은 세월을 정희 너를 위해, 네가 다시 오기 위해 저 야공(夜空, 저녁 하늘)의 별을 바라보듯 잠잠히 살아가련다.

하는 어리석은 수작이었으나, 나는 이것을 당신께 보내지 않았습니다. 당신 앞에는 나보다도 기가 차게 현명한 벗이 허다히 있을 줄을 알기 때문입니다. 그래서 단지, 나도 당신처럼 약아 보려고 했을 뿐입니다.

그러나 내 고향은 역시 어리석었던지, 내가 글을 쓰겠다면 무척 좋아하던 당신이—우리 함께 글을 쓰고, 서로 즐기고, 언제까지나 떠나지 말자고, 어린애처럼 속삭이던 기억이 내 마음을 오래도록 언짢게 하는 것을 어찌할 수가 없었습니다. 정말 나는 당신을 위해—아니, 당신이 글을 쓰면 좋겠다고 해서 쓰기로 한 셈이니까요—.

당신이 날 만나고 싶다고 했으니 만나드리겠습니다. 그러나 이제 내 맘도 무한히 흩어져 당신이 있는 곳에는 잘 가지지 않습니다.

금년 마지막 날 오후 다섯 시에 후루사토(故鄕, 고향)라는 집에서 만나기로 합시다.

회답 주시기 바랍니다.

—이상

__1935년

김기림에게 1

기림 형.

인천에 가 있다가 어제 왔소. 해변에도 우울밖에는 없더이다. 어디를 가나 이 영혼은 즐거워할 줄 모르니 딱하구려! 형은 전원도 우리들의 병원은 아니라고 했지만, 바다 또한 우리들의 약국은 아닙니다.

독서하오? 나는 독서도 안 되오. 여태껏 가족들에게 대한 은애(恩愛, 은혜와 사랑)의 정을 차마 떼기 어려워 집을 나가지 못하였지만, 이번에 내 아우가 직업을 얻은 것을 기회로 동경에 가서 고생살이 좀 해볼 작정이오. 아직 확실하진 않지만 9월 중으로는 어쩌면 출발할 수 있을 것 같소.

형, 도동(渡東, 일본으로 건너감)하는 길에 서울에 들러 부디 좀 만납시다. 할 이야기도 많고, 이 일 저 일 의논도 좀 하고 싶소.

고황(膏肓, 심장과 횡격막의 사이. 고는 심장의 아랫부분이고, 황은 횡격막의 윗부분으로, 이 사이에 병이 생기면 낫기 어렵다고 함)에 든 이 문학병을…… 이 익애(溺愛, 흠뻑 빠져 지나치게 사랑하거나 귀여워함)의, 이 도취의…… 이 굴레를 제발 좀 벗고 표연(훌쩍 나타나거나 떠나는 모양이 거침없음)할 수 있는 제법 근량 나가는 인간이 되고 싶소. 여기 같은 환경에서는 자기 부패작용을 일으켜서 그대로 연화(煙化, 연기가 되어 사라짐)할 것만 같소. 동경이라는 곳 역시 나를 매질할 빈고가 있을 뿐인 것을 너무 잘 알고 있지만 컨디션이 필요하단 말이오. 컨디션, 사표(師表), 시야, 아니 안계(眼界), 구속……. 어째 적당한 단어를 찾을 수 없구려!

태원(소설가 박태원)은 어쩌다나 만나오. 하지만 세대고(世帶苦, 생활고) 때문에 활갯짓이 잘 안 되나 봅디다. 지용(시인 정지용)은 한 번도 못 만났소.

세상 사람들이 다 제각기의 흥분, 도취에서 사는 판이니까 타인의 용훼(容喙, 간섭하여 말참견을 함)는 불허하나 봅디다. 즉 연애, 여행, 시, 횡재, 명성—이렇게 제 것만이 세상에 제일인 줄들 아나 봅디다.

자, 기림 형은 나하고나 악수합시다, 하하.

부디, 편지 주기 바라오. 그리고 일본 가기 전에 꼭 좀 만나기로 합시다. 굿바이.

_1935년 9월 초순

김기림에게 2

기림 형.

형의 그 구부러진 못과 같은 글자로 된 글을 땀을 흘리면서 읽었소이다.

무사히 착석(着席, 내려앉음)하였다니 내 기억 속에 '김기림'이라는 공석이 하나 결정적으로 생겼나 보이다.

구인회는 그 후로 모이지 않았소이다. 그러나 형의 안착(安着)은 아마 그럭저럭 다들 아나 봅디다.

사실 나는 형의 웅비를 목도하고 선제공격을 당한 것 같은 기분이 들어 우울했소이다. 그것은 한 계집에 대한 질투와는 비교할 것이 못 될 것이오. 나는 그렇게까지 내 자신이 미웠고 부끄러웠소이다.

불행히, 혹은 다행히 나 역시 이달 하순경에는 동경 사람이 될 것 같소. 그러나 그것은 어디까지나 형의 웅비와는 구별되는 것이오.

아마 나는 그 '속이 빤히 들여다보이는' 문학은 그만두겠지요.

《시와 소설(1936년 3월 13일자로 창간된 구인회의 동인지로 창간호만 내고 종간됨)》은 회원들이 모두 게을러서 글렀소이다. 그래, 폐간하고 그만 둘 심산이오. 2호는 회사 쪽에 면목이 없으니, 내 독력(獨力)으로 취미 잡지를 하나 만들 작정이오.

하지만 지금이라도 늦지 않았으니 서둘러 원고를 써 오면 어떤 잡지에도 지지 않는 버젓한 책을 하나 만들 작정입니다.

《기상도(氣象圖, 김기림의 시 제목이자 첫 시집)》는 조판이 완료되었습니다. 지금 교정 중이니 내 눈에 교료(校了, 인쇄물의 교정을 끝냄)가 되면 가본(假本)을 만들어서 보내 드릴 테니, 최후 교정을 하여 보내주시기 바랍니다. 그때《시와 소설》도 몇 권 함께 보내 드리겠소이다.

그리고 '가벼운 글' 원고 좀 보내주시오. 좀 써먹어야겠소. 기행문? 좋지! 좀 써 보내구려! 빌어먹을 것, 세상이 귀찮구려!

불행이 아니면 하루도 살 수 없는 '그런 인간'에게 행복이 오면 큰 일 나오. 아마 즉사할 것이오. 협심증으로…….

'일절 맹세하지 마라.', '아무것도 믿지 않는다고 맹세하라.'의 두 마디 말이 발휘하는 다채한(여러 가지 색채나 형태, 종류 따위가 어울리어 호화스러움) 패러독스를 농락하면서 혼자 미고소(微苦笑, 가벼운 쓴웃음)를 하여보오.

형은 어디 한번 크게 되어 보시오. 인생이 또한 즐거울 것이오.

사나흘 전에 FUA의 〈장미신방〉이란 영화를 보았소. 충분히 좋습디다. '조촐한 행복이 진정한 황금'이란 타이틀은 아노르도황의 영화에서 보았고 '조촐한 행복이 인생을 썩혀 버린다.'는 타이틀은《장미의 침상》에서 보았소.

"아, 철학의 끝도 없는 낭비여!" 그랬소.

'모든 법칙을 비웃어라.', '그것도 맹세하지 말라.'

나 있는 곳에 늘 고기덮밥을 사다 먹는 승려가 한 분 있소. 그이가 이런 소크라테스를 성가시게 구는 논리학을 내게 띄워주는 것이오.

소설을 쓰겠소. '우리들의 행복을 하느님께 과시해줄 거야.' 그런 해괴망측한 소설을 쓰겠다는 이야기요. 흉계지요? 가만 있자! 철학공부도 좋구려! 따분하고 따분해서 못 견딜 그따위 일생도 죽음보다는 그래도 좀 재미가 있지 않겠소? 연애라도 할까? 싱거워서? 심심해서? 스스러워서?

이 편지를 볼 때쯤이면 형은 아마 뒤이어서《기상도》의 교정을 보아야 할 것이오.

형이 여기 있고 마음 맞는 친구끼리 모여서 조용한 '《기상도》의 밤'을 갖고 싶어 했던 것이 퍽 유감스럽게 되었구려.

우리 여름에 할까? 누가 아나?

여보! 편지나 좀 하구려! 내 고독과 울적함을 동정하고 싶지는 않소?

자, 운명에 순종하는 수밖에! 굿바이.

—6일 이상

_1936년 4월 6일

*구인회(九人會) —1933년 서울에서 조직되었던 문학단체. 이종명과 김유영의 발기로 이효석 · 이무영 · 유치진 · 이태준 · 조용만 · 김기림 · 정지용 등 9인이 결성하였으나, 얼마 후 이종명 · 김유영 · 이효석이 탈퇴하고, 박태

원 · 이상 · 박팔양이 가입하였으며, 다시 유치진 · 조용만 대신에 김유정 · 김환태로 교체되어, 항상 9명의 회원을 유지하였다.

김기림에게 3

기림 형.

어떻소? 거기도 덥소? 공부는 잘 되오?

《기상도》가 되었으니 보오. 교정은 내가 그럭저럭 잘 보았답시고 보았는데, 혹 틀린 곳은 고쳐소 보내오.

구(具, 화가 구본웅) 군은 한 1,000부 박아서 팔자고 그럽디다. 그러니 형은 50원만 내고 잠자코 있구려. 어떻소? 그 대답도 적어 보내기 바라오.

참, 체재(體裁, 생기거나 이루어진 틀. 또는 그런 됨됨이. '형식'으로 순화)도 고치고 싶은 대로 고치오. 그리고 검열 본은 안 보내니 그리 아오. 꼭 필요하면 편지하오. 보내 드리리다.

이것은 교정쇄니까 삐뚤삐뚤한 것은 '간조(셈, 계산)'에 넣지 마오. 인쇄할 때 바로잡을 것이니 염려하지 않아도 되오. 그러니까 두 장이 한 장인 셈이오. 알았소? 그리고 페이지 넘버는 아주 빼버리는 게 좋을 것 같은데, 형 의견은 어떻소? 좀 꼴불견 같지 않소?

구인회는 인간 최대의 태만에서 부침 중이오. 팔양(八陽, 시인 박팔양)이 탈회했소. 잡지 2호는 흐지부지요. 게을러서 다 틀려먹을 것 같소. 내일 밤에는 명월관에서《영랑시집》의 밤이 있소. 서울은 그저 답보 중이오.

자주 편지나 하오. 나는 아마 좀 더 여기 있어야 되나 보오.

참, 내가 요새 소설을 썼소. 우습소? 자, 그만둡시다.

—이상

__1936년 6월

김기림에게 4

기림 형.

형의 글 받았소. 퍽 반가웠소.

북일본(당시 일본 유학 중이던 김기림이 머물고 있던 곳) 가을에 형은 참 엄연한(어떠한 사실이나 현상이 부인할 수 없을 만큼 뚜렷함) 존재로구려!

워밍업이 다 되었건만 와인드업을 하지 못하는 이 몸은 형이 몹시 부러울 뿐이오.

지금쯤은 이 이상이 동경 사람이 되었을 것인데 본정서(本町署, 지금의 서울 중부경찰서) 고등계에서 '도항(渡航, 배를 타고 바다를 건넘)을 허락할 수 없음'의 분부가 지난달 하순에 내렸구려! 우습지 않소?

그러나 지금 다시 다른 방법으로 도항 증명을 얻을 도리를 차리는 중이니, 이달 중순이나 하순쯤에는 아마 이상도 동경을 헤매는 백면(白面)의 표객(漂客, 방황하는 사람)이 되리다.

졸작 〈날개〉에 대한 형의 다정한 말씀 골수에 스미오. 지금은 문학 천

년이 회신(灰燼, 흔적 없이 다 타서 없어짐)에 돌아갈 지상 최종의 걸작 〈종생기〉를 쓰는 중이오. 부디, 이 억울한 내 출혈을 알아주기 바라오!

《삼사문학》 한 부 호소로 집으로 보냈는데 받았는지 모르겠구려!

요새 《조선일보》 학술 란에 근작시 〈위독〉을 연재 중이오. 기능어, 조직어, 구성어, 사색어로 된 한글 문자 추구 시험이오. 다행히 고평(高評, 높은 평가)을 비오. 요 다음쯤 일맥의 혈로가 보일 듯하오.

지용(시인 정지용), 구보(소설가 박태원), 다 가끔 만나오. 건강하게 잘들 있으니 또한 천하는 태평성대가 아직도 계속될 것 같소. 환태(문학평론가 김환태. 시인 박용철의 여동생 박봉자와 결혼함)가 종교 예배당에서 결혼하였소.

〈유령, 서부로 가다〉는 명작 〈홍길동전〉과 함께 영화사상 굴지의 잡동사니가 아닐까 싶소. 르네 클레르, 똥이나 먹으라지요.

《영화시대》라는 잡지가 실로 무보수라는 구실 하에 이상 씨에게 영화소설 〈백병(白兵)〉을 집필시키기에 성공하였소. 뉴스 끝.

추야장(秋夜長, 길고 긴 가을밤)! 너무 소조(蕭條, 고요하고 쓸쓸함)하구려! 아당만세(我黨萬歲, 우리 편 만세)! 굿나잇.

—오전 4시 반 이상

_1936년 10월 초순

김기림에게 5

기림 형.

기어코 동경에 왔소. 와 보니, 실망이오. 실로 동경이라는 곳은 치사스런 곳이구려!

동경에 오지 않겠소? 다만, 이상을 만나겠다는 이유만으로라도…….

《삼사문학》 동인들이 이곳에 여럿 있소. 그러나 그들은 어디까지나 학생들이오. 그들과 어울리지 못하는 것을 보면 우리도 이제 그만 늙었나 보이다.

《삼사문학》에 원고 좀 써주오. 그리고 씩씩하게 성장하는 새 세기의 영웅들을 위하여 귀하가 귀하의 존중한 명성을 잠깐 낮추어 《삼사문학》의 동인이 되어줄 의사는 없는지 이곳 청년들의 갈망입니다.

어떻소?

편지주기 바라오. 이곳에서 나는 빈궁하고 고독하오. 주소를 잊어버려서 주소를 알아서 편지하느라 이렇게 늦었소.

동경서 만났으면 작히('얼마나'란 뜻으로 희망이나 추측을 나타내는 말) 좋겠소?

형에게는 건강도, 부귀도 넘쳐 있으니 편지 끝에 상투적으로 빌(祈) 만한 말을 얼른 생각해내기조차 어렵소그려.

—이상

__1936년 11월 14일

김기림에게 6

기림 대인(大人).

여보! 참 반갑습디다. 가지야마에마치(治屋前町) 주소를 조선으로 물어서 겨우 알아 가지고 편지했는데, 답장이 얼른 오지 않아서 '주소가 또 옮겨진 게로군!' 하고 탄식하던 차였는데 여간 반가웠소.

여보! 당신이 배구 선수라니 그 배구팀인즉, 내 어리석은 생각에 세계 최강 팀이 아닌가 싶소그려! 그래 이겼소? 아니면, 이길 뻔하다가 소위 석패(惜敗, 아깝게 짐)를 했소?

그러나저러나 동경에 오기는 왔는데, 나는 지금 누워 있소그려. 매일 오후면 똑 거동조차 못 할 정도로 열이 나서 성가셔서 죽겠소그려.

동경이란 참 치사스런 도십디다. 여기다 대면 경성은 얼마나 인심 좋고 살기 좋은 '한적한 농촌'인지 모르겠습디다.

어디를 가도 구미가 당기는 것이 없소그려! 꼴사납게도 표피적인 서구적 악습의, 말하자면 그나마도 그저 분자식(分子式, 분자를 이루는 원자의 종류와 수를 나타낸 식)이 겨우 수입되어서 진짜 행세를 하는 꼴이란 참 구역질이 날 일이오.

나는 참 동경이 이따위 비속(卑俗, 비열하고 저속함), 그것과 같은 물건인 줄은 그래도 몰랐소. 그래도 뭣이 있겠거니 했더니 과연 속 빈 강정 그것이오.

한화휴제(閑話休題, '쓸데없는 이야기는 그만하고'라는 뜻으로, 글을 쓸 때, 한동안 본론에서 벗어난 이야기를 써 내려 가다가 다시 본론으로 돌아갈 때 쓰는 말) — 봐서 내달 중으로 경성으로 도로 돌아갈까 하오. 여기 있어 봤자 몸이나 자꾸 축나고 겸하여 머리가 혼란하여 불시에 발광할 것만 같소. 첫째, 이 가솔린 냄새가 미만(彌蔓, 널리 퍼짐) 넘쳐흐르는 것 같은 거리가 참 싫소.

하여간 당신 겨울방학 때까지는 내 약간의 건강을 획득할 터이니 그때는 부디부디 동경에 들러 가기를 천 번 만 번 당부하는 바이오. 웬만하거든 거기 여학도들도 잠깐 도중하차 시킵시다그려.

그리고 시종(始終, 처음부터 끝까지) 여일하게(처음부터 끝까지 한결같음) 이상 선생께서는 프롤레타리아니까 군용금을 톡톡히 나래(拏來, 가져옴) 하기 바라오. 우리 그럴듯하게 하룻저녁 놀아 봅시다. 동경 첨단 여성들의 물거품 같은 '사상' 위에다 대륙의 유서 깊은 천근 철퇴를 내려뜨려 줍시다.

《조선일보》 모 씨 논문을 나도 그 후에 얻어 읽었소. 형안(炯眼, 날카로운 눈매)이 족히 남의 흉리(胸裏, 마음속)를 투시하는가 싶습디다. 그러나 그의 모럴에 대한 탁견에는, 물론 구체적 제시도 없었지만 약간 수미(愁眉, 근심에 잠겨 찌푸린 눈썹. 또는 그런 얼굴이나 기색)를 금할 수 없었소. 예술적 기품 운운은 그의 실언이오. 톨스토이나 기쿠치 간(신현실주의 문학의 새 방향을 연 일본의 극작가이자 소설가)은 말하자면 영원한 대중문예(문학이 아니라)에 지나지 않는 것을 깜빡 잊어버린 듯합니다. 그리고 〈위독〉에 대하여도…….

사실 나는 요새 그따위 시밖에 써지지 않는구려. 그래서 철저히 소설을 쓸 결심이오. 암만해도 나는 19세기와 20세기 틈바구니에 끼여 졸도하려 드는 무뢰한인 모양이오. 완전히 20세기 사람이 되기에는 내 혈관에는 너무도 많은 19세기의 엄숙한 도덕성의 피가 위협하듯이 흐르고 있소그려.

이곳 1934년대의 영웅들은 과연 추호의 오점도 없는 20세기 정신의 영웅들입디다. 도스토옙스키는 그들에게 선조에 지나지 않는다는 것을 그들은 생리(生理, 생활의 원리)를 가지고 생리하면서 완벽하게 살고 있소.

그들은 이상도 역시 20세기의 운동 선수이거니 하고 오해하는 모양인데, 나는 그들에게 낙망(아니, 환멸)을 주지 않기 위하여 그들과 만날 때 20세기 포즈를 근근이 유지할 따름이오! 아! 이 마음의 아픈 갈등이여.

생, 그 가운데만 오직 무한한 기쁨이 있는 것을 너무도 잘 알기 때문에 이미 옴짝달싹 못 할 정도로 전락하고 만 자신을 굽어살피면서 생에 대한 용기, 호기심, 이런 것이 날로 희박하여 가는 것을 자각하오. 이것은 참 제도할 수 없는 비극이오! 아쿠타가와(아쿠타가와 류노스케, 일본 다이쇼 시대를 대표하는 소설가)나 마키노(마키노 신이치, 일본의 소설가로 아쿠타가와 류노스케와 더불어 이상이 동경하던 작가) 같은 사람들이 맛보았을 성싶은 최후 한 찰나의 심경은 나 역시 어느 순간 전광같이 짧게 그러나 참 똑똑하게 맛보는 것이 이즈음

한두 번이 아니오. 제전(帝展, 일본제국미술전람회)도 보았소. 환멸이라기에는 너무나 참담한 일장의 난센스입디다. 나는 그 페인트의 악취에 질식할 것만 같아 그만 코를 꽉 쥐고 뛰어나왔소. …… (중략) …… 오직 가령 자전(字典)을 만들어냈다거나, 일생을 철(鐵)연구에 바쳤다거나 하는 사람들만이 훌륭한 사람인가 싶소. 가끔 진짜 예술가들이 더러 있는 모양인데 이 생활거세 씨(生活去勢氏)들은 당장에 시궁창의 쥐가 되어서 한 2, 3년 만에 노사(老死)하는 모양입디다.

기림 형.

이 무슨 객쩍은 망설(妄舌, 이치나 사리에 맞지 않은 말)인지 모르겠소. 소생 동경에 와서 신경쇠약이 극도에 이르렀소! 게다가 몸이 이렇게 불편해서 그런 모양이오.

방학이 언제나 될는지 그 전에 편지 한 번 더 주기 바라오. 그리고 올 때는 도착 시각을 조사해서 전보 쳐주오. 동경역까지 도보로도 한 15분, 20분이면 갈 수 있소. 그리고 틈나는 대로 편지 좀 자주 주기 바라오. 나는 이곳에서 외롭고 심히 가난하오. 오직 몇몇 장 편지가 겨우 이 가련한 인간의 명맥을 이어주는 것이오.

당신에게는 건강을 비는 것 역시 우습고…… 그럼 당신의 러브 어페어(love affair, 연애)에 행운이 있기를 비오.

— 29일 배(拜)

_1936년 11월 29일

김기림에게 7

기림 형.

궁금하구려! 내각(內閣, 정부를 구성하는 각료)이 여러 번 변했는데, 왜 편지하지 않소? 아하, 요새 참 시험 때로군그래! 머리를 긁적긁적하면서 답안 용지를 이리 뒤척 저리 뒤척이는 당신의 어울리지 않는 풍채가 짐짓 보고 싶소그려!

허리라는 지방은 어떻게 좀 평정되었소? 병원 통근은 면했소? 당신은 스포츠라는 초근대적인 정책에 깜박 속아 넘어갔소. 이것이 이상 씨의 '기림 씨, 배구에 진출하다'에 대한 비판이오.

오늘은 음력 섣달그믐날이오. 향수(鄕愁, 고향을 그리워하는 마음이나 시름)가 대두(擡頭, 머리를 듦)하오. ○라는 내지인(內地人, 일본 본토인) 대학생과 커피를 마시고 온 길이오. 커피집에서 랄로(Lalo, 바이올린 협주곡)를 한 곡조 듣고 왔소. 후베르만(Bronislaw Huberman, 폴란드 출신의 유명 바이올리니스트)이라는 제금가(提琴家, 바이올리니스트)는 너무나 탐미주의자입디다. 그저 한없이 예쁘장할 뿐이지 정서가 없소. 거기에 비하면 요전에 들었던 엘먼(Mischa Elman, 러시아에서 태어나 미국에서 활동했던 유명 바이올리니스트)은 참 놀라운 인물입니다. 같은 랄로의 최종 악장 론도의 부(部)를 그저 막 헐어 내서는 완전히 딴것으로 만들어 버립디다.

엘먼은 내가 싫어하는 제금가였는데, 그의 꾸준히 지속되는 성가(聲價, 사람이나 물건 따위에 대하여 세상에 드러난 좋은 평판이나 소문)의 원인을 이번 실연을 듣고 비로소 알게 되었소. 소위 '엘먼 톤'이란 무엇인지 사도(斯道, 어떤 전문적인 방면의 도나 기예)의 문외한 이상으로서 알 길이 없으나 그의 슬라브(러시아 및 동유럽권 국가) 적인 굵은 선과 그 분방한 변주는 경탄할 만한 것입니다. 영국 사람인 줄 알았더니 나중에 알고 보니 역시 이주민입디다.

한화휴제 — 차차 마음이 즉, 생각하는 것이 변해가오. 역시 내가 고집하고 있던 것은 회피였나 보오. 흉리(胸裏, 마음속에 품고 있는 생각)에 거래하는 잡다한 문제 때문에 극도의 불면증으로 고생 중이오. 가끔 혈담을 토하고 …… (중략) …… 체계 없는 독서 때문에 가끔 발열하오. 2, 3일씩 이불을 쓰고 두문불출하는 수도 있소. 자꾸 자신을 잃어버리면서도 '양심, 양심'하고 이렇게 부르짖어도 보오. 비참한 일이오.

한화휴제 — 3월에는 부디 만납시다. 나는 지금 참 쩔쩔매는 중이오. 생활보다도 대체 어떻게 했으면 좋을지 모르겠소. 의논할 일이 한두 가지가 아니오. 만나서 결국 아무 이야기도 못 하고 헤어지는 한이 있더라도 그저 만나기라도 합시다.

서울을 떠날 때 생각한 것은 참 어림도 없는 도원몽(桃源夢, 이상향)이었소. 이러다가는 정말 자살할 것만 같소. 베개를 나란히 하여 타면(墮眠, 게으름을 피우면 잠만 잠)에 계속 빠져 있는 꼴이오.

여기 와 보니 조선 청년들이란 참 한심합디다. 이거 참 썩은 새끼조차도 주위에는 없구려! 진보적인 청년이 몇 있기는 있소. 그러나 그들 역시 늘 그저 무엇인지 부절히(不絶-, 끊이지 아니하고 계속됨) 겁을 내고 지내는 모양이 불민하기 짝이 없습디다.

3월쯤이면 동경도 따뜻해지리다. 동경에 들르오. 산책이라도 합시다.

《조광》 2월호에 실린 〈동해〉라는 졸작 보았소? 보았다면 그보다 더 큰 불행은 없을 것이오. 등에서 땀이 펑펑 쏟아질 열작(劣作, 수준 낮은 작품)이니 말이오. 다시 고쳐 쓸 작정이오. 그러기 위해서는 당분간 작품을 쓸 수 없을 것이오. 그야 〈동해〉도 작년 6월, 7월경에 쓴 것이오. 그것을 가지고 지금의 나를 촌탁(忖度, 남의 마음을 미루어서 헤아림)하지는 말기 바라오. 조금 어른이 되었다고 자신하오. …… (중략) ……

망언, 망언. 엽서라도 주기 바라오.

— 음력 제야에 이상

_1937년 2월 10일

여동생 김옥희에게

—세상 오빠들도 보시오

8월 초하룻날 밤차로 너와 네 애인은 떠나는 것처럼 나한테 그래 놓고, 기실 이튿날 아침 차로 가버렸다.

내가 아무리 이 사회에서, 또 우리 가정에서 어른 노릇을 못하는 변변치 못한 인간이기로서니 그래도 너희들보다야 어른이다.

"우리 둘이 떨어지기 어렵소이다."

하고, 내게 그야말로 강담판(强談判, 강하게 옳고 그름을 판단함)을 했다면, 난들 또 어쩌랴. 암만,

"못한다."

고, 딱 거절했던 일이라도 어머니나 아버지 몰래 너희 둘을 안동(眼同, 사람을 데리고 함께 가거나 물건을 지니고 감)시켜서 쾌히 전송할 만큼 내 딴에는 이해도, 아량도 있다.

그런데 나까지 속였다는 데서, 네 장래의 행복 이외는 아무것도 생각

하지 않은 네 큰오빠로서 꽤 서운히 생각한다.

예정대로 K가 8월 초하루 밤 북행차로 떠난다고, 그것을 일러주려 초하룻날 아침, 너와 K 둘이서 나를 찾아왔다. 요전 날 너희 둘이 의논차 내게 왔을 때 말한 바와 같이 K만 떠나고, 옥희 너는 나와 함께 K를 전송하기로 했다. 또 일의 순서상 그렇게 하는 것이 옳지 않았더냐?

그것을 너는 어찌 그렇게 천연스러운 얼굴로,

"그럼, 오빠! 이따가 정거장에 나오세요."

"암! 나가고말고. 이따 거기서 만나자꾸나."

하고 헤어질 수 있느냐?

그게 사실은 내가 너희들을 전송한 모양이 되었고, 또 너희 둘로서 말하면 너희들끼리는 미리 그렇게 짜고 내게 작별을 한 모양이 되었다.

나는 고지식하게도 밤에 차 시간에 맞춰 비가 오는데도 정거장까지 나갔겠다.

하지만 속으로 미리미리 꺼림칙이 여겨 오기를,

'요것들이 필시 내 앞에서 뻰지르르하게 대답해놓고 뒤꽁무니로는 딴 궁리를 차렸지!'

했더니, 아니나 다를까 개찰도 아직 안 했는데, 어째 너희 둘이 보이지 않더라. '이것 필시!' 하면서도 끝까지 기다려 봤지만, 끝까지 너희 둘은 보이지 않고 말았다.

나는 그냥 입맛을 쩍쩍 다시고 집으로 돌아왔다. 그리고는 '아마 K의 양복 세탁이 어쩌고저쩌고하더니, 그래서 차 시간을 못 댄 게지. 좌우간에 곧 무슨 통지가 있으렷다.' 라고 생각하며 기다렸다.

못 갔으면 이튿날 아침에 반드시 내게 무슨 통지고 통지가 있어야 할 터인데, 역시 잠잠했다. 허허, 하고 나는 주춤주춤하다가 동경서 온 친구들과 그만 석양 때부터 밤새도록 술을 마시고 말았다.

물론 옥희, 네 얼굴 대신에 한 통의 전보가 왔다.

'옥희와 함께 왔으니 근심하지 말라.'는K의 독백이더구나.

나는 전보를 받아들고 차라리 회심의 미소를 금할 수 없었다. 너희들의 그런 이도(利刀, 날이 날카롭고 썩 잘 드는 칼)가 물을 베는 듯한 용단을 쾌히(유쾌하게) 여긴다.

옥희야! 내게만은 아무런 불안한 생각도 하지 마라! 다만, 청천벽력처럼 너를 잃어버리신 어머니 아버지께는 마음으로 '잘못했습니다! 라고 사죄하여라.

나 역시 집을 나가야겠다. 열두 해 전, 중학을 졸업하던 열여섯 살 때부터 오늘까지 이 허망한 욕심은 변함이 없다.

작은 오빠는 어디로 또 갔는지 들어오지 않는다. 너는 국경을 넘어 지금은 이역(異域)의 인(人)이다. 우리 3남매는 모조리 어버이 공경할 줄 모르는 불효자식들이다. 그러나 우리는 이것을 그르다고 생각하지 않는다. 갔다 와야 한다. 비록 갔다가 못 돌아오는 한이 있더라도 가야 한다. 너는 너 자신을 위해서도 또 네 애인을 위해서도 옳은 일을 하였다.

열두 해를 두고 벼렸건만, 남의 맏자식 된 은애(恩愛, 부모와 자식 간의 애정)의 정에 이끌려선지, 내 위인이 변변치 못해서인지, 지금껏 이 땅에 머물러

굴욕의 조석(朝夕)을 송영(送迎, 가는 사람을 보내고 오는 사람을 맞음)하는 내가 차라리 부끄럽기 짝이 없다.

너희들의 연애는 물론 내게만은 양해된 바 있었다. K가 그 인물에 비겨서 지금 불우의 신상이라는 것도 나는 잘 알고 있다.

다행히 K는 밥걱정은 안 해도 좋은 집안에서 태어났다. 그렇다고 밥이나 먹고 지내면 그만이지 하는 인간은 아니더라.

K가 내게 말한바, K의 이상(理想)이라는 것을 나는 비판하지 않는다. 그것도 인생의 한 방도리라. 다만, 그것이 어디까지나 굴욕에서 벗어나려는 일념이니, 그렇다는 이유만으로도 나는 인정해야 하리라.

나는 차라리 그가 나처럼 남의 맏자식임에도 불구하고 집을 사뭇 떠나겠다는 술회(述懷, 마음속에 품고 있는 여러 가지 생각)에 찬성했느니라.

허허벌판에 쓰러져 까마귀밥이 될지언정 이상에 살고 싶구나. 그래서 K의 말대로 3년만 가 있다가 오라고 권하다시피 한 것이다.

하지만 3년, 3년이라는 세월은 이상의 두 사람으로서는 좀 긴 것 같은 생각이 들더라. 그래서 옥희, 너는 어떻게 하고 가야 하나 하는 문제가 나왔을 때 나는—너희 두 사람의 교제도 1년이나 가까워져 오니 그만하면 충분히 서로를 알았으리라. 그놈이 재상 재목이면 뭐하겠느냐? 네 눈에 안 들면 쓸 곳이 없느니라. 그러니 내가 어쭙잖게 주둥이를 디밀어 이러쿵저러쿵할 계제(階梯, 어떤 일을 할 수 있게 된 형편이나 기회)가 못 되지만—나는 나 유(流)로 그저 이러는 것이 어떻겠냐는 정도로, 또 그래도 네 혈족의 한 사람으로서 잠자코만 있을 수도 없고 해서, "3년은 너무 기니, 우선 3년

작정하고 가서 한 1년 있자면 웬만큼 생활의 터는 잡히리라. 그러거든 돌아와서 간단히 결혼식을 하고 데려가는 것이 어떠냐. 지금 이대로 결혼식을 해도 좋기는 하겠지만, 그것은 어째 결혼식을 위한 결혼식인 것 같다. 결혼식 같은 것은 나야 그저 우습게 알았다. 하지만 어머니 아버지도 계시고, 사람들의 눈도 있고 하니, 그저 그까짓 일로 남의 조소를 받을 것도 없는 일이오."

이만큼 하고 나서 나는 K와 너에게 번갈아가며 또 의사를 물었다.

K는 내 말대로 그렇게 하겠단다. 내년 봄에는 꼭 돌아와서 남 보기 흉하지 않은 정도로 결혼식을 한 다음 데려가겠다는 것이다.

그러나 네 말은 이와 달랐다. 즉, 결혼식 같은 것은 언제 해도 좋으니 같이 나서겠다는 것이다. 살아도 같이 살고, 죽어도 같이 죽고 해야지, 타역(他域)에 가서 어떻게 될지도 모르는 것을 그냥 입을 딱 벌리고, 돌아와서 데려가기만을 기다릴 수는 없단다. 더욱이 남자의 마음을 믿기도 어렵고. 우물 안 개구리처럼 자란 자신이 고생 한번 해 보는 것도 좋지 않으냐는 네 결의였다.

아직은 이 사회가 남자 기준이다. 즐거울 때 같이 즐기기에 여자는 좋다. 그러나 고생살이에 여자는 자칫하면 남자를 결박하는 포승 노릇을 하기 쉬우니라. 그래서 어느 정도 자리가 잡힐 때까지 K 혼자 내버려 두라고 거듭 충고할 수밖에 없었다. 그랬더니 너도 그제야 OK의 빛을 보이고 할 수 없이 승낙하였다. 그리고 나는 네가 보는 데서 K에게 굳게굳게 여러 가지 다짐을 받아 두었건만…….

이제 와서 알았다. 너희 두 사람의 애정에 내 충고가 끼어들 백지 두께의 틈바구니도 없었다는 것을 말이다.

내가 조숙한 데 비해, 너는 3남매의 막내둥이로 응석으로 자라느라고, 말하자면 '만숙(晩熟, 늦됨)'이었다. 학교 다닐 때 선생님께 이끌려 인천이나 개성을 가본 것 이외에 너는 집 밖으로 십 리를 모른다. 그런 네가 지금 국경을 넘어서 가 있다고 생각하면 정신이 번쩍 난다. 어린애로만 생각하던 네가 어느 틈에 그런 엄청난 어른이 되었누.

부모들도 제 딸들을 옛날 당신네들이 자라나던 시절 대하듯 했다가는 엉뚱하게 혼이 날 시대가 왔다. 오빠들 역시 어림없이 동생을 허명무실하게 취급했다가는 코 떼일 시대다. 나는 그렇게 느꼈다.

나는 망치로 골통을 얻어맞은 것처럼 어찔어찔한 가운데서도 네가 집을 나가지 않으면 안 된 이유를 생각해본다.

첫째, 너는 네 애인의 전부를 독점해야겠다는 생각이겠으니, 이것이야말로 인력으로 좌우되는 일도 아니고, 어쩔 수도 없는 일이다.

둘째, 부모님이 너희들의 연애를 쾌히 인정하려 들지 않은 까닭이다. 제 자식들의 연애가 정당했을 때 부모는 그 연애를 인정해주어야 할 뿐 아니라 그 연애를 좋게 지도할 의무가 있을 터인데……. 불행히 우리 어머니 아버지는 늙으셔서 그러실 줄을 모르신다. 또 네게는 이런 부모를 설복(說伏, 알아듣도록 말하여 수긍하게 함)할 마음의 여유가 없었다. 그냥 행동으로 보여주는 밖에.

셋째, 너는 확실치 못하나마 생활이라는 인식을 갖고 있다. '여자에게도 직업이 있어서 경제적으로 언제든지 독립할 수 있는 실력이 있어야만 한다.'는 것이 부모님 마음에는 들지 않았을 것이다. '돈 버는 것도 좋지만, 계집애 몸 망치기 쉬우니라.'는 것이 부모님의 말씀이시다.

너 혼자 힘으로는 아무래서 여기서 취직이 안 되니, 경도(京都, 일본 교토)에서 여공 노릇을 하는 동무에게 편지를 하여 거기로 가서 같이 여공이 되려고 한 일이 있었지.

그냥 살자니 우리 집은 네 양말 한 켤레 마음대로 사줄 수 없을 만큼 가난하다. 이것은 네 큰오빠인 내가 네게 다시없이 부끄러운 일이다만…… 그러나 네가 한 번도 나를 원망한 일이 없음을 나는 고맙게 생각한다.

그런 너다. K의 포승이 되기는커녕 족히 너는 너대로 활동하면서 K를 도우리라고 나는 믿는다.

이왕 나갔으니, 집의 일에 연연하지 말고, 너희들의 부끄럽지 않은 성공을 향해 전심을 써라. 3년 아니라 10년이라도 좋다. 그러나 패잔(실패)했거든 그 벌판에서 개밥이 되더라도 다시는 고토(故土, 고향 땅)를 밟을 생각은 하지 마라.

나도 한번은 나가야겠다. 이 흙을 굳게 지켜야 할 것도 잘 안다. 그러나 지켜야 할 직책과 나가야 할 직책은 스스로 다를 줄 안다.

네가 나갔고, 작은 오빠도 나가고, 또 내가 나가 버린다면 늙으신 부모는 누가 지키느냐고? 염려 마라. 그것은 맏이인 내 일이니 내가 어떻게라도 하마. 해서 안 되면…… 혁혁한 장래를 위해 불행한 과거가 희생되었달 뿐이겠다.

너희들이 국경을 넘던 밤, 나는 주석(酒席, 술자리)에서 올림픽 보도를 듣고 있었다.

우리는 이대로 썩어서는 안 된다. 당당히 그들과 열(列, 나란히 함)하여 똑똑하게 살아야 하지 않겠느냐?

정신 차려라!

신당리 버터고개 밑 오동나뭇골 빈민굴에는 송장이 다 된 할머님과 자유롭게 기동조차 못 하는 아버지, 50평생을 고생으로 늙어 쭈그러진 어머니가 계신다.

네 전보를 보고 그분들은 우시었다. 너는 날이면 날마다 그 먼 길을 문(門) 안으로 내게 왔다. 와서 그날의 양식거리를 타갔다. 하지만 이제 누가 다니겠니?

어머니는,

"내가 말(馬)을 잊어버렸구나. 이거 허전해서 어디 살겠니." 라고 하시더라.

할 수 없이 그날부터 내가 다 떨어진 구두를 찍찍 끌고 말 노릇을 하는 중이다.

이런 것 저런 것을 비판 못 하시는 부모는 그저 별안간 네가 없어졌대서 눈물이 비 오듯 하시더라.

그것을 내가,

"아, 왜들 이리 야단이십니까? 아, 죽어 나갔단 말입니까?"

이렇게 큰소리를 해가면서 겨우 무마시켰다. 그러나 나 역시 한 3년은 너를 볼 수 없겠다고 생각하니 갑자기 네가 그리웠다. 형제의 우애는 떨어져 봐야 아는 것인가 보다.

한 3년 나도 공부하마. 그래서 이 노멀(Nomal)하지 못한 생활의 굴욕에서 탈출해야겠다. 그때 서로 활발한 낯으로 만나자꾸나.

너도 아무쪼록 성공해서 하루라도 속히 고향으로 돌아오너라.

그야 너는 여자니까 아무 때 나가도 우리 집안에서 나가기는 해야 할 사람이지만, 일이 너무 그렇게 급하게 되어서 어머니 아버지께서 놀라셨다뿐이지, 나야 어떻겠니.

하여간 이번 너의 일 때문에 내가 깨달은 바가 많다. 나도 정신 차리마.

하지만 원체 네가 포류지질(蒲柳之質, 갯버들 같은 체질이라는 뜻으로, 갯버들의 나뭇잎이 가을이 되자마자 떨어지는 데서, 사람의 체질이 허약하거나 나이보다 일찍 노쇠함을 비유적으로 이르는 말)인 까닭에 대륙의 혹독한 기후에 족히 견뎌 낼지 근심스럽구나. 항상 몸조심하는 걸 잊어서는 안 된다. 우리 같은 가난한 계급은 이 몸뚱이 하나가 유일 최종의 자산이니라.

편지하여라.

이해 없는 세상에서 나만은 언제라도 네 편인 것을 잊지 마라. 세상은 넓다. 너를 놀라게 할 일도 많겠거니와 또 배울 것도 많으리라.

이 글이 실리거든《중앙》한 권 사서 보내 주마. K와 같이 읽고 이 큰오빠 이야기를 더 잘하여두어라.

축복한다.

내가 화가를 꿈꾸던 시절 하루 5전 받고 모델 노릇 하여준 옥희, 방탕 불효 한 이 큰오빠의 단 한 명밖에 없는 이해자인 옥희, 어느덧 어른이 되어서 그 애인과 함께 만 리 이역 사람이 된 옥희, 네 장래를 축복한다.

이틀이나 걸려서 이 글을 썼다. 두서를 잡기 어려울 줄 알지만, 너 같은 동생을 가진 세상의 여러 오빠에게도 이 글을 읽히고 싶은 마음에 감히 발표한다. 내 충정만을 사다오.

닷샛날 아침, 너를 사랑하는 큰오빠 쓴다.

__1936년 9월《중앙》

H형에게

H형!

형의 글 반갑게 읽었습니다. 저의 못난 여편네(아내 변동림)를 위해 귀중한 하룻밤을 부인에게 허비하게 하였다니, 어떻게 감사해야 할지 모르겠습니다. 부인께도 꼭 이 말씀 전해주시기 바랍니다.

형의 〈명상〉 잘 읽었습니다. 타기(唾棄, 침을 뱉듯이 버린다는 뜻으로, 업신여기거나 아주 더럽게 생각하여 돌아보지 않고 버림을 이르는 말)할 생활을 하고 있는 지금의 제게는 적잖이 도움 되는 바가 많았습니다. 이것은 찬사가 아니라 감사입니다.

형이 해준 충고의 가지가지가 저의 골수에 맺혀 고마웠습니다. 특히 돌아와서 인간으로서, 아니 사람으로서의 옳은 도리를 갖고 선처하라고 하신 말씀은 등에서 땀이 날 만큼 제 가슴을 찔렀습니다.

저는 지금 사람 노릇을 못하고 있습니다. 계집은 가두(街頭, 길거리)에다 방매(放賣, 내다가 팖)하고, 부모로 하여금 기갈(飢渴, 배고픔과 목마름을 아울러 이르는 말)

하게 하고 있으니, 어찌 족히 사람이라 일컬으리까? 그러나 저는 지식의 걸인은 아닙니다. 7개 국어 운운도 원래가 허풍이었습니다.

살아야겠어서, 다시 살아야겠어서, 저는 이곳으로 왔습니다. 당분간은 모든 죄와 악을 의식적으로 뭉개버리는 도리 외에는 길이 없습니다. 친구, 가정, 소주, 그리고 치사스러운 의리 때문에 서울로 돌아가지 못하겠습니다.

여러 가지를 생각하고 있습니다. 그러나 어떻게 하면 좋을지 전혀 모르겠습니다. 그래서 당분간은 고난과 싸우면서 생각하는 생활을 할 수밖에 없습니다. 한 편의 작품을 못 쓰는 한이 있더라도, 아니, 말라비틀어져서 아사(餓死, 굶어 죽음)하는 한이 있더라도, 저는 지금의 자세를 포기하지 않겠습니다. '커피' 한 잔으로 해결될 문제가 아니기 때문입니다.

《조광》 2월호의 〈동해(童骸)〉는 작년 6월경에 쓴 냉한삼곡(冷汗三斛, 차가운 땀 세 말이라는 뜻으로, 애써 노력하지 않음을 일컫는 말)의 열작(劣作)입니다. 그 작품을 가지고 지금 이상의 촌탁은 하지 말아주시기 바랍니다.

과거를 돌아보니 회한뿐입니다. 저 자신을 속여 왔나 봅니다. 정직하게 살아왔거니 했던 생활이 지금 와서 보니 비겁한 회피의 생활이었나 봅니다.

정직하게 살겠습니다. 고독과 싸우면서 오직 그것만을 생각하고 있습니다.

오늘은 음력으로 제야(除夜, 섣달 그믐날 밤)입니다. 빈대떡, 수정과, 약주, 너비아니. 이 모든 기갈의 향수가 저를 못살게 굽니다. 생리적입니다. 이

길 수가 없습니다.

가끔 글을 주시기 바랍니다. 고독합니다. 이곳에는 친구 삼을 만한 사람이 없습니다. 아직 찾지 못했습니다.

언제나 서울의 흙을 밟아 볼는지 아직은 망연합니다.

저는 건강치 못합니다. 건강하신 형이 부럽습니다. 그러면 과세(過歲, 설을 쇰. 해를 보냄) 안녕히 하십시오. 부인께도 인사 여쭈어 주시기 바랍니다.

— 우제(愚弟) 이상

_1937년 1월

*H형 — 소설가 안회남으로 추정

남동생 김운경에게

어제 동림(이상의 아내 변동림)이 편지로 비로소 네가 취직되었다는 소식 듣고 어찌나 반가웠는지 모르겠다. 이곳에 와서 나는 하루도 마음이 편한 날 없이 집안 걱정을 하여 왔다. 울화가 치미는 때는 너에게 불쾌한 편지도 썼다. 그러나 이제는 마음을 놓겠다. 불민(不敏, 어리석고 재빠르지 못함)한 형이다. 인자(人子, 사람의 아들)의 도리를 못 밟는 이 형이다. 그러나 나는 가정보다도 하여야 할 일이 있다. 아무쪼록 늙으신 어머님 아버님을 너의 정성으로 위로하여 드려라. 내 자세한 글, 너에게만은 부디 들려주고 싶은 자세한 말은 2, 3일 내로 다시 쓰겠다.

_1937년 2월 8일

김유정 연보

1세 _ 1908년 — 2월 12일(음력 1월 11일) 강원도 춘천 실레마을에서 부 김춘식과 모 청송 심씨의 2남 6녀 중 차남으로 태어남

12세 _ 1920년 — 재동공립보통학교 입학

15세 _ 1923년 — 휘문고등보통학교 입학. 소설가 안회남과 만남

21세 _ 1929년 — 휘문고등보통학교 졸업

22세 _ 1930년 — 연희전문학교 문과에 입학했으나 제명 처분당함. 박녹주에게 사랑을 고백했으나 거절당한 후 고향으로 내려옴. 늑막염 재발 및 안회남의 권고로 소설을 쓰기 시작함

23세 _ 1931년 — 보성전문학교 상과 입학 후 자퇴. 고향으로 돌아와 야학당을 엶

24세 _ 1932년 — 야학당을 금병의숙으로 넓히고 간이학교로 인가받음. 처녀작 단편 〈심청〉 탈고

25세 _ 1933년 — 폐결핵 발병. 〈산골 나그네〉 탈고 및 발표(공식적인 처녀작). 〈총각과 맹꽁이〉 탈고. 신여성 9월호에 발표. 소설가 이석훈. 채만식. 박태원. 이상 등과 만남

26세 _ 1934년 — 혜화동 개천가에 셋방을 얻어 밥장사를 함. 충남 예산 등지의 금광을 전전

27세 _ 1935년 — 《조선일보》 신춘문예에 〈소낙비〉. 《조선중앙일보》 신춘문예에 〈노다지〉가 각각 당선. 단편 〈금 따는 콩밭〉. 〈만무방〉. 〈산골〉. 〈솟〉. 〈홍길동전〉. 〈봄 · 봄〉. 수필 〈잎이 푸르러 가시든 님이〉. 〈조선의 집시 — 들병이 철학〉. 〈나와 귀뚜라미〉 발표. 구인회 후기 동인으로 참여

28세 _ 1936년 — 단편 〈심청〉. 〈봄과 따라지〉. 〈가을〉. 〈두꺼비〉. 〈봄밤〉. 〈이런 음악회〉. 〈동백꽃〉. 〈야앵〉. 〈옥토끼〉 발표. 미완의 장편소설 〈생의 반려〉 《중앙》 8~9월호에 연재. 수필 〈오월의 산골짜기〉. 〈어떠한 부인을 맞이할까〉. 〈전차가 희극을 낳아〉. 〈길〉. 〈행복을 등진 정열〉. 〈밤이 조금만 짧았다면〉 발표

29세 _ 1937년 — 병이 깊어져 경기도 광주군 매형 유세준의 집에서 요양 치료에 들어감. 서간문 〈문단에 올리는 말씀〉. 수필 〈강원도 여성 편〉. 〈병상 영춘기〉. 소설 〈따라지〉. 〈땡볕〉. 〈연기〉 발표. 죽기 11일 전인 3월 18일 〈필승전〉으로 되어 있는 마지막 편지를 친구 안회남에게 보냄. 3월 29일 오전 6시 30분 유세준의 집에서 사망. 향년 만29년 1개월

김유정 다시 읽기

잎이 푸르러 가시던 임이
조선의 집시 — 들병이 철학
나와 귀뚜라미
5월의 산골짜기
어떠한 부인을 맞이할까
전차가 희극을 낳아
길 — 아무도 모르는 내 비밀
행복을 등진 정열
밤이 조금만 짧았다면
문단에 올리는 말씀
강원도 여성 — 13도 여성 순례
병상영춘기
네가 봄이런가
문단에 올리는 말씀
병상의 생각
필승前
박태원前
강로향前

아아, 나는 영광이다, 영광이다. 오늘 학교에서 호강나게(포환던지기)를 하며 신체를 단련했다. 그런데 나도 모르는 사이에 호강이 나의 가슴 위에 와서 떨어졌다. 잠깐 아찔했다. 그러나 그것뿐으로, 나는 쇳덩이로 가슴을 맞았는데도 아무렇지도 안했다. 나의 몸은 아버님의 피요, 어머님의 살이요, 우리 조상의 뼈다. 나는 건강하다. 호강으로 가슴을 맞고도 아무렇지 않다. 아아, 영광이다, 영광이다.

__ 김유정, 생전에 쓴 일기 중에서

잎이 푸르러 가시던 님이

잎이 푸르러 가시던 님이

백설이 흩날려도 아니 오시네

이것은 강원도 농군이 흔히 부르는 노래의 하나입니다. 그리고 산골이 지닌바 여러 자랑 중 하나라고도 볼 수 있습니다. 화창한 봄을 맞아 싱숭거리는 그 심사야 예나 이제나 다를 리 있으리까만 그 매력에 감수(感受, 영향을 받음)되는 품이 좀 다릅니다.

일전에 한 벗이 말씀하되, 나는 시골이, 한산한 시골이 그립다 합니다. 그는 본래 시인이요, 병마에 시달리는 몸이라 소란한 도시생활에 물릴 것도 당연한 일입니다. 하지만 내가 생각건대, 아마 악착스러운 이 자파(娑婆, 세상)에서 좀이나마 해탈하고자 하는 것이 그의 본의일 듯싶습니다. 그러나 그때 나는 "더러워서요, 아니꼬워서 못사십니다!" 하고 의미 몽롱한 이야기를 하였습니다. 그리고 너무 결백한, 너무 도사유인 그의 성격에 나는 존경과 아울러 하품을 아니 느낄 수 없었습니다.

시골이란 그리 아름답고 고요한 곳이 아닙니다. 서울 사람이 시골을 동경하여 산이 있고, 내(川)가 있고, 쌀이 열리는 풀이 있고…… 이렇게 단조로운 몽상으로 애상적 시흥(詩興)에 잠길 그때, 저쪽 촌뜨기는 쌀 있고, 옷 있고, 돈이 물밀 듯 질 번 거릴 법 한 서울에 오고 싶어 몸살을 합니다.

퇴폐한 시골, 굶주린 농민, 이것은 자타 없이 주지하는 바라 이제 새삼스레 뇌일 것도 아닙니다마는 우리가 아는 것은 쌀을 못 먹는 시골이요, 밥을 못 먹는 시골이 아닙니다. 굶주린 창자의 야릇한 기미는 도시(都是, 아무리 애를 써 보아도 전혀) 모릅니다. 만약 우리가 본능적으로 주림을 인식했다면 곧바로 아름다운 시골, 고요한 시골이라 안 합니다.

시골의 생활감을 절실히 알려면 그래도 봄입니다. 한겨울 동안 흙방에서 복대기던 울분, 내일을 우려하는 그 췌조(悴操, 초췌한 모습), 그리고 터무니없는 야심. 이 모든 불온한 감정이 엄동에 지질려서 압축되었다 봄과 맞닥뜨려 몸이라도 나른히 녹고 보면 단박에 폭발되고 마는 것입니다.

남자란 워낙 뚝기가 좀 있어서 위험이 덜 합니다. 그것은 대체로 부녀, 더욱이 파랗게 젊은 새댁에 있어서 그 예가 심합니다. 그들은 봄에 더 들떠서 방종하는 감정을 자제치 못하고 그대로 열에 띄웁니다. 물에 빠집니다. 행실을 버립니다. 나물 캐러 간다고 요리조리 핑계 대고는 바구니를 끼고 한 번 나서면 다시 돌아올 줄 모르고 춘풍에 살랑살랑 곧장 가는 이도 한둘이 아닙니다. 그러나 붙들리면 반쯤 죽어날 줄 모르는 바도 아니련만…….

또 하나 노래가 있습니다.

> 잘 살고 못살긴 내 분복이요
> 하이칼라 서방님만 얻어주게유

이것도 물론 산골이 가진 자랑의 하나입니다. 여기에 하이칼라 서방님이란 머리에 기름 바르고 향기 피는 매끈한 서방님이 아닙니다. 돈 있고, 쌀 있고, 또 집 있고, 이렇게 푼푼하고 유복한 서울 서방님 말입니다. 언뜻 생각할 때 '에이, 더러운 계집들! 에이 우스운 것들!'하고 혹 침을 뱉으실 분이 있을지는 모르나 그것은 좀 덜 생각한 것입니다. 님도 좋지만, 밥도 중합니다. 농부의 계집으로서 한평생 지지리 지지리 곪다 마느니 서울 서방님 곁에 앉아 밥 먹고, 옷 입고, 그리고 잘살아 보자는 그 이상이 가질 바 못 되는 것도 아닙니다. 님 있고, 밥 있고, 이러한 곳이라야 행복이 깃듭니다.

내가 시골에 있을 때 내게 봄을 제일 먼저 전해주는 것은 무엇보다도 술상 위의 다래입니다. 나는 고놈을 매우 즐깁니다. 안주로 한 알을 입에 물고 꼭꼭 씹으면 매낀매낀하고 알싸한 그 맛이 '이크 봄이로군!' 이라는 생각을 직감적으로 들게 합니다. 그뿐만 아니라 봄에 몸이 달은 큰 아기, 새댁들의 남다른 오뇌를 연상하게 됩니다. 나물을 뜯으러 갑네 하고 꾀꾀틈틈이(가끔 겨를이 있을 때마다) 빠져나와 심산유곡 그윽한 숲속에 몰려 앉아서 넌지시 감춰두었던 곰방대를 서로 빨아가며 슬픈 사정을 주고받는 그들은 — 차마 못 하고 이럴까 저럴까 망설이는 울적한 그 심사를 연상하게 됩니다. 그리고 그 노래를…….

잎이 푸르러 가시던 님
백설이 흩날려도 아니 오시네

그러다 술이 좀 취하면 몇 해 후에는 농촌의 계집이 씨가 마른다. 그때는 알총각들만 남을 터이니, 이를 어째나! 제멋대로 이렇게 단정하고 부질없이 근심까지도 하는 버릇이 있습니다.

__1935년 3월 6일 《조선중앙일보》

김유정 다시 읽기

조선의 집시
— 들병이 철학

안해(아내)를 구경거리로 개방할 의사가 있는가, 혹은 그만한 용기가 있는가. 나는 이렇게 가끔 묻고 싶은 충동을 느낀다. 물론 사교계에 용납한다는 의미는 아니다. 안해의 출세와 행복을 바라지 않는 자가 누구랴.

그러나 내가 하는 말은 자기 안해를 대중의 구경거리로 던질 수 있는가, 그것이다. 그야 일부러 물자를 들여가며 이혼을 소송하는 부부도 없지는 않다마는 극진히 애지중지하는 자기 안해를 대중에게 봉사하겠는가, 말이다.

밥! 밥! 이렇게 부르짖고 보면 대뜸 신성치 못한 아귀를 연상케 된다. 밥을 먹는다는 것이 딴은 그리 신성치는 못한가 보다. 마치 이 사회에서 구명도생(救命圖生, 사람 목숨을 구하고 살아나가기를 꾀함)하는 호구가 그리 신성치 못한 것과 같이 — 거기에는 몰자각적 복종이 필요하다, 파렴치적 허세가 필요하다. 그리고 매춘부적 애교 아첨도 필요할는지 모른다. 그렇지 않고야 어디 제가 감히 사회적 지위를 농단하고 생활해 나갈 도리가 있겠는가. 그러나 이것은 그런 모든 가면 허식을 벗어난 각성적 행동이다. 안해를 내놓고 먹는 것이다. 애교를 판다는 것도 근자에 이르러서는 완전히 노동이 되었다. 노동하여 생활하는 여기에는 아무도 이의가 없을 것이다.

이것이 즉, 들병이다. 그들도 처음에는 다 나쁘지 않게 성한 오장육부가 있었다. 그리고 남 못지않게 깨끗한 희망으로 땅을 파던 농군이었다. 농사라는 것이 얼른 생각하면 한가로운 신선 노릇도 같다마는 실상은 그런 고역이 다시없을 것이다. 땡볕에 논을 맨다, 김을 맨다. 혹은 비 한 방울에 갈급히 나서 눈 감고 꿈에까지 천기를 엿본다. 그러나 어떻게 해서라도 농작물만 잘되고 추수 때 소득만 여의하다면야(일이 마음먹은 대로 됨) 무슨 문제가 있으랴.

가을은 농촌의 유일한 명절이다. 그와 동시에 여러 위협과 굴욕을 겪는 역경의 시기다. 말하자면 그들은 지주와 빚쟁이에게 수확물을 주고 다시 한겨울을 염려하기 위하여 한 해 동안 땀을 흘렸는지도 모른다.

여기에서 한번 분발한 것이 즉, 들병이 생활이다. 들병이가 되면 밥은 식성대로 먹을 수 있다는 것과 또는 그 준비에 돈 한 푼 안 든다는 이것에 그들은 매혹된다. 안해의 얼굴이 수색(秀色, 뛰어나게 아름다움)이면 더욱 좋다. 그렇지 않더라도 농촌에서 항상 유행하는 가요나 몇 마디 반반히 가르치면 된다.

남편은 안해를 데리고 앉아서 소리를 가르친다. 낮에는 물론 벌어야 먹으니까 그럴 여가가 없고 밤에 들어와서는 아내를 가르친다. 재주 없으면 몇 달도 걸리고 총명하다면 한 달포 만에 끝이 난다. 〈아리랑〉으로부터 〈양산도〉, 〈방아타령〉, 〈신고산타령〉에 〈배따라기〉…… 그러나 게다가 이 풍진 세상을 만났으니 나의 희망을 부르면 더욱 시세가 좋을 것이다.

이러면 그때는 남편이 데리고 나가서 먹으면 된다. 그들이 소리를 가르친다는 것은 예술가적 명창이 아니었다. 개 끄는 소리라도 먹을 수 있을 만치 세련되면 고만이다.

안해의 등에 자식을 업혀 가지고 이렇게 남편이 데리고 나간다. 산을 넘어도 좋고 강을 몇씩 건너도 좋다. 밥 있는 곳이면 산골이고 버덩(높고 평평하며 나무는 없이 풀만 우거진 거친 들)을 불구하고 발길 닿는 대로 유랑하는 것이다. 이것을 다른 데 예를 잡으면 애급(挨及, 이집트의 음역어)의 집시 — (유랑민)적 존재다.

한창 낙엽이 질 때면 추수는 대개 끝이 난다. 그리고 궁하던 농촌에도 방방곡곡이 두둑한 볏섬이 늘려 놓인다.

들병이는 이때로부터 자연적 활동을 시작한다. 마치 그것은 볏섬을 습격하는 참새들의 행동과 동일시하여도 좋다. 다만, 한 가지 차이라면 참새는 당장의 충복(充腹, 음식의 좋고 나쁨을 가리지 아니하고 고픈 배를 채움)이 목적이로되, 그들은 포식 이외에 그다음 해 여름까지 지탱해나갈 연명자료가 필요하다. 왜냐하면 농가의 봄, 여름이란 가장 궁할 때요, 따라서 들병이들의 큰 공황기이기 때문이다.

이리하야 가을에 그들은 결사적으로 영업을 개시한다. 영업이라야 적수공권(赤手空拳, 맨손과 맨주먹이라는 뜻으로, 가진 것이 아무것도 없음을 비유적으로 이르는 말)으로 유랑하며 아무 술집에고 유숙하면 그뿐이지만…….

촌의 술집에서는 어디고 들병이를 환영한다. 아무개 집에 들병이가 들었다 하면 그날 밤으로 젊은 축들이 몰려든다. 소리 조금만 먼저 해보라는 놈, 통성명만으로 내일 밤의 밀회를 약속하는 놈, 혹은 데리고 철야하는 놈…… 하여튼 음산하던 술집이 이렇게 단박 활기를 띤다.

술집 주인으로 보면 두 가지의 이득을 보는 것이다. 들병이에게 술을 팔고 밥을 팔고……

들병이가 보통 작부와 같은 점이 여기 있다. 그들은 남의 술을 팔고 보수를 바라는 것이 아니라 주막 주인에게 막걸리를 됫술로 사면 팔 때는 잔술로 환산한다. 가령, 막걸리 한 되의 원가가 17전이라면 그것을 20여 전에 맡는다. 그리고 손님에게 잔으로 풀어 10잔이 나왔다 치고 50전, 다시 말하면 탁주 1승(升, 가루 · 곡식 · 액체 따위를 담아 분량을 헤아리는 단위)의 순이익이 30전이라 할 것이다. 그러나 1잔에 반드시 5전씩만 받겠다는 선언은 없다. 10전도 좋고 20전도 좋다. 주객의 처분대로 이쪽에서는 받기만 하면 된다. 그럴 리야 없겠지만 1잔에 1원씩을 설사 쳐준다 해도 절대 마다하지는 않는다. 다만, 그 대신 객의 소청이면 무엇을 막론하고 응낙할 만한 호의만 가질 것이다.

들병이는 무엇보다도 들병이로서의 수완이 있어야 한다. 술 팔고 안주로 〈아리랑〉 타령만 하면 되는 것이 아니다. 〈아리랑〉쯤이면 농군들은 물릴 만치 들었고 또 하기도 선수다. 그 〈아리랑〉을 들으러 30~40전의 대금을 낭비하는 농군이 아니다. 술 몇 잔 사 먹으면 으레 딴 안주까지 강요하는 것이다. 또 그것이 여러 번 거듭하는 동안에 아예 한 개의 완전한 권리로서 행사케 된다. 만약 들병이가 여기에 응치 않는다면 그건 큰 실례다. 안주를 덜 받은 데 그들은 단박 분개하여 대들지도 모른다. 혹은 지불하였던 술값을 도로 내라고 협박할는지도 모른다.

이런 소박한 농군들을 상대로 생활하는 들병이라 그 수단도 서울의 작부들과는 색채를 달리한다. 말하자면 작부들의 애교는 임시변통으로도 족하나, 들병이는 끈끈한 사랑 즉 사랑의 지속성을 요한다. 왜냐하면 밤마다 오는 놈들이 거의 동시에 몰려들기 때문에 일정한 추파를 보류치 않으면 당장에 권비백산(拳飛魄散, 주먹질이 나오고 정신이 혼란스러워짐)의 수라장이 되기가 쉽기 때문이다.

들병이가 되려면 이런 화근을 없애도록 첫째 눈치가 빨라야 할 것이다. 그러나 그렇다고 현금으로 청구해서는 또한 실례가 될는지도 모른다. 보통 외상이므로 떠날 때쯤 되어서야 집으로 찾아다니며 쌀이고 벼, 콩, 팥, 조 이런 곡식을 되는대로 수합함이 옳을 것이다. 그리고 두 내외가 그것을 짊어지고 그다음 마을로 찾아간다.

들병이를 객관적으로 평가하여 빈궁한 농민들을 잠식하는 한 독충이라 할는지도 모른다. 사실 들병이와 관련되어 발생하는 춘사(椿事, 뜻밖에 일어나는 불행한 일)가 비일비재다. 풍기문란은 고사하고 유혹, 사기, 도난, 폭행 — 주재소에서 그들을 보는 대로 축출을 명령하는 그 이유도 여기에 있을 것이다. 그러나 이것은 일면만을 관찰한 편견에 지나지 않는다. 들병이에게는 그 해독을 보가(報價, 값을 갚음)하고도 남을 큰 기능이 있기 때문이다.

시골 총각들이 취처(娶妻, 장가를 들어 아내를 얻음)를 한다는 것은 실로 용이한 일이 아니다. 결혼 당일의 비용 말고도 우선 선채금(선대금, 먼저 내는 돈)을 조달하기가 어렵다. 적어도 40~50원의 현금이 아니면 매혼시장에 출마할 자격부터 없는 것이다. 이에 늙은 총각은 3~4년간 머슴살이 고역을 부득이 감내한다.

그리고 한편 그들이 후일 가정을 가질 만한 부양 능력이 있느냐 하면 그것도 한 의문이다. 현재 처자와 동락하는 자로도 졸지에 이별하는 경우가 없지 않다. 모든 사정은 이렇게 그들로 하여금 독신자의 생활을 강요하고 따라서 정열의 포만 상태를 초래한다. 이것을 주기적으로 조절하는 완화작용을 즉, 들병이의 역할이라 하겠다.

들병이가 동리에 들었다 소문만 나면 그들은 시각으로 몰려들어 인사를 청한다. 기실 인사가 목적이 아니라 우선 안면만 익혀두자는 심산이다.

들병이의 용모가 출중나다든가, 혹은 성악(聲樂, 노래 실력)이 탁월하다든가 하는 것은 그리 문제가 못 된다. 유두분면(油頭粉面, 기름 바른 머리와 분을 바른 얼굴)에 비녀 쪽 하나만 달면 그대로 통과한다. 연래(年來)의 숙원을 성취하기 위하여 그 호기를 감축(感祝)할 뿐이다.

들병이가 들면 그날 밤부터 동리 청년들은 떼난봉(허랑방탕한 짓을 떼로 일삼음)이 난다. 그렇다고 무모히 산재(散財, 재산을 이리저리 써서 없애 버림)한다든가 탈선은 아니 한다. 아무쪼록 염가로 향락하도록 강구하는 것이 그들의 버릇이다. 여섯이고, 몇이고 작당하고 추렴을 하여 술을 먹는다. 한사람이 50전씩 낸다면 도합 3원 — 그 3원을 가지고 제각기 3원어치 권세를 표방하며 거기에 부수되는 염태(艶態, 아리따운 모양이나 태도)를 요구한다. 만약 들병이가 이 가치를 무시한다든가, 혹은 공평치 못한 애욕람비(愛慾濫費, 이성에 대한 성애의 욕망에 시간이나 재물 따위를 헤프게 씀)가 있다든가, 하는 때에는 단박 분란이 일어난다. 다 같이 돈을 냈는데 어째서 나만 떼놓느냐, 하고 시비조로 덤비면 큰 두통거릴 뿐만 아니라 돈 못 받고 따귀만 털리는 봉변도 없지 않다. 그러니까 들병이는 이 여섯 친구를 동시에 무마하며 3원어치 대접을 무사 공정히 하는 것이 한 비결일지도 모른다.

이렇게 결산하면 내긴 50전을 냈으되 그 효용 가치는 무려 18원에 달하는 셈이었다. 이런 좋은 기회를 바라고 농군들은 들병이의 심방을 적이 고대하는 것이다.

그러나 들병이로 보면 빈농들만 상대로 하는 것도 아니다. 때로는 지주댁 사랑에서 청할 적도 있다. 그러면 들병이는 항아리나 병에 술을 넣어 가지고 찾아간다. 들병이가 큰돈을 잡는 것은 역시 이런 부잣집 사랑이다. 그리고 들병이라는 명칭도 이런 영업 수단에서 추상된 형용사일지도 모른다.

일단 농촌 부녀들이 들병이를 선망과 시기로 바라보는 까닭도 여기에 있다. 자기네들은 먹지도 잘 못하거니와 의복 하나 변변히 얻어 입지 못한다. 양반댁 사랑에 기탄없이 출입하며 먹고 입고 또는 며칠 밤 유숙하다 나오면 지전(종이로 만든 화폐) 장을 만져보니 얼마나 행복하랴!

들병이가 들면 남자뿐 아니라 아낙네들이 수군거리며 마을에 묘한 분위기가 떠돈다.

들병이를 처음 만나면 우선 남편이 있느냐고 묻는 것이 술꾼의 상투적 인사다. 그러면 그 대답은 대개 전일에는 금실이 좋았으나 생활난으로 말미암아 이혼했다고 한다. 들병이는 남편이 없다는 이것이 유일의 자본이다. 부부 생활이 얼마나 무미건조하였던가를 역력히 해몽(解蒙, 어리석음을 일깨워 줌)함으로써 그들은 술꾼을 매혹케 한다. 그러나 그들 곁에는 언제나 남편이 있다. 안해가 술을 팔고 있으면 남정은 그 근처에서 배회한다.

들병이의 남편이라면 흔히 도박자요, 불량하기로 정평이 났다. 그들은 안해의 밥을 무위도식하며 일종의 우월권을 주장한다. 안해가 돈을 벌어놓으면 가끔 달려들어 압수하여 간다. 그리고 그걸로 투전한다, 술을 먹는다. 그렇게 해서 안해가 번 돈은 명색(名色, 실속 없이 그럴듯하게 불리는 허울만 좋음)없이 소비되고 만다.

그러나 안해는 이에 불평을 품거나 남편을 힐책하지 않는다. 이러는 것이 남편의 권리요, 안해의 직무로 안다. 하기야 노름에서 일확천금하면 남편뿐 아니라 안해 역시 호사로운 생활을 할 수 있다. 잡담 제하고, 노름

밑천이나 대주는 것도 두량(斗量, 일을 헤아려 처리함) 있는 일인지도 모른다.

들병이로 나서면 주객 접대도 힘들거니와 첫째 남편 공양이 더 난사(難事, 처리하기 어려운 일이나 사건)다. 밥만 먹일 뿐만 아니라 옷 뒤도 거둬야 한다. 술 팔기에 밤도 새우지만, 낮에는 빨래하고, 옷을 꿰매고, 그래야 입을 것이다. 게다 젖먹이라도 딸리면 강보도 늘 빨아대야 하는 것을 잊어서는 안 된다.

그러나 그것만도 좋다. 엄동설한에 태중(胎中)으로 나섰다가 산기가 있을 때는 좀 곡경(曲境, 몹시 힘들고 어려운 처지)이다. 술을 팔다 말고 술상 앞에서 해산하는 수밖에 별도리 없다. 물론 아무 준비가 있을 까닭이 없다. 까칠한 공석 위에서 덜덜 떨고 있을 뿐이다. 들병이 수업 중 그중 어렵다면 이것이겠다.

이럴 때면 남편은 비로소 아내에게 밥값을 보답한다. 희색이 만면해서 방에 불을 지피고 밥을 짓고 국을 끓이고 지성으로 보호한다. 남편은 이 아이가 자기 자식이라고는 믿지 않는다. 다만 자기 소유에 속하는 자식이라는 점에 만족할 뿐이다.

상식으로 보면 이런 아이가 제대로 명을 부지할 것 같지는 않다마는 들병이 자식인 만큼 무병하고 죽음과 인연이 먼 아이는 다시없을 것이다. 한 7일만 겨우 지나면 눈보라에 떨쳐 업고 방랑의 길로 나선다.

들병이가 유아를 데리고 다니는 것은 기이한 현상이 아니다. 대개 하나씩은 그 품에 붙어 다닌다. 고생스러운 노동에도 불구하고 자식만은 극진히 보육하는 것이다. 그러나 누가 그들을 동정하여 아이를 데리고 다니기가 곤란할 테니 길러주마 한다면 그들은 노할지도 모른다. 이것은 고생이 아니라 생활취미이기 때문이다.

그러다가도 춘궁 때가 돌아오면 들병이는 매우 한가롭다. 그들은 고향으로 돌아가 옛집에 칩거한다. 품을 팔아먹어도 좋고 땅을 파도 좋다. 하여튼 다시 농민생활로 귀화하는 것이다. 그리고 그다음 가을을 기다린다.

들병이는 어디로 판단하든 정당한 노동자다. 그러나 때로는 불법행위가 없는 것도 아니니, 그런 때도 우리는 증오감을 느끼기보다는 일종의 애교를 느끼게 된다. 왜냐하면 그 법식이 너무 단순하고 솔직하고 무기교라 해학미가 따르기 때문이다. 예를 들면, 남편이 간혹 야심하여 아내의 처소를 습격하는 경우가 있다. 이때는 방에 들어가 등잔의 불을 댕겨 놓고 한구석에 묵묵히 앉았다. 강박하거나 공갈은 안 한다. 들병이니까 그럴 염치는 하기야 없기도 하거니와 — 얼마 후에야 남편은 겨우 뒤통수를 긁으며,

"머리를 깎아야 할 텐데……"

이렇게 이발료가 없음을 장탄하리라.

그러면 이것이 들병이의 남편임을 비몽사몽간 깨닫게 된다. 실상은 죄가 못 되나 순박한 농군이라 남편이라는 위력에 압도되어 대경실색하는 것이 항례(恒例, 상례. 즉, 보통 있는 일)다. 그러나 놀랄 건 없고 몇십 전 희사하면 그뿐이다. 만일 현금이 없을 때는 내일 아침 집으로 오라 하여도 좋다. 그러면 남편은 무언으로 그 자리를 사양하되 아무 주저도 없으리라. 여기

에 들병이 남편으로서의 독특한 예의가 있는 것이다. 절대로 현장을 교란하거나 가해하는 행동은 안 한다.

들병이에게 유혹되어 절도를 범하는 일이 흔히 있다. 기십 원의 생활비만 변통하면 너와 영구히 동거하겠다는 감언이설에 혹하는 것이다. 그들은 들병이를 도락적 대상으로서가 아니라 안해로서의 애정을 요망한다. 늙은 홀아비가 묘령(妙齡, 스무 살 안팎의 여자 나이) 들병이를 연모하여 남의 송아지를 끌어냈다든가, 머슴이 주인의 벼를 퍼냈다든가, 이런 범행이 빈번하다.

들병이가 내방하면 그들 사이에는 암암리에 경쟁이 시작된다. 서로 들병이를 독점하기 위하여 갖은 방법으로 그 환심을 매수한다. 데리고 가서 국수를 먹이고, 닭을 먹이고, 혹은 감자를 구워 다가 선사한다. 그러나 좀 현명하면 약간의 막걸리로 그 남편을 수의(隨意, 자기 마음대로 함)로 이용하여도 좋을 것이다.

들병이가 되려면 이런 자분(自分, 스스로 헤아리거나 앎)의 추세를 민감하게 파악하여야 할 것이다. 소리는 졸렬할지라도 이 수단만 능숙하다면 호구는 무난(無難, 별로 어려움이 없음)일 게다. 그리고 남편은 배후에서 안해를 물론 지휘 조종하며 간접적으로 주객을 연락하여야 한다. 아내는 근육으로 남편은 지혜로, 이렇게 공동전선을 치고 생존경쟁에 처한다.

들병이는 술값으로 곡물도 받는다고 전술하였다. 그러나 사실은 곡물뿐만 아니라 간혹 가장집물(집에 놓고 쓰는 온갖 살림 도구)에까지 이를 경우도 없지 않다. 식기, 침구, 의복류 — 생활상 필수품이면 구태여 흑백을 가리지 않는다.

들병이에게 철저히 열광되면 그들 부부 틈에 끼어 같이 표박(漂泊, 일정한 주거나 생업이 없이 떠돌아다니며 지냄)하는 친구도 있다. 이별은 아깝고, 동거는 어렵고, 그런 이유로 결국 한 예찬자로서 추종하는 고행인 셈이다. 이럴 때는 들병이의 남편도 이 연애지상주의자의 정성을 박대하지 않는다. 의좋게 동행하며 심복같이 잔심부름이나 시켜먹고 한다. 하지만 이렇게 되면 누가 본 남편인지 분간하기 어렵고 자칫하면 종말에 주객이 전도되는 상외(想外, 뜻밖)의 사변(事變, 사람의 힘으로는 피할 수 없는 큰 사건)도 없는 것이 아니다.

_ **1935년 10월 22일~29일《매일신보》**

* 들병이 — 농한기에 농민들을 상대로 장사하는 사람

나와 귀뚜라미

폐결핵에는 삼복더위가 끝없이 얄궂다. 산의 녹음도 좋고, 시원한 해변이 그립지 않은 것도 아니다. 착박(窄迫, 답답할 정도로 매우 좁음)한 방구석에서 빈대에 뜯기고, 땀을 쏟고, 이렇게 하는 피서는 그리 은혜로운 생활이 못 된다.

야심(夜深, 밤이 깊음)하여 홀로 일어나 한창 쿨룩거릴 때면 안집은 물론 벽 하나를 사이에 둔 옆집에서 '끙'하고 돌아눕는 인기척을 가끔 들을 수 있다. 이 몸이기에, 이 지경이라면, 차라리 하고 때로는 딱한 생각도 해본다. 그러나 살고 싶지도 않지만 또한 죽고 싶지도 않은 것이 나의 오늘이다. 그래, 무조건 하고 철이 바뀌기만, 가을이 되기만을 기다린다.

가을이 오면 밝은 낮보다 캄캄한 명상의 밤이 귀엽다. 귀뚜라미 노래를 들을 때 창밖의 낙엽은 은은히 지고, 그 밤은 나에게 극히 엄숙한 그리고 극히 고적한 순간을 가져온다. 신묘한 이 음률을 나는 잘 안다. 낯익은 처녀와 같이 들을 수 있다면 이것이 분명 행복임을 잘 알고 있다. 그러나 분수에 넘는 허영이려니, 이번 가을에는 귀뚜라미가 부르는 노래나 홀로 근청(謹請, 삼가 청함)하며, 나는 건강한 밤을 맞아보리다.

__1935년 11월《조광》

오월의 산골짜기

나의 고향은 저 강원도 산골이다. 춘천읍에서 한 20리가량 산을 끼고 꼬불꼬불 돌아 들어가면 내닫는 조그마한 마을이다. 앞뒤 좌우에 굵직굵직한 산들이 빽 둘러섰고 그 속에 묻힌 아늑한 마을이다. 그 속에 묻힌 모양이 마치 움푹한 떡시루 같다고 해서 동명을 '실레'라고 부른다. 집이라야 대부분 쓰러질 듯한 헌 초가요, 그나마도 50여 호밖에 안 되는 말하자면 아주 빈약한 촌락이다. 그러나 산천의 풍경으로 따지면 하나 흠잡을 데 없는 귀여운 전원이다.

산에는 기화요초(琪花瑤草, 옥같이 고운 풀에 핀 구슬같이 아름다운 꽃)로 바닥을 틀었고, 여기저기에 졸졸거리며 내솟는 약수도 맑고, 그리고 머리 위에서 골골거리며 까치와 시비하는 노란 꾀꼬리 소리도 좋다. 주위가 이렇게 시적(詩的)이니만큼 사람들의 생활도 어디인가 시적이다. 어수룩하고 꾸물꾸물 일만 하는 그들을 대하면 딴 세상 사람을 보는 듯하다.

벽촌이라 교통이 불편함으로 현 사회와 거래가 드물다. 편지도 나달에 한 번씩밖에 안 온다. 그것도 배달부가 자전거로 이 산골짝까지 오기가 괴로워서 도중에 마을 사람을 만나면 편지 좀 전해달라고 부탁하고는 도로 가기도 한다. 이렇게 도회와 인연이 멀음으로 그 인심도 그리 야박(野薄, 야멸치고 인정이 없음)지가 못하다. 물론 극히 궁한 생활이 아닌 것도 아니나, 그들은 아직 악착(齷齪, 일을 해 나가는 태도가 매우 모질고 끈덕짐)한 행동을 모른다. 그 증거로 아직 내 기억에는 상해사건으로 마을의 소동을 일으킨 적이 없다. 그들이 모여서 일하는 것을 보아도 퍽 우의적(友誼的)이요, 유쾌하기 그지없다.

5월쯤 되면 농가는 한창 바쁠 때다. 밭의 일도 급하거니와 논에 모도 내야 하기 때문이다. 하지만 그에 앞서 논에 거름을 할 갈(거름으로 사용하는 풀의 종류)이 필요하다. 갈을 꺾는 데는 갈잎이 알맞게 흐드러졌을 때, 그리고 쇠기 전에 부랴사랴 꺾어내려야 한다. 이러한 경우에는 일시에 많은 품이 든다. 이에 여남은씩 한 떼가 되어 돌려가며 품앗이로 일한다. 이것은 일의 권태를 잊게 할 뿐만 아니라 일의 능률까지 오르게 한다.

갈 때가 되면 산골에서는 노유(老幼, 어린이와 아이)를 막론하고 무슨 명절이나 된 것처럼 공연히 기껍다(기쁘다). 왜냐면 갈 꾼을 위하여 막걸리며, 고등어, 콩나물, 두부에 이밥(쌀밥) — 이렇게 별식(別食, 늘 먹는 음식과 다르게 만든 색다른 음식)이 벌어지기 때문이다.

농군 하면 얼뜬(얼른) 앉은 자리에서 밥 몇 그릇씩 해치우는 탐식가로 정평이 났다. 사실 갈을 꺾을 때 그들이 먹는 식품은 놀라운 것이다. 그리고 그렇게 먹지 않으면 몸이 감당하지 못할 정도로 일 역시 고되다. 높고 큰 산을 헤매며 갈을 꺾어서 한 짐 잔뜩 지고 오르내리자면 방울땀이 떨어지니 여느 일과 노동의 강도가 다르다. 그러니만큼 산골에서는 갈 꾼만은 특히 잘 먹이고 잘 대접하는 법이다.

개동(開東, 해가 뜰 때)부터 어두울 때까지 그들은 밥을 다섯 끼를 먹는다. 다시 말하면, 조반, 점심 겨누리(농시꾼이나 일꾼들이 끼니 외에 참참이 먹는 음식의 강원도 방언), 점심, 저녁 겨누리, 저녁 — 이렇게 여러 번 먹는다. 게다가 참참이 먹는 막걸리까지 친다면 하루에 무려 여덟 번을 식사하는 셈이다. 그것도 감투밥(밥그릇 위로 수북이 솟아오르도록 가득 담은 밥)으로 쳐올려 담은 큰 그릇의 밥사발로 말이다.

"아, 잘 먹었다. 이렇게 먹어야 허리가 안 휘어?"

이것이 그들이 가진 지식이다. 과로하여 허리가 아픈 것을 모르고 먹은 밥이 삭아서 창자가 홀쭉하니까 허리가 휘는 줄로만 안다. 그러니까 빈창자에 연실 밥을 메워 꼿꼿이 만들어야 허리도 펴질 것으로 알고 굳이 먹는 것이다.

갈 꾼들은 흔히 바깥뜰에 멍석을 펴고 쭉 둘러앉아서 술이고, 밥이고, 함께 즐긴다. 어쩌다 동네 사람이 그 앞을 지나가게 되면 그들을 손짓으로 부른다.

"여보게 이리와 한잔하게?"

"밥이 따스하니 한술 뜨게 유?"

이렇게 옆 사람을 불러서 같이 음식을 나누는 것이 그들의 예의다. 어떤 사람은 아무개 집의 갈을 꺾는다고 하면 일부러 찾아와 제 몫을 당당히 보고 가는 이도 있다.

나도 고향에 있을 때 갈 꾼에게 여러 번 얻어먹었다. 그 막걸리의 맛도 좋거니와 웅게중게(옹기종기) 모여 한 가족같이 주고받는 그 기분만도 몹시 즐겁다. 산골이 아니면 보기 어려운 귀여운 단란(團欒, 행복)이다. 그리고 산골에는 잔디도 좋다. 산비알(산비탈)에 포근히 깔린 잔디는 저절로 침대가 된다. 그 위에 바둑이와 같이 벌룽 자빠져서 묵상하는 재미도 좋다. 여길 보아도 저길 보아도 우뚝우뚝 서 있는 모조리 푸른 산이매 잡음 하나 들리지 않는다. 이런 산속에 누워 생각하자면 비로소 자연의 아름다움을 고요히 느끼게 된다. 머리 위로 날아드는 새들도 갖가지다. 어떤 놈은 밤나무 가지에 앉아서 한 다리를 바짝 들고는 기름한 꽁지를 휘휘 내두르며,

'삐 — 죽! 삐 — 죽!'

이렇게 노래를 부른다.

그러면 이번에는 하얀 새가,

'뺑' 하고 날아와 앉아서는 고개를 까땍까땍(까딱까딱)하다가 도루 '뺑' 하고 달아난다. 혹은 나무줄기를 쪼며 돌아다니는 딱따구리도 있고, 떼를 지어 푸른 가지에서 유희를 하며 지저귀는 꾀꼬리도 몹시 귀엽다.

산골에는 초목의 냄새까지도 특수하다. 더욱이 새로 난 잎이 한창 흐드러질 임시하야 바람에 풍기는 그 향취는 일필로 형용하기 어렵다. 말하자면 개운한 그리고 졸음을 청하는 듯한 그런 나른한 향기다. 일종의 선정적 매력을 느끼게 하는 짙은 향기다.

뻐꾸기도 이 냄새에는 민감한 모양이다. 이때부터 하나둘 울기 시작하기 때문이다. 한 해 만에 뻐꾸기 울음을 처음 들을 때처럼 반가운 일은 없다. 우울하고 구슬픈 그 울음을 들으면 가뜩이나 한적한 마을이 더욱 느러지게(여기저기 널려 있는 모양) 보인다.

다른 곳은 논이나 밭을 갈 때 노래가 없다고 한다. 그러나 산골에는 소 모는 노래가 따로 있어 논밭 일에 소를 부릴 때면 으레 그 노래를 부른다. 소들도 세련(洗鍊, 서투르거나 어색한 데 없이 능숙하게 잘 다듬어져 있는 모양)이 되어 주인이 부르는 그 노래를 잘 이해하고 있다. 그래서 노래대로 좌우로 방향을 바꾸기도 하고, 또는 보조 속도를 느리고 주리고 순종하기도 한다. 먼 발치에서 소를 몰며 처량히 부르는 그 노래도 좋다. 이것이 모두 산골이 홀로 가질 수 있는 성스러운 음악이다.

산골의 음악으로 치면 물소리도 뺄 수 없으리라. 쫄쫄 내솟는 샘물 소리도 좋고, 촐랑촐랑 흘러내리는 시내도 좋다. 그러나 세차게 콸콸 쏠려 내리는 큰 내를 대하면 정신이 번쩍 든다.

논에 모를 내는 것도 이맘때다. 시골에서는 모를 낼 때면 새로운 희망으로 가득하다. 그들은 즐거운 노래를 불러가며 한 포기 모를 심고 가을의 수확을 연상한다. 농군에게 있어 모는 그야말로 자식과 같이 귀중한 물건이다. 모를 내고 나면 그들은 그것만으로도 한 해의 농사를 다 지은 듯싶다.

아낙네들도 일꾼에게 밥을 해내기에 눈코 뜰 새 없이 바쁘다. 그리고 큰 함지에 담아서이고는 일터까지 나르지 않으면 안 된다. 아이들은 그

함지 끝에 줄레줄레 따라다니며 묵묵히 제 몫을 요구한다. 그리고 갈 때 전후하여 송화(松花, 소나무 꽃가루)가 한창이다. 바람이라도 세게 불 때면 시내(골짜기나 평지에서 흐르는 자그마한 내) 쪽에 송홧가루가 노랗게 옮긴다.

아낙네들은 기회를 타서 머리에 수건을 쓰고 산으로 송화를 따러 간다. 혹은 나무 위에서, 혹은 나무 아래서 서로 맞붙어 일하며, 저이도 모를 소리를 몇 마디씩 지껄이다가 포복절도할 듯이 깔깔대고 하는 것이다. 이것이 오월 경 산골의 생활이다.

산 한 중턱에 번듯이 누워 마을의 이런 생활을 내려다보면 마치 그림을 보는 듯하다. 물론 이지(理知) 없는 무식한 생활이다. 그러나 좀 더 유심히 관찰하면 이지 없는 생활이 아니고는 맛볼 수 없는 그런 순결한 정서를 느끼게 된다.

내가 고향을 떠난 지 한 사 년쯤 되었다. 그동안 얼마나 산천이 변했는지 모르겠다. 그러나 금쟁이의 화를 아직 입지 않은 곳이매, 상전벽해(桑田碧海, 뽕나무밭이 변하여 푸른 바다가 된다는 뜻으로, 세상일의 변천이 심함을 비유적으로 이르는 말)의 변(變, 변화)은 없으리라.

내내 건재하기 바란다.

_1936년 5월《조광》

어떠한 부인을 맞이할까

나는 숙명적으로 사람을 싫어합니다. 다시 말하면 사람을 두려워한다는 것이 좀 더 적절할지도 모릅니다. 늘 주위의 인물을 경계하는 버릇이 있습니다. 그 버릇이 결국에는 말 없는 우울을 낳습니다. 그리고 상당한 폐결핵입니다. 매일같이 피를 토합니다.

나와 똑같이 우울한 그리고 나와 똑같이 피를 토하는 그런 여성이 있다면 한번 만나고 싶습니다. 나는 그를 한없이 존경하겠습니다. 왜냐하면, 나 자신이 그 여성에게 뭔가를 배울 수 있으리라고 기대하기 때문입니다.

그렇게 되면 그건 연애가 아닐지도 모릅니다. 단순히 서로 이해할 수 있는 한 동무라고 할 수도 있습니다. 하지만 다시 생각건대, 이성의 애정이란 여기서 비로소 출발하는 것이 아닐까 합니다.

만일 내게 그런 특권이 있다면 나는 그를 사랑하겠습니다. 결혼까지 이르게 된다면 더욱 감사할 일입니다. 그러면 그다음에는,

이 몸이 죽어서 무엇이 될까 하니
봉래산 제일봉에 낙락장송이 되었다가
백설이 만건곤할 제 독야청청하리라

그 봉래산 제일봉이 어디일지, 그 위에 초가삼간을 짓고 한번 살아보고 싶습니다. 많이 바라지도 않습니다. 단, 사흘만 깨끗이 살아보고 싶습니다. 하지만 한 가지 큰 의문이 듭니다. 서로 사람을 싫어하는 사람끼리 모여 결혼생활이 될 수 있을는지. 만일 안 된다면 안 되는 그대로도 좋습니다.

_1936년 5월《여성》

전차가 희극을 낳아

첫여름 밤의 해맑은 바람이란 그 촉각이 극히 육감적이다. 그러므로 가끔 가다가는 우리가 뜻하지 않았던 그런 이상스러운 장난까지 할 적이 있다.

청량리역에서 동대문으로 향하여 들어오는 전차노선 양편으로는 논밭이 늘여 놓인 펀언한 버덩(높고 평평하며 나무는 없이 풀만 우거진 거친 들)으로 밤이 들면 언뜻 시골을 연상케 할 만치 한가로운 지대다. 더욱이 오후 열한 점을 넘게 되면 자전거나 거름 구루마 혹은 어쩌다 되는대로 취하여 비틀거리는 주정꾼 외에는 인적이 끊어지게 된다.

퀭하게 터진 평야는 그대로 암흑에 잠기고 보는 사람으로 하여금 허전한 고적을 느끼게 한다. 그리고 어디서부터 불어오는지 나긋나긋한 바람이 연한 녹엽을 쓸어가며 옷깃으로 스며드는 것이다.

이런 배경에서 마치 자다가 눈부신 사람 모양으로 꾸물거리며 빈 전차가 오르내린다. 왜냐하면 기차 시간 때나 또는 손님이 많을 때라면 물론 승객으로 차가 터질 지경이나, 그렇지 않고 이렇게 늦어서는 대개가 공차다. 이 공차가 운전사와 차장 두 사람을 싣고 볼일 없이 왔다 갔다 하는 것이다.

전차도 중앙지의 그것과 비교하면 모형도 구식이거니와 그 동작조차 지배를 여실히 받는다. 허나 전차가 느린 것이 아니라 실상은 그놈을 속에서 조종하는 운전사가 하품을 하기에 볼일을 못 본다. 그뿐 아니라 자칫하면 숫제 눈을 감고는 기계가 기계를 붙잡고 서 있는 그런 병괘(病卦)까지 있는 것이다. 그러면 차장은 뒤 칸에서 운전사 못지않게 경쟁적으로 졸고 서 있는 것이 통례다.

내가 말하는 그 차장도 역시 팔짱을 딱 지르고 서서는 한창 졸고 있었다. 새벽부터 줄곧,

"표 찍읍쇼?"

"표 안 찍으신 분 표 찍읍쇼."

이렇게 다년간 외어오던 똑같은 소리를 질러가며 돌아다니기에 인둘리어(많은 사람의 운김에 취하여 정신이 어지러워짐) 정신이 얼떨떨했을 게다. 게다가 솔솔바람에 빰이 스치고, 봄에는 압축되었던 피로가 그만 오짝(몸시 무섭거나 추워서 갑자기 몸이 움츠러들거나 소름이 끼치는 모양) 피어올랐을지도 모른다. 차가 뚤뚤 뚤뚤 가다가 우뚝 서면 그는 눈도 뜨지 않고 신호 줄만 흔드는 이골이 난 차장이었다. 하기야 동대문으로 향하여 올라가는 종차(막차)이니까 얼른 차고에 부려놓고 집으로 가면 그만이다.

영도사(현 서울 성북구 안암동 개운사) 입구 정류장에 다다랐을 때 여전히 졸면

서 발차 신호를 하자니까,

"여보! 사람 안 태요?" 하고 뾰루진 소리를 내지르는 사람이 있다. 여기에는 맑은 정신이 안 날 수 없었는지 다시 차를 세놓고 돌아보니 깡뚱한(매우 짧음) 머리에 댕기를 드린 십칠 팔 세 되어 보이는 여학생이 허둥지둥 뛰어오른다. 그리고 금년에 처음 입학한 듯싶은 사각모자에 말쑥한 세루(모직) 양복을 입은 청년이 뒤따라 올라온다.

그들은 앉을 생각도 하지 않고 손잡이에 맞붙어 서서는 소곤소곤하더니, 한번은 예약이나 한 듯이 서로 빙긋 웃어 보이고는 다시 소곤거리기 시작한다.

이걸 보면 남매나 친척이 아닌 것만은 확실하였다. 다만 젊은 남녀가 으슥한 교외로 산책하며 여태껏 자미(滋味, '재미'의 잘못)있는 이야기를 맘껏 지껄였으나 그래도 더 남았는지 조금 뒤에 헤어질 것이 퍽 애석한 모양이었다.

그러나 차장에게는 그 사정쯤 알 것이 없고 도리어 방해자에게 일종의 반감을 느끼면서 콘트라 통에 기대어 다시 졸기로 하였다. 그리고 머릿속에는 이따 냉면 한 그릇 먹고 가서 푹신한 자기 침구 위에 늘어지리라는 그런 생각이 막연히 떠오를 뿐이었다.

신설리 근처를 지났을 때까지도 차장은 끄떡거리기에 여념이 없었다.

"표 찍어 주서요오."

"여보서요! 이 표 안 찍어줘요?"

색시가 돈을 내대고 이렇게 요구하였으나, 그래도 차장은 눈 하나 떠

보려고 하지 않으므로

"아니, 여보! 표 안 찍으우?"

이번에는 사각모가 무색해진 색시의 체면을 세우기 위하여 위엄 있는 어조로 불렀으나 그래도 역시 반응이 없다.

"표는 안 찍고 졸고만 있으면 어떡해?"

"어젯밤을 새웠나?"

"고만두구려. 이따 그냥 내리지."

그들은 약간 해어진 자존심을 느끼면서 이렇게들 투덜거리지 않을 수 없었다.

차장은 비록 눈은 감고 졸고 있었다 하더라도 이런 귀 거친 소리는 다 들을 수 있었다. 그의 생각에는 표를 찍을 때가 되면 어련히 찍으려고, 저렇게 발광들인가, 속으로 썩 괘씸하였다. 몸이 날척지근하여 움직이기도 싫거니와 승객의 애 좀 태우느라고 의식적으로 표를 찍어주지 않았다.

그러나 색시가 골을 내서

"돈 받아요!"

거반 악을 쓰다시피 하는 데는 비위가 상해서라도 그냥 더 참을 수 없었다. 그리고 그들도 이때 표만 찍어 받지 않았더라면 아무 봉변도 없었을지 모른다.

차장이 어슬렁어슬렁 들어와서 하품을 한번 턱치고는

"어디로 가십니까?"

"종로로 가요. 문 안 차 아직 끊어지지 않았지요?"

"네, 아직 멀었습니다."

그리고 이구표(二區票, 2구간 표) 두 장과 돈을 거슬러준 다음 돈 가방을 등 뒤로 슬쩍 제쳐 메고 차장대로 나오려 할 때였다.

손잡이에 의지하여 서 있던 색시가 별안간

"아야!"

비명을 내지르더니 목매 끌리는 송아지 모양으로 차장에게 고개가 딸려가는 것이 아닌가. 사각모는 이 의외의 돌발 상황에 눈이 휘둥그레져서 저도 같이 소리를 질러야 좋을지 어떨지 그것조차 모르는 모양이었다. 꿀 먹은 벙어리처럼 덤덤히 서서는 색시와 차장을 번갈아 보고 있을 뿐이다. 왜냐하면 어쩌다 그렇게 되었는지 차장의 돈 가방이 교묘하게도 색시 댕기의 한끝을 물고 잡아챈 까닭이었다.

색시는 금세 안색이 변해서 어리둥절하여 돌아서 있는 차장에게

"이런 무례한……."

이렇게 독설을 날리려 하였으나, 고만 말문이 콕 막힌다. 이것은 너무도 도를 넘는 실례라 호명도 제대로 나오지 못하고, 결국 주저주저하다가

"남의 머리를 채는 법이 어디 있어요?"

"잘못했습니다. 그런데 나도 모르는 길에 그렇게 됐습니다."

"모르긴요!" 하고 색시는 무안한 생각 분한 생각에 눈에 눈물까지 핑그르르 돌며,

"몰랐으면 어떻게 댕기가 가방 틈으로 들어가요?"

"몰랐기에 그렇게 됐지요. 알았다면 당신이라도 그때 뽑아냈을 게 아닙니까? 그리고 또 잡아채면 손으로 잡아채지 왜 가방이 물어 차게 합니까?"

차장은 늠름히 서서 여일(如一, 처음부터 끝까지 한결같음)같이 변명하였다. 딴에는 돈 가방이 물어댔지 결코 손으로 잡아챈 건 아니니까 조금도 꿀릴 데가 없는 모양이었다.

이렇게 차장과 승객이 옥신각신하는 서슬에 전차도 딱 서서는 움직이길 주저하였다. 운전사도 졸리던 차에 심심파적(심심풀이)으로 돌아서서는 재미로운 이 광경을 이윽히 바라보고 있는 것이다.

이때 처지가 몹시 곤란한 것은 사각모였다.

연인이 모욕을 당하였을 때는 목이라도 베어 내놓고 대드는 것이 젊은 청년의 열정이겠다. 마는(그렇지마는) 이 청년은 그럴 혈기도 보이지 않거니와 차장과 시비를 하다가 파출소에까지 가게 된다면 학생 신분이 깎일 것을 도리어 우려하는 모양이었다.

색시가 꺾인 자존심을 수습하기 위한 단 하나의 선후책으로 전차가 동대문까지 도착하기 전에 본권과 승환권(承換券, 전차를 탈 때 다른 노선으로 갈아타기 위하여 발급받는 표)을 한꺼번에 차장에게로 내팽개치고,

"나 내릴 테야요. 차 세워주서요."

그리고 쾌쾌히 내려올 때 사각모도 묵묵히 따라 내려서는

"에이 참! 별일도 다 많어이!" 하고 겨우 땅에 침을 뱉었다.

이것이 어떤 운전사가 나에게 들려준 한 실담(實談, 실제로 있었던 이야기)이었다. 그는 나더러 그러니 아예 차장을 업신여기지 말라하고

"아, 망할 놈 아주 심술궂은 놈이 아니야요?" 하고 껄껄 웃는 것이다.

그러나 나는 생각건대 그 행동이 단순히 심술궂은 몸으로 교외로 산책을 할 수 있는 젊은 남녀를 볼 때 시기가 전혀 없을 것도 아니요 또는 표 찍고 종치고 졸고 이렇게 단조로운 노동에 있어서 때때로 그런 유머나마 없다면 울적한 그 감정을 조절할 길이 없을 것이다. 하지만 그보다 더 큰 이유를 찾는다면 그것은 이성에 대한 동경과 애정의 발로일는지도 모른다. 누군가 말하되, 사랑이 따르지 않는 곳에는 결코 참된 미움이 성립되지 못한다고 하였다. 그럼 이것이 그 철리(哲理, 깊고 오묘한 이치)를 증명하는 한 개의 호례(好例, 어떤 사물을 구체적으로 설명하는 데 아주 적절한 예)이리라.

여기에서 차장이 그 색시에게 욕을 보이기 위하여 그런 흉계를 꾸몄다는 것은 조금도 해당치 않은 추측이다. 말하자면, 첫여름 밤 전차가 바람을 맞았다는 것이 좀 더 적절한 표현일는지 모른다.

__1936년 6월 《조광》

길
—아무도 모르는 내 비밀

며칠 전 거리에서 우연히 한 청년을 만났다. 그는 나를 반기어 다방으로 끌어다 놓고 이 이야기 저 이야기 하던 끝에 공연히 충고하여 가로되,

"병환이 그러시니만큼 돌아가시기 전에 얼른 걸작을 쓰셔야지요?" 하고 껄껄 웃는 것이다.

진정에서 우러나온 충고가 아니면 모욕을 느끼는 게 나의 버릇이었다.

나는 못 들은 척하고 옆에 놓인 얼음냉수를 들어 쭈욱 마시었다. 왜냐하면 그는 귀여운 정도를 넘을 만큼 그렇게 자만심이 넘치는 인물이었기 때문이다. 남을 충고함으로써 뒤로 자기 자신을 높이고, 거기서 어떤 만족을 느끼는 그런 종류의 청춘이었던 까닭이다.

얼마 지난 뒤에야 나는 입을 열어, 물론 나의 병이 졸연(猝然, 갑작스럽게)히 나을 것은 아니지만, 어쩌면 성한 그대보다 좀 더 오래 살는지도 모른다. 그리고 성한 그대보다 좀 더 오래 살 수 있는 이것이 결국 나의 병일지도

모른다. 그러니 그대도 "아예 부주의 말고 성실히 살기 바랍니다." 라고 하였다.

그러고 보니 유정이! 너도 어지간히 사람이 버렸구나. 이렇게 기운 없이 고개를 숙였을 때 무거운 고독과 아울러 슬픔이 등 위로 내려침을 알았다. 그러나 나는 아직 버리지 않았다.

작년 봄 내가 한 달포를 두고 몹시 앓았을 때 의사를 찾아가니, 그의 말이 돌아오는 가을을 넘기기가 어렵다고 하였다. 말하자면, 요양을 잘한다고 해도 위험하다는 것이었다. 그러나 나는 술을 맘껏 먹었다. 연일 주야로 원고와 다투었다. 이러고도 가을을 무사히 넘기고 그 담 가을, 즉 올 가을을 앞에 두고 이렇게 기다리고 있는 것이다. 그러고 보면 과학도 얼마만치 농담임을 알았다.

가만히 생각하면 나의 몸을 좌우할 수 있는 것은 다만 그 '길'이다. 그리고 '길'이라야 다만 나는 온순히 그 앞에 머리를 숙일 것이다.

요즘에 나는 헤매던 그 길을 바로 들었다. 다시 말하면 전일 잃은 줄로만 알고 헤매고 있던 나는 요즘에 이르러서야 비로소 나를 위하여 따로 한 길이 옆에 놓여 있음을 알았다. 그 길이 얼마나 멀지 나는 모른다. 다만, 한 가지, 내가 그 길을 완전히 걷는 날, 그날까지는 나의 몸과 생명이 결코 꺾임이 없을 것을 굳게굳게 믿는 바다.

__1936년 8월《여성》

김유정 다시 읽기

행복을 등진 정열

이젠 여름도 다 갔나 보다. 아침저녁으로 제법 맑은 높새가 건들거리기 시작한다. 머지않아 가을이 올 것이다. 얼른 가을이 되어주기를 나는 여간 기다리지 않는다. 가을은 마치 나에게 커다랗고, 그리고 아름다운 그 무엇을 가져올 것만 같이 생각이 든다.

요즘에 나는 또 하나의 병이 늘었다. 지금 두 가지 병을 앓으며 이렇게 철이 바뀌기만 무턱대고 기다리고 누워 있다. 나는 바뀌는 절서(節序, 절기의 차례)에 가끔 속았다.

지난겨울만 하여도 이른 봄이 되어 주기를 그 얼마나 기다렸던가. 봄이 오면 날이 화창할 게고 보드라운 바람에 움이 트고 꽃도 피리라. 만물은 씩씩한 소생의 낙원으로 변할 것이다. 따라서 나에게도 보드라운 그 무엇이 찾아와 무거운 이 우울을 씻어줄 것만 같았다.

"오냐! 봄만 되어라."

"봄이 오면!"

나는 이렇게 혼잣소리를 하며 뻰질(거죽이 윤기가 흐르고 매우 미끄러운 모양) 주먹을 굳게 쥐었다. 한번은 옆에 있던 한 동무가 수상스러워 묻는 것이다.

"김 형! 봄이 오면 뭐 큰 수나 생기십니까?"

"그러믄요!" 하고 나는 제법 토심스레(남이 좋지 아니한 태도로 대하여 불쾌하고 아니꼬운 느낌이 있게) 대답하였다. 나 자신 역시 난데없는 그 수라는 것이 웬 놈의 순지 영문도 모르련만, 그러자 봄은 되었다. 갑자기 변하는 일기로 말미암아 그런지 나는 매일같이 혈담을 토하였다. 밤이면 불면증으로 시난고난(병이 심하지는 않으면서 오래가는 모양을 나타내는 말) 몸이 말랐다.

이렇게 병세가 점점 악화하여 갈 제 그 동무는 나를 딱하게 쳐다본다.

"김 형! 봄이 되었는데 어째……"

"글쎄요!"

이때 나의 대답은 너무도 무색하였다. 그는 나를 데리고 술집으로 가더니,

"이젠 그렇게 기다리지 마십시오. 그거 안 됩니다."하고 넘겨짚는 소리로 낯에 조소를 띠는 것이다. 허나 그는 설마 나를 비웃지는 않았으리라. 왜냐면 그도 또한 수재의 시인이었다. 거칠어진 나의 몸에서 그 자신을 비로소 깨닫고 역정스레 웃었는지도 모른다.

바뀌는 철만 기다리는 마음, 그것은 분명히 우울의 연장이다. 지척에 임 두고 못 보는 마음 거기에다 비할는지, 안타깝고 겁겁한 희망으로 가는 날짜를 부지런히 손꼽아 본다. 그러나 정작 제철이 닥쳐오면 덜컥하고 그만 낙심하고 마는 것이다.

행복의 본질은 믿음에 있으리라. 속으면서 그래도 믿는, 이것이 어쩌면 행복의 하나일지도 모른다.

사실인즉, 나는 그 행복과 인연을 끊은 지 이미 오래다. 지금에 내가 살고 있는 것은 결코 그것 때문이 아니다. 말하자면 행복과 등진 열정에서 뻗쳐난 생활이라 하는 게 옳을는지.

그러나 가을아 어서 오너라.

이번에 가을이 오면 그는 나를 찾아주려니, 그는 반드시 나를 찾아주려니, 되지 않을 걸 이렇게 혼자 자꾸만 우기며 나는 철이 바뀌기만 까맣게 기다린다.

__1936년 10월 《여성》

밤이 조금만 짧았다면

허공에 둥실 높이 떠올라 중심을 잃은 몸이 삐끗할 제, 정신이 고만 아찔하여 눈을 떠 보니, 이것도 꿈이랄지, 어수 산란한 환각이 눈앞에 그대로 남아 아마도 그동안에 잠이 좀 든 듯싶고, 지루한 보조로 고작 두 점 오 분에서 머뭇거리던 괘종이 그사이에 십오 분을 돌아 두 점 이십 분을 가리킨다.

요(이불) 바닥을 얼러 몸을 적시고 흔근히(흥건하게) 내솟은, 귀죽죽한(구질구질하고 축축함) 도한(盜汗, 심신이 쇠약하여 잠자는 사이에 저절로 나는 식은땀)을 등으로 느끼고는 그 옆으로 자리를 좀 비켜 눕고자 끙— 하고 두 팔로 상체를 떠들어보다 상체만이 들리지 않을 뿐 아니라 예리한 칼날이 하복부로 저미어 드는 듯이 무되게 쳐 뻗는 진통으로 말미암아, 이를 꽉 깨물고는 도로 그 자리에 가만히 누워버린다. 그래도 이 역경에서 나를 구할 수 있는 것이 수면일 듯싶어, 다시 눈을 지그시 감아보았으나, 그러나 발치에 걸린 시계 종소리만 점점 역력히 고막을 두드려올 뿐, 달아난 잠을 잡으려고 무리를 거듭하여온, 두 눈 뿌리는 쿡쿡 쑤시어 들어온다.

이번에는 머리말에 내던졌던 로—드 안약을 또 한 번 집어 들어 두 눈에 점주(點注, 살짝 흘려 넣음)하여보다가는, 결국 그것마저 실패로 돌아갔음을 깨닫자 인제는 나머지로 하나 있는 그 행동을 아꼈음에도 불구하고, 그대로 드러누운 채 마지못하여 떨리는 손으로 낮추었던 램프의 심지를 다시 돋워 올린다. 밝아진 시계판(時計板)에서, 아직도 먼동이 트기까지, 세 시간이나 넘어 남았음을 새삼스레 읽어보고는 골피(얼굴)를 찌푸리며 두 어깨가 으쓱하고 우그러들 만치, 그렇게 그 시간의 위협이 두려워진다.

시계에서 겁을 집어먹은 시선을 천정으로 힘없이 걷어 올리며 생각하여 보니, 이렇게 굴신(屈伸, 팔, 다리 따위를 굽혔다 폈다 함)을 못하고 누워있는 것이 오늘로 나흘이 되어오련만 아무 가감도 없는 듯싶고, 어쩌면 변비로 말미암아 내치핵(內痔核, 치질)이 발생한 것을 이것쯤 — 하고 등한시하였던 것이, 그것이 차차 퍼지고 결핵성농양을 이루어 치질 중에도 가장 악성인 치루, 이렇게 무서운 치루를 갖게 된 내가 밉지 않은 것은 아니나, 그러나 다시 생각하면 나의 본병인 폐결핵에서 필연적으로 도달한 한 과정일 듯도 싶다. 치루하면 선뜻 의사의 수술을 요하는 종창(腫瘡, 종기)인줄은 아나, 우선 나에게는 그럴 물질적 여유도 없거니와 설혹 있다 하더라도 이렇게 쇠약한 몸이 수술을 받고 한 달포 동안 시달리고 난다면, 그 꼴이 말도 못될 것이니 이러도 못하고 저러도 못하고 진퇴유곡에서 딱한 생각만 하여 본다. 날이 밝는다고 거기에 별 뾰족한 수가 있는 것도 아니로되,

아마도 이것은 딱한 사람의 가얄핀(연약한) 위안인 듯싶어 어떡하면 이 시간을 보낼 수 있을까— 하고 그 수단에 한참 궁하다가 요행히도 나에게 흡연술이 있음을 문득 깨닫자, 옆의 신문지를 두 손으로 똥치똥치말아서 그거로다 저쪽에 놓여있는 성냥갑을 끌어 내려 가지고 권연 한 개를 입에 피어 문다. 평소에도 기침으로 인하야 밤 권연을 삼가왔던 나이매 한 모금을 조심스레 빨아서 다시 조심스레 내뿜어 보고는 그래도 무사한 것이 신통하여 좀 더 많이 빨아보고, 좀 더 많이 빨아보고, 이렇게 나중에는 강렬한 자극을 얻어 보고자 한 가슴 듬뿍이 흡연을 하다가는 그만 아치 — 하고 재채기가 시작되어 괴로이 쏟아지는 줄 기침으로 말미암아 결리는 가슴을 만져주랴, 쑤시는 하체를 더듬어주랴, 눈코 뜰 새 없이 허둥지둥 얽매인다.

이때까지 혼곤히 잠이 들어 있었던 듯싶은, 옆방 환자에게 마저 나의 기침이 옮아가 쿨룩거리기 시작하니 한동안 경쟁적으로 아래— 윗방에서 부지런히 쿨룩거리다 급기야 얼마나 괴로운지, 에구머니— 하고 자지러지게 뽑어놓는 그 신음에 나는 뼈끝이 다 저리어온다. 나의 괴로움보다는 그 소리를 듣는 것이 너무도 약약하여(싫증이 나서 귀찮고 괴로움) 미안한 생각으로 기침을 물리치고자 노력하였으나 입 막은 손을 떠들고까지 극성스레 나오는 그 기침을 어찌할 길이 없어, 손으로 입을 가리고는 죄송스레 쿨룩거리고 있노라니 날로 더해가는 아들의 병으로 인해 끝없이 애통해 하는 옆방 그 어머니의 탄식이 더욱 마음에 아파온다. 아들의 병을 고치고자 협수룩한 이 절로 끌고 와 불전에 기도까지 올렸건만, 도리어 없던 증세만 날로 늘어가는 것이, 목이 부어 밥도 못 먹고는 하루에 겨우 밈(미음) 몇 숟가락씩 떠 넣는 것도 그나마 돌라놓고(먹은 것을 다시 토해 냄) 마는 것이나, 요즘에 이르러서는 거지반 보름 동안을, 웬 딸꾹질이 그리 심악한지, 매일같이 계속되므로 겁이 덜컥 났던 차에, 게다가 어제 아침에는 보꼬개('보꾹'의 잘못. 지붕의 안쪽)에서 우연히도 쥐가 떨어져 아차 인젠 글렀구나—싶어 때를 기다리고 앉아있는 그 어머니였다. 한때는 나도 어머니가 없음을 슬퍼도 하였으나 이 정경을 목도하고 보니, 지금 나에게 어머니가 계셨더라면 슬퍼하는 그 꼴을 어떻게 보았으랴—싶어 일찍이 부모를 여읜 것이 차라리 행복이라고, 없는 행복을 있는 듯이 느끼고는 후—하고 가벼이 숨을 돌리어본다.

머리맡의 지게문을 열어젖히니 가을바람은 선들선들 이미 익었고, 구슬피 굴러드는 밤벌레의 노래에 이윽히('그윽이'의 비표준어) 귀를 기울이고 있었던 나는 불현듯 몸이 아팠는가, 그렇지 않으면 무엇이 슬펐는가, 까닭 모르게 축축이 젖어오는 두 눈뿌리를 깨닫자, 열을 벌컥 내어서는 '네가 울 테냐, 네가 울 테냐' 이렇게 무뚝뚝한 태도로 비열한 자신을 얼러보다, 그래도 그 보람이 있었는지 흥—하고 콧등에 냉소를 띄우고는 주먹으로 방바닥을 우려치고, 그리고 가슴 위에 얹었던 손수건으로 이마의 땀을 초조히 훑어본다. 너 말고도 얼마든지 울 수 있는 창두적각(蒼頭赤脚, 노비. 남자는 머리를 깎고, 여자는 짧은 치마를 입은 데서 유래한 말)이 허구 많을 터인데, 네가 울다니 그건 안 되리라고 쓸쓸히 비웃고는, 동무에게서 온 편지를 두 손에 펴들고, 이것이 네 번째이건만 또다시 경건한 심정으로 근독(謹讀, 조심스럽게 읽음)하여 본다.

김 형께!

심히 놀랍습니다.

이처럼 사람의 일이 막막할 수가 없습니다.

울어서 조금이라도 이 답답한 가슴이 풀릴 수만 있다면 얼마든지 울 것 같습니다.

이것은 내 이야기를 전해 듣고 너무도 놀란 마음에 황황히(갈팡질팡 어쩔 줄 모를 정도로 급하게) 뛰어오려고 했으나, 때마침 동생이 과한 객혈로 말미암아 몸져누워 우울하게 자리를 지키고 있다는 한 친구에게서 온 편지였다. 돈이 없어 약을 쓸 수 없다는 그. 형 된 마음에 좋을 리 없다.

한쪽에는 동생이 앓아누워 있고, 또 한쪽에는 친구가 누워 있어 시급히 돈이 필요하건만, 그에게는 왜 그리 없는 것이 많은지……. 간교한 교제술이 없고, 비굴한 아첨이 없고, 때에 찌든 자존심마저 없으니, 세상은 이런 어리석은 청년에게 처세의 길을 결코 열어주지 않았다.

우두커니 앉아 있는 그를 눈앞에서 보는 듯하다.

아, 나에게 왜 돈이 없나 싶어 부질없는 한숨이 터져 나왔다. 친구의 편지를 다시 집어 들고 읽어보니, 그 자자구구(字字句句, 각 글자와 각 글귀)에 맺힌 어리석은 그의 순정이 내 가슴을 마구 때리고, 내가 가야 할 길을 엄숙히 암시해주는 듯해 우정을 넘어선 그 뭔가를 느꼈다. 결국, 감격 끝에 눈물을 머금고 말았다.

며칠 후, 그가 나를 찾아올 것이다. 그때까지 이 편지를 고이 접어두련다. 이것이 그에게 보내는 나의 답장이다.

그의 주머니에 이 편지를 다시 넣어 주리라 마음먹고 봉투에 편지를 넣어 이불 밑에 깔아두었다. 지금 내게는 한 권의 성서보다 몇 줄의 이 글발이 지극히 더 은혜롭고, 갈수록 거칠어가는 감정을 매만져주는 것이니, 그것을 몇 번 거듭 읽는 동안 더운 몸이 점차 식어가고 있음을 느끼었다.

램프 불을 낮추고 어렴풋이 눈을 감아본다. 그러다가 허공에 둥실 떠올라 중심을 잃고 몸이 삐끗하였을 때, 그만 아찔하여 눈을 떠보니, 석 점(새벽 세 시)이 되려면 아직 5분이 남았다. 넓은 뜰에서 허황히(헛되고 황당하며 미덥지 못하게) 뒹구는 바람에 법당 안 풍경이 은은히 울려온다.

아아, 가을밤은 왜 이리도 깊을까. 더디게 가는 시간이 원망스러울 뿐이다.

_1936년 11월《조광》

강원도 여성
— 13도 여성 순례

아리랑 아리랑 아라리요
아리랑 띠워라 노다 가게
강원도 금강산 일 만이천봉
팔만 구암자, 재재 봉봉에
아들딸 날라구 백일기도두 말게구
타관 객지 나선 손님을 괄세두 마라

이것은 강원도 아리랑의 일절입니다.

여기에서 우리는 우선 그 땅의 냄새를 맡을 수 있으리라 생각합니다.

산천이 수려하고, 험준하니만치 얼뜬('얼른'을 구어적으로 이르는 말) 성낸 범을 연상하기가 쉽습니다. 마는 기실 극히 엄숙하고 유창(流暢, 막힘없이 자연스러움)한 풍경입니다. 우리가 건실한 시인의 서정시를 읽는 거와 같이 그렇게 아련하고 정다운 풍경입니다. 멀찍멀찍이 내뻗은 늠름한 산맥이며,

그 앞을 빙글빙글 휘돌아 내리는 맑은 냇물이 곱고도 정숙한 정서를 빚어 놉니다.

배경이 이러므로 그 속에 묻힌 생활 역시 나른한 그리고 아리잠직(키가 작고 얌전하며 어린 티가 남)한 분위기가 떠돕니다. 첩첩이 둘러싼 산록(山麓, 산의 비탈이 끝나는 비스듬한 아랫부분)에 집 몇 채, 그리고 그 바닥에서 오고가고 먹고 사는 그 생활 동정이 마치 한 폭 그림을 보는 것 같습니다.

이래도 잘 모르실 듯싶으면 오뉴월 염천 늘어지게 밭 갈고 있는 황소 뿔에 가 졸고 앉아있는 왕파리를 잠깐 생각하십시오.

강원도의 여성하면 곧 이 가운데서 밥 짓고, 애기 낳고, 물 긷고 하는 그 아낙네 말입니다.

여기에 또 이런 노래가 있습니다.

> 논밭 전토(田土) 쓸 만한 것 기름방울이 두둥실,
> 계집애 쓸만한 건 직조간만 간다네.

교통이 불편하면 할수록 문화의 손이 감히 뻗지를 못합니다. 그리고 문화의 손에 농락되지 않는 곳에는 생활의 과장이라든가 또는 허식이라든가 이런 유령이 감히 나타나질 못합니다. 그뿐만 아니라 타고난 그 인물까지도 오묘한 기교니, 근대식 화장이니 뭐니 하는 인공적 협잡(挾雜, 그릇된 짓으로 남을 속임)이 전혀 없습니다. 선천적으로 타고난 그대로 틉틉하고('텁텁하다'의 방언. 매끄럽지 않거나 개운치 않은 느낌이 있음)도 질긴 동갈색 바닥에 근실한 이목구비가 번듯번듯하게 서로 의좋게 놓여 있습니다.

다시 말씀하면 싱싱하고도 실팍한 원시적 인물입니다.

아하, 그럼 죽통에 틀어박은 도야지 상이 아니냐고 의심하실 분이 계실지 모릅니다. 허나 그것은 엄청나게 잘못된 생각입니다. 일색이란 결코 퇴폐기적 심신으로 기함(기력이 없어서 푹 가라앉음)한 중병환자의 용모가 아닌 동시에 근대 미용술과 거리가 멀다고 겉잡아 괴물이라 할 건 아닙니다. 그럴 것이면 어느 여성이고 미용사의 손에서 농간을 좀 당하고, 그리고 한 달포 동안 지긋이 굶어 보십시오. 어렵지 않게 안색이 창백해지고 몸매가 날씬한 것이 바람만 건듯 불면 그대로 호룩 날을 듯한 미인이 될 게 아닙니까.

그러나 이 땅의 아낙네가 가진 그것은 유현(이치나 아취가 헤아리기 어려울 만큼 깊고 오묘함)한 자연미랄까 혹은 천래무봉(天來無縫)의 순진미라 하는 것이 옳을 듯합니다.

외양이란 대개 그 성격을 반영하나 봅니다. 그들의 생활에는 허영이라는 사(邪, 바르지 못함)가 일절 없습니다. 개명한 사람의 처신법과 같이 뚫어진 발꿈치를 치마 끝으로 가린다든가, 혹은 한 자도 뜯어볼 수 없는 외국서적을 옆에 끼고 그러잖아도 좋을 듯싶은 용기를 내어 큰 거리를 활보한다든가 하는 이런 어려운 연극을 도시 모릅니다. 해어진 옷에 뚫어진 버선 혹은 맨발로 칠떡칠떡(물건이 자꾸 길게 늘어져 바닥에 닿았다 들렸다 하며 끌리는 모양) 돌아다니며 어디 하나 거릴 데 없는 무관한 표정입니다.

하기야 그들이라고 이런 장난을 아주 모른대서야 억설이 되겠지요. 때로는 검붉은 얼굴에 분때기를 칠해서 마치 풀집 대문간에 광고로 매달린 풀 바가지 같이 된다든가, 허지 않으면 먼지가 케케('켜켜이'의 방언) 앉은 머리에 왜밀(밀과 참기름에 향료를 섞어 만든 기름)을 칠떡거려서 우리 안의 도야지 궁둥이를 만든다든가, 이런 일이 더러 종종 있습니다. 허나 이걸 가지고 곧 허영에 들떴다고 보기는 좀 아깝습니다. 말씀하자면 어쩌다 이 산속에 들어오는 버덩 사람이 그렇게 하니까 어찌 되나, 나도 한번 해보자는 호기심에 더 지나지 않을 겝니다.

왜냐하면 그들은 갑갑한 산중에서만 생활하여 왔기 때문에 언제나 널찍한 버덩이 그립습니다.

아주까리 동백아 흐내지 마라
산골의 큰 애기 떼난봉 난다

동백꽃이 필라치면 한 겨울 동안 방에 갇혀 있던 처녀들이 하나둘 나물을 나옵니다. 그러면 그들은 꾸미꾸미('남몰래 틈틈이'의 순우리말) 외딴 곳에 한 덩어리가 되어 쑥덕공론(여러 사람이 모여 저희끼리만 알아들을 수 있을 만큼 낮은 목소리로 의견을 나눔)입니다. 혹은 저희끼리만 들을 만치 나직나직한 음성으로 노래를 부르기도 합니다. 그 노래라는 것이 대개 잘 살고 못 사는 건 내 분복이니, 버덩의 서방님이 그립다는 이런 의미의 장탄입니다. 우리가 바닷가에 외로이 섰을 때 바다 너머 저편에는 까닭 없이 큰 기쁨이 있는 듯 싶고, 다정스러운 애정이 자기를 기다리는 것만 같아 안타깝게도 대구(잇

달아 거듭하여) 그럽니다. 그와 마찬가지로 산골의 아낙네들은 넓은 버덩에는 그 무엇이 자기네를 기다리는 것만 같아야 그렇게도 동정하여 마지않는 것입니다.

네 가두 남만치나 생각을 한다면
거리거리 노중(路中)에 열녀비가 슨다.

교양이라는 놈과 인연이 먼만치 무뚝뚝한 그들에게는 예의가 알배 없습니다. 우선 길을 가시다 구갈(口渴, 갈증)이 나시거든 우물두덩에서 물을 푸고 있는 아낙네에게 물 한 그릇 청해보십시오. 그는 고개도 돌려보는 법 없이 물 한 바가지 뚝 떠서 무심히 내댈 것입니다. 그건 고만두고 물을 다 자신 뒤에 고맙습니다, 인사하고 그 바가지를 도로 내놔보십시오. 역시 그는 아무 대답도 없이 바가지를 턱 받아 제물만 푸기가 쉽습니다.

그렇다고 하더라도 예의를 모르는 식충이라고 속단하셔서는 도리어 봉변하시고 맙니다. 입에 붙은 인사치레로만 간실간실(남의 비위를 맞추면서 간사스럽게 행동하는 모양) 살아가는 간배(奸輩, 간사한 무리)에 비한다면 무뚝뚝하고 냉담하여 보이는 그들과 우리는 정이 들기가 쉬울 겝니다. 목마른 사람에게 물을 떠주고, 먹고, 하는 것은 의례히 또는 마땅히 있을 일, 그 무에가 고맙겠는가, 하는 그 태도입니다.

그건 새로이 남편이 먼 길에서 돌아와 보십시오. 그래도 인사 한마디 탐탁히 없는 그들입니다. 이럽세, 저럽세 하는 되우(아주 몹시) 늘어진 그들의 언어와 굼뜬 그 동작을 종합하여 보시면 어쩌면 생의 권태를 느낀 사람의 모습으로 생각되기가 쉽습니다. 허나 그런 것이 아니라 도리어 생에 집착한 열정이 틀진 도랑을 나이, 그것의 소치일지도 모릅니다. 일언이폐지(一言以蔽之, 한마디로 그 전체의 뜻을 다 말함)하고 다음 노래가 그걸 소상히 증명하리라고 생각합니다.

네 팔자나 내 팔자나 잘 먹구 잘 입구
소라반자 미닫이 각장장판 샛별 같은 놋요강
원앙금침 잣모베개에 깔구 덮구 잠자기는
삶은 개나리 뒤틀리듯 뒤틀렸으니
웅틀붕틀 멍석자리에 깊은 정이나 들이세.

__1937년 1월《여성》

병상영춘기

햇빛을 보는 것은 실로 두려운 일이었다.

햇살이 퍼질 때면 밤 동안에 깊이 잠재하였던 모든 의욕이 현실로 향하여 활동하기 시작한다. 만일 자유를 잃어 몸이 여기에 따르지 못한다면 그건 참으로 우울한 일이다. 뼈가 저릴만치 또한 슬픈 일이었다.

햇살!

두려운 햇살!

머리 위까지 이불을 잡아 들쓰고는 암흑을 찾는다. 마는 두터운 이 이불로도 틈틈이 새어드는 광선은 어째볼 길이 없다. 두 손으로 이불을 번쩍 치올렸다가는 이번에는 베개까지 얼러싸고 비어진 구멍을 꼭 여미어 본다. 간밤에 몇 번 몸을 추겨놓았던 도한(盜汗, 심신이 쇠약하여 잠자는 사이에 저절로 나는 식은땀)으로 말미암아 퀴퀴한 냄새가 코를 찌른다. 감으려고 감으려고 무진히 애를 써보았던 눈에는 수면 대신에 눈물이 솟아오른다. 그뿐으로 눈꺼풀이 아물아물 할 때는 그래도 필연 틈틈으로 광선이 새어드는 모양이다. 열통적은 빛도 빛이려니와 우선 잠을 자야 한다. 한밤 동안을 멀거니 앉아 새고 난 몸이라 늘척지근한 것이 마치 난타를 당한 사람의 늘어진 몸과도 같다. 무엇보다도 건강에는 잠을 자야 할 것이다. 잠이다, 잠. 몸을 이쪽으로 돌려 눕히고 네 보란 듯이 탐스럽게도 코를 골아본다. 이렇게 생코를 골다가 자칫하면 짜장(과연 정말로) 단잠이 되는 수도 없지 않다. 잠을 방해하는 것은 흔히 머리에 얽힌 환상과 주위의 위협 그리고 등을 누르는 무거운 병마, 그놈이었다. 이 모든 걸 한번 털어보고자 되도록 소리를 높이어 코를 골아본다.

그러나 에헤, 이건 다 뭐냐. 객쩍은 어린애의 짓이 아닐까. 아무리 코를 곤대도, 새벽 물을 길어오는 물장사의 물지게 소리보다 더 높일 수는 없는 것이다. 누구에게 화를 내는 것도 아니련만 눈을 뚝 부릅뜨고 그리고 벌떡 일어나 앉는다. 이불을 홱 제쳐 던지는 서슬에 찬바람이 일며 땀에 젖은 등허리에 소름이 쭉 끼친다. 기침을 콜록거리며 벽을 향해 앉은 채.

"뒤, 뒤."

이렇게 기함한 음성으로 홀로 쑹얼거린다(마음에 들지 아니하여 남이 알아듣지 못할 정도로 자꾸 혼잣말을 하다). 그러면 옆에서 자고 있는 조카가 어느덧 그 속을 알아차리고 밖으로 나가 얼른 변기를 들고 들어온다. 그 위에 신문지를 깔고, 소독약을 뿌리고 하여 방 한 구석에 놓아주며,

"지금도 배 아프세요?"

"응!"

왜 이리 배가 아프냐. 줄 대어 쏟는 설사에는 몸이 척척 휜다. 어제는 낮

에 네 번, 밤에 세 번, 낮밤으로 설사에 몸이 녹았다. 지금 잠을 못 산다고 물장사를 탓할 것도 아니다. 어쩌면 터지려는 설사를 참으려고 애를 써 이마에 진땀을 흘린 것이 나빴는지도 모른다.

아, 아, 너무도 단조로운 행사. 어떻게 이 뒤를 안 보고 사는 도리가 없을까. 치루에 설사는 크게 금물이다. 그러나 종창의 고통보다는 매일 똑같은 형식으로 치르지 않으면 안될 단조로운 그 동작에 그만 울적하고 만다. 그렇다고 마다할 수도 없는 일, 남의 일이나 해주는 듯이 찌르퉁이 뒤를 까고 앉아서,

"애, 오늘 눈 오겠니?" 하고 입버릇같이 늘 하는 소리를 또 물어본다.

조카는 미닫이를 열고 천기를 이윽고 뜯어본다. 삼촌에게 실망을 주지 않고자 하여 자세히 눈의 모양을 찾아보는 것이나, 요즘 일기는 너무도 좋았다.

"망할 날 같으니, 구름 한 점 없네."

이렇게 혼자서 쓸데없는 불평을 토하다가는

"오늘도 눈은 안 오겠어요." 하고 풀죽은 대답이었다.

눈이 내리는 걸 바라보는 것은 요즘 나의 유일한 기쁨이었다. 눈이 내린다고 나의 마음에 별반 소득이 있을 것도 아니다. 다만 눈이 내리면 검은 자리가 희게 되고, 마른 땅에가 얼음이 얼어붙은 그뿐이다. 요만한 변동이나마 자연에서 찾아보려는 가냘픈 욕망임이 틀림없으리라.

이렇게 기다리고 보니 눈도 제법 내리지 않는다. 이제나 저제나 하고, 이불 속에 누워 눈만 멀뚱멀뚱 굴리고 있는 것이다. 아침나절에는 눈이

곧바로 내릴 듯이 날이 흐려들다가도 슬그머니 벗겨지고 마는 건 애타는 노릇이었다. 20여일 전에 눈발 좀 날리고는 그 후에는 싹도 없다.

날이 흐리기를 초조히 기다리며 미닫이께를 뻔질 쳐다본다. 그러다 앞집 용마루를 넘어 해는 어느덧 미닫이에 퍼지고 만다. 제길, 왜 이리 밝은가. 빌어먹을 햇덩어리 깨지지도 않으려나. 까닭 없이 홀로 역정을 내다가도 불현듯 또 한 걱정이 남아 있음을 깨닫는다.

자고나면 낯을 씻는 것이 사람들은 좋은 일이란다. 나도 팔을 걷고는 대야 앞에가 쭈그리고 앉지 않을 수 없다. 그리고 이 손으로 물을 찍어다 이마에 붙이고는 이 생각이요, 저 손으로 콧등에 물을 찍어다 붙이고는 저 생각이다. 이리하여 세수 한 번에 삼사십 분, 잘못하면 한 시간도 넘는다.

간신히 수건질을 하여 저리 던지고 이불 속으로 꾸물꾸물 기어들려니,

"아주 아침 좀 잡숫고 누우시지요." 하고 성급한 명령이다. 그래도 고역이 또 한 가지 남은 것이다. 밥이 참으로 먹고 싶지 않다. 마는 그러자면 못 먹는 이유를 이리저리 둘러대야 할 테니 더욱 귀찮다. 다시 뚱싯뚱싯 일어나 상전에다 턱을 받쳐 놓는다. 조카는 이것저것 내 비위에 맞을 듯싶은 음식을 코밑에다 끌어대어 준다. 그러면 나는 젓가락을 받쳐 들고 집엄집엄('지범지범'의 잘못. 음식물 따위를 이것저것 체면도 없이 자꾸 집어 거두거나 먹는 모양)의 잘못 들어다는 입속에 넣어 명색만으로 라도 조반을 치르는 것이다. 이렇게 밥을 먹는 것에까지 권태를 느끼게 되면 사람은 족히 버렸다.

눈을 감고 움질움질 새김질을 하고 있다가 문득 생각나는 것이 있어 문밖에서 불을 피우고 있는 형수에게,

"오늘 편지 없어요?" 하고 물어본다. 그도 그제야 생각나듯이 아까 대문간에서 받아두었던 엽서 몇 장을 방 안으로 들이민다. 좋다. 반갑다.

편지를 받는 것은 말할 수 없이 반가운 일이다. 하나씩 하나씩 정성스레 뒤적거린다. 연하장, 연하장, 원고 독촉장, 아따 아무 것이라도 좋다. 하얀 빈 종이가 날아왔대도 이때 나에게는 넉넉히 행복을 갖다 줄 수 있다. 밥 한 술 떠넣고는 다시 뒤져보고, 또 한 술 떠넣고는 또 한 번 뒤져본다. 새해라고 그러니 병을 그만 앓으란다. 흐응! 실없는 소리도 다 많고, 언제 해가 바뀌었다고 나도 모르는 새 해가 바뀌는 수도 있는가. 공연스레 화를 내서 방 한 구석으로 엽서를 내동댕이치고 나니, 느린 식사에 몸은 이미 기진하고 말았다.

식후 삼십 분 내지 한 시간에 일시(一匙, 한 숟가락)씩 복용하라는 태전위산이다. 상에서 물러나 앉자 한 너덧 숟갈 되는대로 넣고는 황황히 이불 속으로 파고든다. 끄을꺽, 끄을꺽, 위산을 먹고는 시원스레 트림이 나와야 먹은 보람이 있단다. 아니 나오는 트림을 우격다짐으로 끄을꺽, 끄을꺽. 이렇게 애를 태우다가는 이건 또 웬일일까, 갑작스레 아이고 배야. 아랫배를 쥐어뜯는 복통으로 말미암아 이마에 진땀이 내솟는다. 냉수에 위산을 먹었더니 아마도 거기에 체했나보다. 아이고, 배야, 배야. 다시 일어나 온탕에 영신환 십여 개를 구겨 넣고는, 이번에는 이불 속에서 가만히 엎드려 본다.

식후 직시(直時, 즉시)로 이렇게 눕는 것도 결코 위생적이지 않다. 허나 아무래도 좋다. 건강만으로 살 수 있는 이 몸이 아니니까——. 당장 햇빛만

안 보면 된다.

나에게 낮은 큰 원수였다. 정오가 되면 태양은 미닫이의 전폭을 점령하여 들어온다. 망할 놈의 태양. 쉴 줄도 모르느냐. 미닫이를 향해 막을 가려치고, 이불을 둘러쓰고, 눈을 감고, 이렇게 어둠으로 파고든다. 마는 빛이란 그리 쉽사리 막히는 것이 아니다. 눈꺼풀로 희미한 광선을 느끼고는 입맛을 다시며 이마에 주름을 잡는다.

다시 따져보면 나는 넉넉지 못한 조카에게 와 폐를 끼치고 있는 신세였다. 늘 그 은혜를 감사하여야 할 것이요, 그 앞에 온순하여야 할 것이다. 허나 나는 요즘으로 사람이 더욱 싫어졌다. 형수도, 조카도, 아무도 보고 싶지가 않다. 사람을 보면 발광한 개와 같이, 그렇게 험악한 성정을 갖게 되는 자신이 딱하였다. 윗목 쪽으로 사람 하나 누울만침 터전을 남기고는 사방으로 빙 돌리어 장막을 가려치고 말았다. 이것이 혹은 그들을 불쾌하게 했을지도 모른다. 그러나 은혜가 은혜이면 내가 싫은 건 싫은 것이다. 언제나 주위에 염증을 느낄 적이면 나는 이렇게 막을 둘러치고 그 속에 깔아놓은 이불로 들어가 은신하고 마는 것이다. 이만하면 낮도 좋고 밤도 좋다.

눈에 비치는 형상은 임의로 하였거니와 귀로 들어오는 음향은 뭐로 막을 것이냐, 이불을 끌어올려 두 귀를 덮어보나 그 역시 헛수고이다. 모든 잡음은 얼굴 위로 역력히 들려오지 않는가. 자동차 소리, 전차 소리, 행상들이 외치는 목 쉬인 소리, 안집 아이들이 주책없이 지껄이는 소리도 듣기 싫거니와 서로 툭탁거리고 찍찍대는 여기에는 짜장 귀가 아파 못 견디

겠다. 허나 그것도 좋다하자. 입에 칼날 품은 소리로,

"아니 여보, 오늘낼 오늘낼 밀어만 갈 테요?" 하는 월수장이 노파의 악성에는 등줄 리가 다 섬뜩하다. 뻔질나게 이사를 다니기에 빚을 져놓고 갚기가 쉽지 않다. 물론 안 갚는 것이 아니라 못 갚는다. 형수는 한참 훅닥이다(공연한 말로 꼴사납게 지껄임)가 나중에는 넉넉지 못한 그 구변으로,

"돈이 없는 걸 그럼 어떡해요?" 하고 그대로 빌붙는 애소(哀訴, 슬프게 하소연함)였다.

"그러게 남의 빚이란 무서운 거야——애햄! 애햄!"

이것은 주인마누라의 비지 먹다 걸린 목성이었다. 그는 물론 이 월수에 대해 아는 바 없다. 허나 월세 한 달 치를 못 받은 것에 잔뜩 품어두었던 감정이 요런 때 상대의 약점을 보아 슬그머니 머리를 드는 것이다. 이렇게 되면 형수는 두 악바리에게 여지없이 시달리고 섰다. 자기 의견 한마디 버젓이 표시 못하고 얼굴이 벌겋게 되어 있을 형수를 생각하니 이불 속에 틀어박은 나의 얼굴마저 화끈 달고 마는 것이다.

아이고, 귀야, 귀야, 귀야, 월수장이를 모조리 붙들어다 목을 베는 수가 없으려나. 아이고, 참으로 듣기 싫다. 하지만 아무래도 좋다. 지들이 뜯어먹기 밖에 더 못하리. 음—음—음—신음 소리를 높이어, 앞뒤로 몰려드는 잡음에 굳이 저항하련다. 하기야 몸이 아프지 않은 것도 아니다. 여섯 달 동안이나 문 밖 출입을 못하고 한자리에 누워 있는 몸이매 야윌 대로 야위었다. 인제는 온 전신의 닿는 곳마다 쑤시고 아프다. 드러누워 있으면 기침이 폭발하고, 그렇다고 앉아 있자니 치질이 괴롭다.

그렇더라도 먹은 것이 소화만 잘 되어도 좋겠다. 묵다란 죽을 한 보시기쯤 먹고도 끌꺽 끌꺽하고 한종일 볶이지 않는가. 이까짓 병쯤에는 그래열이 벌컥 올라서 그저께는 고기를 사다가 부실한 차자에 함부로 꾸겨넣었다. 그리고 이제 하루를 일수 설사로 줄대기에 몸이 착 까부라지고 말았다. 아직도 그 여파로 속이 끓는다. 아랫배가 꼿꼿한 것이 싸르륵 아파들어온다.

"재――약좀――"

그러면 설사를 막는 산약과 함께 한 그릇의 밀즙이 막 틈으로 들어온다. 그걸 받아들고 그리 허둥지둥 먹지 않아도 좋으련만 성가신 생각에 한숨에 훌쩍, 빈 그릇을 만들어서는 밖으로 도로 내보낸다. 그리고 다시 자리에 누워 손으로 기침을 막아가며 공손히 잠을 청하여 본다. 우울할 때, 귀찮을 때, 슬플 때, 아플 때, 다만 잠만이 신효한 결과를 가져올 수 있으리라. 그러나 잠이란 좀체 얻기 어려운 권외 사람의 행복일지도 모른다. 눈을 멀뚱히 뜨고는 가장잠이나 자는 듯싶이 그대로 누워 있는 것이다.

저녁이 되어 오면 모든 병이 머리를 들기 시작한다.

시간을 보지 않아도 신열이 올라 오한으로 뼈끝이 쑤시어 올 때면 그것은 틀림없는 저녁이다. 오한에는 도한이 따른다. 도한을 한번 쑤욱 흘리고 나면 몸은 풀이 죽는다. 삼복더위에 녹아 붙은 엿가락 같기도 하고 양춘에 풀리는 잔설 같기도 하다. 이렇게 근력을 잃고 넋없이 늘어져 있노라면,

"작은 아버지――저녁 다 됐어요."

조카가 막 밖에 와서 가만히 귀를 기울인다. 그는 행여나 나의 기분을 상하게 할까 해서 음성마다 주의를 게을리 하지 않았다. 어쩌면 그는 삼촌 숙부인 나를 격외의 괴물로 여겼는지도 모른다. 그래서 때때로 언짢은 표정을 지어가지고 살금살금 나의 눈치를 살펴보곤 했다.

계집애이니만치 잔상도 하려니와 요즘 나의 병으로 인해 그는 몇 달 동안 학교도 못 갔다. 그리고 뒤를 받아내랴, 세수를 씻겨주랴, 탕약을 달여 오랴. 이렇게 남다른 적심으로 구구히 간호하여준다. 그의 성의만으로도 넉넉히 병이 나았으련만 왜 이리 끄느냐. 나의 조카는 참으로 고맙다. 이 병이 나으면 나는 그에게 뭐로 은혜를 갚을 터인가. 가끔 이 생각에 홀로 잠기다가도 급기야는 너무도 무력한 자신을 쓸쓸히 냉소하여 진지지 않을 수 없는 것이다. 그 대신에 나의 조카의 분부이면 그렇게 안 해도 좋을 수 있는 이유를 갖고라도 그대로 잠잠히 맹종하곤 하는 것이다. 이것이 그 은혜를 생각하는 나의 유일한 보답이겠다.

오한 뒤의 밥맛이란 바로 모래 씹는 맛이었다. 그러나 조카의 명령이라는 까닭만으로 꾸물꾸물 기어 나오면 방 한복판에 어느덧 저녁상이 덩그렇게 놓여 있다.

밥을 먹는 것은 진정으로 귀찮다. 어떻게 안 먹고 사는 도리가 없는가. 이런 궁리를 하여가며 눈을 감고 앉아서 꾸역 떠넣는다. 그러다가 옆을 돌아보면 조카는 나의 식사 행동에 어이가 없었음인지 딱한 시선으로 이윽히 바라보고 있었다.

이렇게 하여 근근이 저녁을 때우고 권연 하나를 피우고 나면 이럭저럭 밤이 든다. 밤, 밤, 밤이 좋다. 별이 좋은 것도 아니요, 달이 좋은 것도 아니다. 그믐칠야의 캄캄한 밤, 그것만이 소용된다. 자정으로 석 점까지 그 시간에야 비로소 원고를 쓸 수 있는 것이 나의 버릇이었다. 그때에는 주위의 모든 것이 잠이 들어 있다. 두 주먹 외에는 아무것도 없고, 게다가 몸에 병이 들어 건강마저 잃은 나에게도 이 시간만은 극히 귀중했다. 자정을 넘어서며 비로소 정신을 얻어 아직도 살아있는 자신을 깨닫는다. 이만하면 원고를 써도 되겠지. 원고를 책상 앞에 끌어다 놓고 강제로 펜을 들린다. 홀홀히 부탁을 받고 몇 장 쓰다 두었던 원고였다. 한 서너 장 계속하여 쓰고 나면 두 어깨가 앞으로 휘어든다. 그리고 가슴 속에가 힘없이 먼지가 낀 듯이 매캐하고 답답해진다. 기침 발작의 전조, 미리 예방하고자 펜을 가만히 놓고 냉수를 마시어 본다. 심호흡을 하여 본다. 권연을 피워 본다. 그러다가 황망히 터져 나오는 기침을 어쩔 수 없이 쿨룩거리다가는 결국 그 자리에 가루 늘어지고 만다. 어구머니, 가슴이야. 이 가슴 속에 무엇이 들었는가. 날카로운 칼로 한번 벗겨나 볼는지.

몸이 아프면 아플수록 어머니 생각이 난다. 허나 없기를 다행이다. 그는 당신이 낳은 자식이 이토록 못 생기게 될 줄은 꿈에도 생각하지 못하고 편히 잠드셨나. 만일 나의 이 꼴을 보신다면 응당 그는 슬프려니, 하면 없기를 불행 중 다행이다. 한숨을 휘, 돌리고 눈에 고였던 눈물을 씻을 때는 기침에 욕을 볼대로 다본 뒤였다. 웅크리고 앉아서 다시 권연에 불을 붙이자니 이게 웬일인가. 설사가 나올 때도 되었을 텐데 입 때 무사한 것이 암만해도 수상쩍다. 변비가 된 것이 아닐까. 아까 설사 막힌 약을 먹은 것이 몹시 후회가 난다. 변비, 변비, 무서운 변비. 치질에 변비는 극히 위험하다. 치루로 말미암아 여섯 달째 고생을 하는 나이니만치 만에 하나를 염려하지 않을 수도 없고 종내는 하제 '락사토올' 한 알을 입에 넣을 때까지 마음이 놓이지를 않는다. 이것을 먹었으니 낼 아침에는 설사가 터질 것이다. 한 번 더 터지면 줄대어 나올 터인데, 그럼 그 담에는 무슨 약을 먹어야 옳을는지——

이렇다 보니 시계는 석 점이 훨쩍 넘었다. 눈알은 보송보송하니 잠 하나 올 듯싶지 않고, 머지않아 먼동이 틀 것이다, 해가 뜰 것이다.

그럼 낼 하루는 뭘 하며 보내는가?

탈출을 계획하는 옥중의 죄인과도 같이 한껏 긴장이 되어 선후책을 강구한다. 밝는 날 이땅에 펴질 광선의 위협을 느끼며——

낼 하루를 뭘 하며 보내는가?

_ 1937년 1월 29일~2월 2일《조선일보》

네가 봄이런가

나에게는 아침이고 저녁이고 구별이 없는 것이다. 왜냐하면 나는 수면을 잃은 지 이미 오래다. 밤마다 뒤숭숭한 몽마(夢魔, 악몽)의 조롱을 받는 거로 그날그날의 잠을 때운다. 그러나 이나마도 마대서는(정해진 시간에 맞추지 않음) 아니 되리라. 제때 돌아오면 굴복한 죄인과도 같이 가만히 쓰러져서 처분만 기다린다.

그렇게 멀뚱멀뚱 누워 있노라니 이불 속으로 가냘픈 콧노래가 나직나직 흘러든다. 노래란 가끔 과거의 미적 정서를 재현시키는 극히 행복스러운 추억이 될 수 있다. 귀가 번쩍 뜨이어 나는 골몰히 경청한다. 그러나 어느덧 지난날의 건강이 불시로 그리워짐을 깨닫는다. 머리까지 뒤집어쓴 이불을 주먹으로 차 던지며,

"지금 몇 시냐?" 하고 몸을 일으킨다.

"열 점 사십 분이야요."

그러면 나는 세 시간 동안이나 잠과 씨름하였는가. 이마의 진땀을 씻으

며 속의 울분을 한숨으로 꺼본다. 그리고 벽을 향해 눈을 감고는 덤덤히 앉아 있다.

"가슴이 아프셔요?"

"으응." 하고 그쪽으로 고개를 돌리니, 나의 조카는 오랜만에 얼굴에 화색이 보인다. 고대(바로 곧) 들려온 콧노래도 아마 그의 기쁨인 양 싶다.

웬일인가 하고 어리둥절하여 '아하, 오늘이 슬(설)이구나.' 슬, 슬, 슬은 어릴 적의 모든 기쁨을 가져온다. 나도 가슴속에 제법 들먹거리는 무엇이 있는 듯싶다. 오늘은 슬이라는 그것만으로 나의 생활에 변동이 있을 듯싶다.

조카가 먹여주는 대로 눈을 감고 앉아서 그럭저럭 아침을 치른다. 슬, 슬은 새해의 첫날이다. 지금 나에게는 새것이라는 그것이 여간 큰 매력을 갖지 않는다. 새것, 새것이 좋다.

새 정신이 번뜩 미닫이를 활짝 열어젖힌다. 안집 어린애들의 울긋불긋한 호사(꾸밈새)가 좋다. 세배주에 공으로 창취한 그 잡담도 좋다. 사람뿐만 아니라 날씨조차 새로워진 것 같다. 어제 내렸던 백설은 흔적도 없다. 앞집 처마 끝에는 물기만이 지르르 흘러있다. 때때로 뺨을 지나는 미풍이 곱기도 하다. 그런데 이 향기는, 분명히 이 향기는, 그러다 나는 그만 가슴이 덜컥 내려앉고 만다.

나긋나긋한 이 향기는 분명히 봄의 회포려니, 손을 꼽아 내가 기다리던 그 봄이려니, 그리고 나는 아직도 이 병석을 걷지 못하였다. 갑작스레 치미는 울적한 심사를 어째 볼 길이 없어 장막을 가려치고 이불 속으로 꿈실꿈실 기어든다. 아무것도 보고 싶지가 않다.

나는 홀로 어둠 속에 이렇게 들어앉아 아무것도 안 보리라. 이를 악물고 한평생의 햇빛과 굳게 작별한다.

그러나 동무가 찾아와 부를 때는 안 일어날 수도 없는 것이다. 다시 꾸물꾸물 기어 나오면 그새 하루는 다 가고, 전등까지 불이 켜져 있다. 나는 고개를 떨어뜨리고 묵묵히 앉아 있다. 참으로 나는 이 동무를 쳐다볼 면목이 없다. 그는 나를 일으켜 주고서 그의 가진 바 모든 혈성(血誠, 진심에서 우러나오는 정성)을 다하였다. 그리고 이따금씩 이렇게 들여다보는 것이다. 아아, 이놈의 병이 왜 이리 끄느냐. 좀체 나아가는가 싶지 않으매, 그의 속인들 오죽이나 답답할 것인가……. 그는 오늘도 찌뿌둥한 나의 얼굴을 보고 실망한 모양이다. 딱한 낯으로 이윽히 나를 바라보다,

"올해는 철수('철'의 잘못. 즉, 계절)가 한 달이나 이르군요."

그리고 그 말이 "봄이 오길 그렇게 기다리더니 어떻게 되었느냐?"고 한다. 오늘은 완전히 봄인데,

"어떻게 좀 나가 보실 생각이 없습니까?"

여기에 나는 뭐라고 대답하여야 옳겠는가? 쓴 입맛만 다시고 우두커니 앉았다.

겨우 입을 연 것이 "나는 나가려는데 내보내줘야지요" 하고, 불현듯 내솟느니 눈물이다.

__死後 발표, 1937년 4월《여성》

문단에 올리는 말씀

평상 폐결핵으로 무수히 신음하옵다가 이즈막에는 객증(客症, 합병증) 치(痔, 치질)까지 병발하여 장근(將近, 거의) 넉 달 동안을 기거불능으로 중도되어 있아 온바, 원래 변변치 못하여 호구지방(糊口之方, 입에 풀칠을 할 방책)에 생소한 저의 일이오라 병고 간군(艱窘, 가난하고 군색함) 양난에 몰리어 세궁력진(勢窮力盡, 기진 맥진하여 꼼짝할 수 없게 됨)한 폐구로 간두에서 진퇴가 아득하옵더니, 천행히도 여러선생님의 돈후하신 하념(下念, 윗 사람의 아랫 사람에 대한 염려)과 벗들의 적성(赤誠, 참된 정성)이 있어 재생의 길을 얻었압거늘 그 은혜 무얼로 다 말씀 드리올지 감사무지에 황송한 마음 이를데 없사와 금후로는 명심불망하옵고 다시 앓지 않기로 하겠사오니, 이렇게 문단을 불안스리 만들고 가외(加外, 그밖에도) 여러 선생님께 심려를 시키어드린 저의 죄고를 두루두루 해용하여 주시길 복망하옵나이다.

병자 시 월 삼십 일일, 김유정 재배(再拜)

__1937년 1월《조선문학》

병상의 생각

사람!

사람!

그 사람이 무엇인지 알기가 매우 어렵습니다. 당신이 누구인지 알 수 없고, 내가 누구인지 당신 역시 모르기 때문입니다. 하지만 어쩌면 그것이 당연한 것인지도 모릅니다. 당신을 언제 봤다고, 언제 정이 들었다고, 감히 안다고 하겠습니까?

그러고 보면 당신을 하나의 우상으로 숭배하고, 나의 모든 채색으로 당신을 분식(粉飾, 실제보다 좋게 보이도록 거짓으로 꾸미는 일)했던 것 역시 무리였음이 틀림없습니다.

그렇습니다. 그것은 나의 속단에 지나지 않았습니다. 그러니 여기서 이만 끝내고자 합니다.

나는 당신을 정말 모릅니다. 그런데 일면식도 없는 당신에게 대담하게 편지를 썼고, 답장이 오기를 매일 간절하게 기다렸습니다. 그 편지가 당신을 얼마나 감동하게 하고, 얼마나 이해시키는지에 관해서는 전혀 관심이 없었습니다. 그러던 차에 당신으로부터 '편지를 보내는 이유가 도대체 뭐냐?'라는 질문을 받고 깜짝 놀라지 않을 수 없었습니다.

나는 이제 당신이 누구인지 알 것도 같았습니다.

사물을 개념지을 때 하나로 열을 추리하는 것이 곧 우리의 버릇입니다. 우리 선배가 그랬고, 오늘 우리와 함께 사는 사람들 역시 그러합니다. 그러니 그 질문을 통해 당신을 떠올리는 것 역시 그리 큰 잘못은 아닐 것입니다.

당신을 정말 본 듯도 합니다. 내가 지금까지 보낸 수많은 편지에 당신은 고작 — 편지를 보낸 저의(底意, 겉으로 드러나지 아니한, 속에 품은 생각)가 뭐냐? — 고 물었을 뿐입니다.

그것이 바로 당신입니다. 이를 통해 나는 당신의 명석함을 알았습니다. 당신은 나로부터 연모(戀慕, 이성을 사랑하여 간절히 그리워함)라는 말을 듣고 싶었을 뿐만 아니라 거기에 따르는 절대가치를 행사하고 싶었던 것입니다. 그런 당신의 바람에 나는 나 자신을 바라보았습니다.

우울할 때, 외로울 때, 혹은 슬플 때면 친한 친구에게, 나를 이해해주는 친구에게 편지를 쓰곤 합니다. 혹 그것은 동성(同性)끼리의 거래가 아니냐고 물을 수도 있습니다.

좋습니다. 그렇다면 이런 이야기는 어떨까요?

몸이 아플 때면 돌아가신 어머님이 참으로 그립습니다. 여기에 대해서는 뭐라고 말하시렵니까? 그것은 모자(母子)지간의 천륜이매, 그것과는 확연히 다르다고 하시렵니까?

또 한 가지 좋은 실례(實例)가 있습니다.

우리는 마음이 울적할 때 방실방실 웃는 아이를 보고 자신도 모르게 웃음을 짓곤 합니다. 이것은 과연 어떤 이유일까요?

그러고 보면 우리가 서로 가까워지기 위해 노력하는 것이야말로 참다운 인생의 묘미일지도 모릅니다. 동시에 궁박한(몹시 가난하여 구차함) 생활을 위해 이제 남은 단 하나의 길이 여기에 열려 있음을 알 것도 같습니다. 그것은 마치 우리 머리 위에서 움직이는 복잡한 천체(天體, 우주에 존재하는 물체의 총칭)가 인력(引力, 끌어당기는 힘)에 견연(牽連, 서로 끌어당기어 관련시킴)되어 원만히 운용되어 갈 수 있는 것과도 같다고 할 수 있습니다. 그렇다면 이 기능을 실제 발휘하게 하는 것이 언어를 실어 나르는 편지의 사명이라고 할 수 있습니다. 하지만 아무래도 좋습니다. 사실 나는 당신에게 실망을 주지 않기 위해서 연모한다고 했을 뿐입니다. 그런데 그때 갑자기 당신이 눈을 크게 치켜떴고, 이를 본 나 역시 깜짝 놀라고 말았습니다.

한 가지 묻고 싶습니다. 여성은 다른 사람에게 지극히 연모 받고 있음을 느낄 때 그렇게 무작정 올라만 가려고 하나요? 부질없는 탄식이 절로 나옵니다. 하지만 당신 하나로 인해 모든 여성을 그 틀에 규정지어서는 안 된다고 생각합니다. 이것이 물론 당신에게는 큰 실례가 될 수도 있습니다. 하지만 나는 이렇게 생각해보았습니다.

—근대식으로 만들어진 하나의 예술품—

왜 하필이면 당신을 예술품에 비유했을까요? 그 이유를 알고 싶습니까? 하지만 그 이유란 것 역시 그리 대단한 것은 아닙니다.

당신에게 편지를 쓰는 이유와 작품을 쓸 때의 이유가 조금도 다름없기 때문입니다. 만일 그때 그 편지를 쓰지 않았더라면 작품을 하나 더 갖게 되었을지도 모릅니다. 무슨 얘기인지 잘 이해되지 않을 수도 있습니다. 그렇다면 이해하기 쉬운 예를 하나 들어 드리겠습니다.

'연애는 예술'이라고 했던 당신의 말을 기억하나요? 당신은 나의 고백을 불순하다고 했을 뿐만 아니라 연애는 연애를 위한 연애로 하되, 행여 다른 조건이 있어서는 절대 안 된다고 하였습니다.

그렇습니다. 그 말이 더 큰 이유가 될지도 모르겠습니다. 당신 말을 듣고 전후 종합해보니, 문득 생각나는 것이 있었습니다. 현재 우리 사회의 일부를 점령하고 있는 예술을 위한 예술이 바로 그것입니다. 이는 실제 없는 일을 내 생각과 상상만으로 꾸민 것은 절대 아닙니다.

그들과 당신은 유복한 환경에서 똑같은 절차를 밟으며 살아왔습니다. 물론 이쪽이 저쪽의 비위를 맞춰가며 기생(寄生, 스스로 생활하지 못하고 다른 사람을 의지하여 생활함) 되어 가는 경우도 없진 않습니다. 그러나 당신은 학교에서 수학을 배웠고, 물리학을 배웠고, 화학을 배웠으며, 생리학을 배웠고, 법학을 배웠고, 그리고 공학과 철학 등 모든 것을 충분히 배운 사람 중 한 명입니다. 다시 말하면 놀라울 만큼 발달한 근대과학의 모든 혜택을 골고루 누린 사람인 것입니다. 그렇다면 당신은 근대과학을 위해서 그 앞에 나아가 친히 예하야(경의를 표하기 위하여 말이나 인사를 함), 참으로 친히 예하야 그 영예를 지키지 않으면 안 될 것입니다. 왜냐하면, 과학이란 그

시대, 그 사회에 있어서 가급적 진리에 가까운 지식을 추출하여 우리의 삶을 편리하게 유도하는 데 그 사명이 있기 때문입니다. 그리고 여기에서 또 하나 생각하지 않을 수 없는 게 있습니다. 근대과학과 우리 생활의 연관성이 바로 그것입니다. 이에 대한 대답으로 몇 가지 예를 들고자 합니다.

과학은 참으로 놀랄 만큼 발달하고 있습니다. 과학자들은 천문대라는 것을 세워놓고, 우리가 눈앞에서 콩알을 고르듯이 천체를 지켜봅니다. 일생을 바쳐 지질학을 연구하기도 합니다. 사람의 얼굴 혹은 콧날을 임의로 늘렸다가 줄이기도 합니다. 두더지처럼 산을 파고 들어가 금을 캐다가 수십 명이 그 안에 없는 듯이 묻히기도 합니다. 물속으로 쫓아가 군함을 깨트리고, 광선으로 사람을 녹이며, 공중에서 뭔가를 뿌리기도 합니다. 이처럼 과학은 놀랄 만큼 발달하였습니다. 그런데 이런 고급 지식이 우리 생활 어디에 도움을 주고 있는지 당신은 알고 있습니까? 굳이 설명하지 않아도 당신은 충분히 알고 계실 겁니다.

하지만 과학자들에게도 불만은 있을 것입니다. 이에 그들에게 불만을 물으면 '취미의 자유'라고 할 것입니다. 아울러 과학에 있어 연구대상은 언제나 그들의 취미 여하에 달려 있다고 할 것이 틀림없습니다. 다시 말해 과학을 위한 과학의 절대성을 말하는 데 있어 그들은 너무도 평범한 태도를 보이는 것입니다.

과학에서 얻은 진리를 이지(理知, 이성과 지혜)권 내에서 감정권 안으로 옮기는 것, 그것을 대중에게 전달하는 것이 예술이라면, 우리는 근대과학에 기초를 둔 소위 근대예술이 무엇인지 금방 알 수 있을 것입니다. 그중 내가 종사하고 있는 문학에 대해서 알아보는 것이 편할 듯싶습니다.

우선, 적잖이 문제가 되고 있는 신심리주의 문학에 대해서 알아보고자 합니다.

예술의 생명을 잃은 그들에게 가장 중요한 것은 그 형식, 즉 기교입니다. 그러나 현재 그들의 기교란 어느 정도 가능성을 보일 뿐입니다.

그들은 치밀한 묘사법으로 인간 심리를 내공(內攻, 병이나 병균이 겉이 아닌 속으로 퍼짐)하여 이내 산사람에게 유령을 만들어놓는 것을 자랑으로 삼습니다. 이 유파의 태두(泰斗, 어떤 분야에서 가장 권위가 있는 사람을 비유적으로 이르는 말)로 일컫는 제임스 조이스(James Joyce, 아일랜드의 소설가이자 시인)의 《율리시스》를 한번 읽어보면 충분히 알 수 있을 것입니다. 그에게 새롭다는 존호(尊號, 남을 높여 부르는 칭호)를 붙여 대우하기는 했지만, 자세히 살펴보면 그는 졸라(Emile Zola, 프랑스의 소설가)의 부속품에 지나지 않습니다. 졸라의 걸작 《나나》는 우리를 잠들게 했고, 조이스의 대표작《율리시스》는 우리에게 하품을 연발시키고 있기 때문입니다. 말하자면 그는 졸라와 같은 잘못을 양면에서 범하고 있는 것입니다.

예술의 목적이 전달에 있는지, 표현에 있는지 적잖이 궁금해 하는 이들이 있습니다. 이는 사람이 먹기 위해서 사는지, 살기 위해서 먹는지 라고 묻는 우문(愚問)과도 같습니다. 표현이란 원래 전달을 전제로 하고 나서야 비로소 그 생명을 갖기 때문입니다. 다시 말하면 결과에 있어 전달을 예상하고 계략(計略, 계책과 모략)하여 가는 과정을 표현이라고 할 수 있습니다.

오늘날 문학 표현이 얼마나 오용되고 있는지 아십니까? 이는 주문 명세서나 심리학 강의, 좀 더 대접하자면 육법전서의 조문해석과 같은 지루한 문자만으로도 충분히 알 수 있습니다.

예술이란 자연의 복사도 아니거니와, 자연의 복사란 것 또한 그리 쉽사리 이루어지는 게 아닙니다. 아무리 화소 높은 카메라라도 자연을 완벽하게 담을 수 없거늘, 하물며 문자만으로 인간을 복사한다는 것은 심한 농담에 지나지 않습니다. 더 심악(甚惡, 몹시 나쁜)한 건 예술을 위한 예술을 표방한다면서 함부로 내닫는 작가입니다.

그들은 고작 중학생 수준의 일기 같은 작문을 써 놓고 예술지상주의라는 핑계로 미봉(彌縫, 빈 구석이나 잘못된 것을 임시변통으로 이리저리 주선해서 꾸며댐)하려고 들 것입니다. 하지만 이는 실로 웃기지도 않은 일입니다.

그들은 묘사의 대상 여하는 물론 수법의 방식 여하, 나아가 치밀한 기록일수록 더욱 문학적 가치가 있다고 생각합니다. 하지만 이는 착각에 지나지 않습니다. 그 자신이 예술가가 아님을 말하는 것과도 같기 때문입니다. 마치 연애를 하는 데 있어 사랑은 둘째 치고 자신이 완전한 사람이 아니라고 고백하는 것과 같기 때문입니다.

당신이 화려한 화장과 고급스러운 교양을 다른 사람에게 자랑할 때 그들은 자신의 작품이 얼마나 예술적인지, 다시 말하면 인류생활과 얼마나 거리가 먼지 다른 사람에게 자랑하고 있는 것입니다. 그 결과, 애매한 콧날을 잡아 늘이기도 하고, 사람 대신 기계가 작품을 쓰기도 하는 것입니다. 그러므로 예술가적 열정이 적으면 적을수록 좀 더 높은 가치의 예술미를 갖게 되는 것입니다.

예술가에게는 예술가다운 감흥이 있고, 그 감흥은 표현을 목적으로 합니다. 또 거기에는 설레는 열정이 따르기 마련입니다. 나아가 열정이 강하면 강할수록 전달 방법 역시 완숙해지는 법입니다.

예술이란 그 전달 정도와 범위에 따라 그 가치가 평가되어야 합니다. 기계에는 절대 예술이 깃들 수 없습니다. 그러니 예술가란 학교에서 공식적으로 두드려서 만들 수 없다는 말은 이를 두고 하는 말일 것입니다.

그들은 모든 구실(口實, 핑계 삼을 만한 재료)이 다했을 때 마지막으로 '새롭다'는 문자를 번쩍 들고 나옵니다. 그러나 그 의미가 무엇인지, 그들의 설명만으로는 도저히 이해할 수 없습니다. 또 새롭다는 문자는 시간과 공간의 전환에만 그칠 것이 아니라 인류사회 전체에 적극적인 역할을 가져오는데 그 의미를 두어야 합니다. 그런 점에서 조이스의《율리시스》보다 봉건시대의 소산인《홍길동전》이 훨씬 더 뛰어난 예술적 가치를 지니고 있다고 할 수 있습니다.

이제 당신은 오늘의 예술이 과연 무엇인지 대충 이해했을 것입니다. 그러므로 당신의 연애는 예술이니, 연애는 결코 불순하지 않되, 연애를 위한 연애를 하라는 말 역시 어디에 근거를 두고 나온 말인지 대충 알았으리라 생각합니다. 더불어 근대예술은 기계의 소산이며, 당신이라는 사람 역시 기계로 만들어진 한 덩어리의 고기에 지나지 않음을 충분히 알았으리라고 생각합니다.

—근대식으로 제작된 한 덩어리의 예술품—

이제 내가 당신을 이렇게나마 부른 이유가 당신을 존중했기 때문이란 걸 어느 정도 알았을 것입니다.

얼핏, 당신은 행복해 보이지만 참으로 불행한 사람 중 한 명입니다.

자신의 불행을 모른 채 속없이 쥐어짜는 사람을 보는 것만큼 딱한 일도 없습니다. 육도풍월(肉桃風月, 글자를 잘못 써서 이해하기 어려운 한시를 이르는 말)에 날 새는 줄 모르는 사람들과 마찬가지로 요지경(瑤池鏡, 알쏭달쏭하고 묘한 세상일을 비유적으로 이르는 말) 바람에 해지는 줄 모르기 때문입니다.

당신에게는 생명이 전혀 없습니다. 그 몸에서 화장을 지우고, 옷과 장신구를 벗기면 남는 것은 벌건, 다만 벌건, 그러나 먹을 수 없는 한 육괴(肉塊, 덩어리로 된 짐승의 고기)에 불과합니다. 그러나 재삼 숙고해볼 때 당신은 슬퍼할 이유가 전혀 없습니다. 왜냐하면, 당신이 완전한 사람이 되고 못되고는 당신의 노력 여하에 달려 있기 때문입니다.

오늘은 완전히 어지러운 난장판입니다. 그러나 불행 중 다행이랄까. 한쪽에서는 참다운 인생을 탐구하기 위해 자신을 희생하는 고결하고 아름다운 일이 계속해서 일어나고 있습니다. 이에 우리가 가장 먼저 해야 할 일은 우리 머릿속에 자리한 선입관을 없애는 것입니다. 그러고 나서 새로이 눈을 떠, 새로운 방법으로 사물을 대하여야 합니다. 하지만 그 새로운 방법이란 것이 무엇인지 나 역시 확실히 알지 못합니다. 다만, 사랑에서 출발한 그 무엇이라는 막연한 개념이 있을 뿐입니다.

사랑이라고 하면 우리는 부질없이 예수를 떠올리거나 석가여래를 들춰내곤 합니다. 하지만 그것은 사랑의 일부 발현은 될지언정 사랑에 대한 설명은 될 수 없습니다. 그 사랑이 무엇인지 우리는 전혀 알 수 없습니다. 우리가 본 것은 결국 그 일부에 지나지 않기 때문입니다. 다만, 한 가지 알 수 있는 것은 어느 시대, 어느 사회에서건 좀 더 많은 대중을 한 끈에 꿸 수 있으면 있을수록 사랑은 좀 더 위대한 생명력을 갖는다는 것입니다.

오늘 우리의 최고 이상은 그 위대한 사랑에 있습니다. 한동안 그렇게도 소란을 피웠던 개인주의는 니체의 초인설 및 맬서스(Malthus, 영국의 경제학자)의 인구론과 더불어 곧 사멸될 날이 올 것입니다. 그런 점에서 지금은 크로포트킨(Pjotor Alekseevich Kropotkin, 러시아의 혁명가)의 상호부조론이나 마르크스의 자본론이 훨씬 더 새로운 운명을 띠고 있다고 할 수 있습니다. 다시 말하면, 나는 여자에게 염서(艶書, 사랑하는 사람에게 연모의 정을 써 보내는 편지) 아닌 엽서를 쓸 수 있고, 당신은 응당 그 편지를 받을 권리가 있습니다.

내 머리에는 천품(天稟, 타고난 기품)으로 뿌리 깊은 고질(痼疾, 오래되어 굳어 버린 나쁜 버릇이나 병폐)이 박혀 있습니다. 그것은 사람을 대할 때마다 우울해지는, 그래서 사람을 피하려고 하는 염인증에 다름 아닙니다. 이를 고쳐 보고자 팔을 걷고 나선 것이 현재 나의 생활입니다.

허황된 금점(金店, 금을 캐는 광산)에서 문학으로 길을 바꾼 것 역시 그것 때문입니다. 내가 문학을 하는 이유는 밥 먹고, 산책하는 것과도 같습니다. 즉, 내게 있어 문학은 하나의 생활입니다.

이제 당신에게 편지를 쓰지 않았다면 몇 편의 작품이나마 더 생겼으리라는 내 말이 뭔지 충분히 아셨을 것으로 생각합니다. 그렇다고 해서 당신을 업신여긴 기억은 없습니다. 만일 그렇게 생각하신다면 그건 당신을 위해서도 슬픈 일임이 틀림없습니다.

위대한 사랑을 알지 못하면 오늘의 예술이 바로 길을 들 수 없고, 당신 역시 완전한 사랑을 알 수 없습니다. 그렇다면 위대한 사랑이란 과연 무엇일까요? 중요한 것은 그것을 바로 찾느냐 찾지 못하느냐에 따라 우리 전 인류의 여망(餘望, 남아 있는 희망)이 달려있다는 것입니다.

_ 1937년 3월 《조광》

필승前

필승아.

나는 날로 몸이 꺼진다. 이제는 자리에서 일어나기조차 자유롭지 못하다. 밤에는 불면증으로 인해 괴로운 시간을 원망하며 누워있다. 그리고 맹열(猛熱, 몹시 뜨거운 열)이다. 아무리 생각해도 딱한 일이다. 이러다가는 안 되겠다. 달리, 도리를 차리지 않으면 이 몸을 다시는 일으키기 어렵겠다.

필승아.

나는 참말로 일어나고 싶다. 지금 나는 병마와 최후의 담판이다. 흥패(흥망)가 이 고비에 달려 있음을 내가 잘 안다. 나에게는 돈이 시급히 필요하다. 그 돈이 없는 것이다.

필승아.

돈 백 원을 만들어 볼 작정이다. 친구를 사랑하는 마음으로 네가 좀 조력하여 주기 바란다. 또 다시 탐정소설을 번역해 보고 싶다. 그 외에는 다른 길이 없기 때문이다. 그러니, 네가 보던 것 중 아주 대중화 되고 흥미

있는 걸로 두어 권 보내주기 바란다. 그러면 내 50일 이내로 번역하여 네게 보내줄 테니, 극력(힘껏) 주선하여 돈으로 바꿔서 보내 다오.

필승아.

물론 이것이 무리임을 잘 안다. 또 그렇게 되면 병이 더욱 깊어질 것이 틀림없다. 그러나 그 병을 위해 무리하지 않으면 안 된다. 돈이 생기면 우선 닭 30마리를 고아 먹겠다. 그리고 땅꾼을 들여 살모사와 구렁이를 10여 마리 먹어 보겠다. 그래야만 내가 다시 살아날 것이다. 그리고 궁둥이가 쏙쏙구리(쑥쑥) 돈을 잡아먹는다. 돈, 돈, 슬픈 일이다.

필승아.

나는 지금 막다른 골목에 맞닥뜨렸다. 나로 하여금 너의 팔에 의지하여 광명을 찾게 해다오. 요즘 나는 가끔 울면서 누워있다. 모두가 답답한 일뿐이다. 반가운 소식 전해다오, 기다리마.

3월 18일

김유정으로부터

_1937년 3월 18일 탈고, 死後 발표

* 필승 — 휘문고보 동기생인 소설가 안회남의 본명.

박태원前

날사이 안녕하십니까.

박 형! 혹시 요즘 우울하시지 않으십니까. 조선일보사 앞에서 뵈었을 때 형은 마치 딱한 생각을 하는 사람의 풍모였습니다. 물론 저의 어리석은 생각에 지나지 않을 게나 만에 일이라도 그럴 리가 없기를 바랍니다.

제가 생각건대 형은 그렇게 크게 우울하실 필요는 없을 듯싶습니다. 만일 저에게 형이 지니신 그것과 같이 재질이 있고, 명망이 있고, 전도가 있고, 그리고 건강이 있다면 얼마나 행복일는지요. 오뉴월 호에서 형의 창작을 못 봄은 너무나 섭섭한 일입니다. 〈거리〉, 〈악마〉의 그다음을 기다립니다.

김유정 재배

__1937년 5월 《백광》__

강로항前

날이 차차 더워집니다. 더워질수록 저는 저 시골이 무한 그립습니다. 물소리 들리고 온갖 새 지저귀는 저 시골이 그립습니다. 우거진 녹음에 번듯이 누워 한적한 매미의 노래를 귀담아들으며, 먼 푸른 하늘을 이윽히(느낌이 은근하게) 바라볼 때 저는 가끔 시인이 됩니다. 아마 이 위에 더 큰 행복은 다시없겠지요.

강 형도 한번 시험해보십시오. 그런데 여기에 하나 주의할 것은 창공을 바라보되, 임을 대하듯 경건히 할 것입니다. 그래야 비로소 유다른(어느 것과 아주 다름) 행복과 그 무엇인가 알 수 없는 커다란 진리를 깨달으실 것입니다.

4월 2일 저녁 영도사에서

_1937년 5월 《조광》

"상을 잃고 나는 오늘 시단이 갑자기 반세기 뒤로 물러선 것을 느낀다."

__ **김기림, 〈故 이상의 추억〉 중에서**

"이상이 없는 서울은 너무도 쓸쓸하다."

__ **박태원, 〈이상의 편모〉 중에서**

"나 같은 명색 없는 작가 여남은 갖다 주고 다시 물러오고 싶다."

__ **채만식, 〈유정과 나〉 중에서**

"유정은 문자 그대로 혜성처럼 문단에 나타났다가 꺼졌다."

__ **이석훈, 〈유정과 나〉 중에서**

이상, 김유정을 추억하다

故 이상의 추억 __ 김기림 이상의 편모 __ 박태원

밥이 사람을 먹다 __ 채만식 유정 군과 엽서 __ 박태원

유정과 나 __ 채만식 유정과 나 __ 박태원 유정과 나 __ 이석훈 유정과 나 __ 강로향

유정의 면모 편편__ 이석훈

故 이상의 추억

— 김기림

箱은 필시 죽음에 진 것은 아니리라. 箱은 제 육체의 마지막 조각까지도 손수 길러서 없애고 사라진 것이리라. 箱은 오늘의 환경과 종족과 무지 속에 두기에는 너무나 아까운 천재였다. 箱은 한 번도 잉크로 시를 쓴 일이 없다. 箱의 시에는 언제나 箱의 피가 임리(淋漓, 흠뻑 젖어 흘러 떨어지거나 흥건함)하다. 그는 스스로 제 혈관을 짜서 '시대의 혈서'를 쓴 것이다. 그는 현대라는 커다란 파선(破船, 부서진 배)에서 떨어져 표랑하던 너무나 처참한 선체(船體) 조각이었다.

다방 N 등의자에 기대앉아 흐릿한 담배 연기 저편에 반나마 취해서 몽롱한 箱의 얼굴에서 나는 언제고 '현대의 비극'을 느끼고 소름이 끼쳤다. 약간의 해학과 야유와 독설이 섞여서 더듬더듬 떨어져 나오는 그의 잡담 속에는 오늘의 문명의 깨어진 메커니즘이 엉켜 있었다. 파리에서 문화옹호를 위한 작가대회가 있었을 때 내가 만난 작가나 시인 가운데 가장 흥분한 것도 箱이었다.

箱이 우는 것을 나는 본 일이 없다. 그는 세속에 반항하는 한 악(惡)한 정령(精靈)이었다. 악마더러 울 줄을 모른다고 비웃지 마라. 그는 울다 울다 못 해서 인제는 누선(淚腺, 눈물샘)이 말라버려서 더 울지 못하는 것이다. 箱이 소속된 20세기 악마의 종족들은 그러므로 번영하는 위선의 문명을 향해서 메마른 찬웃음을 토할 뿐이다.

흐리고 어지럽고 게으른 시단(詩壇)의 낡은 풍류에 극도의 증오를 품고 파괴와 부정에서 시작한 그의 시는 드디어 시대의 깊은 상처에 부딪혀서 참담한 신음소리를 토했다. 그도 또한 세기의 암야(暗夜, 어두운 밤) 속에서 불타다가 꺼지고 만 한줄기 첨예한 양심이었다. 그는 그러한 불안, 동요 속에서 '동(動)하는 정신'을 재건하려고 해서 새 출발을 계획한 것이다. 이 방대한 설계의 어귀에서 그는 그만 불행히 자빠졌다. 箱의 죽음은 한 개인의 생리의 비극이 아니다. 축쇄(縮刷, 책이나 그림의 원형을 그 크기만 줄여서 인쇄함)된 한 시대의 비극이다.

시단과 또 내 우정의 열석(列席, 자리에 죽 벌여서 앉음) 가운데 채워질 수 없는 영구한 공석을 하나 만들어 놓고 箱은 사라졌다. 箱을 잃고 나는 오늘 시단이 갑자기 반세기 뒤로 물러선 것을 느낀다. 내 공허를 표현하기에는 슬픔을 그린 자전 속의 모든 형용사가 모두 다 오히려 사치스럽다. '故李箱'—내 희망과 기대 위에 부정의 낙인(烙印)을 사정없이 찍어놓은, 억울한 세 상형문자야.

반년 만에 箱을 만난 지난 3월 스무날 밤, 동경 거리는 봄비에 젖어 있었다. 그리로 왔다는 箱의 편지를 받고 나는 지난겨울부터 몇 번인가 만나기를 기약했으나 종내(終乃, 이전부터 최근까지) 센다이(仙臺, 일본의 도시 이름. 당시 김기림이 다니던 동북제대가 있던 곳)를 떠나지 못하다가 이날에야 동경으로 왔던 것이다.

箱의 숙소는 구단(九段, 일본 동경의 지명) 아래 꼬부라진 뒷골목 2층 골방이었다. 이 '날개' 돋친 시인과 더불어 동경 거리를 만보(漫步, 한가롭게 슬슬 걷는 걸음)하면 얼마나 유쾌하랴 하고 그리던 온갖 꿈과는 딴판으로 상은 '날개'가 아주 부러져서 기거(起居, 앉아 있다가 손님을 영접하려고 일어섬)도 바로 못 하고 이불을 뒤집어쓰고 앉아 있었다. 전등불에 가로 비친 그의 얼굴은 상아(象牙)보다도 더 창백하고, 검은 수염이 코 밑과 턱에 참혹하게 무성했다. 그를 바라보는 내 얼굴의 어두운 표정이 가뜩이나 병들어 약해진 벗의 마음을 상하게 할까 봐, 나는 애써 명랑해하면서,

"여보, 당신 얼굴이 아주 피디아스의 '제우스' 신상 같구려." 하고 웃었더니, 箱도 예의 정열 빠진 웃음을 껄껄 웃었다. 사실 나는 그때 듀비에의 '골고다의 예수' 얼굴을 연상했다. 오늘 와서 생각하면 箱은 실로 현대라는 커다란 모함에 빠져서 십자가를 걸머지고 간 골고다의 시인이었다.

암만(아무리) 누우라고 해도 듣지 않고 箱은 장장 두 시간이나 앉은 채 거의 혼자서 그동안 쌓인 이야기를 풀어 놓았다. 엘먼(우크라이나 출신의 미국 바이올리니스트)을 찬탄하고, 정돈(停頓, 침체하여 더는 나가지 못함)에 빠진 몇몇 벗의 문운(文運)을 걱정하다가, 말이 그의 작품에 대한 월평(月評, 신문 · 잡지 따위에서 다달이 하는 비)에 미치자 그는 몹시 흥분해서 속견(俗見, 세속적이거나 통속적인 생각)을 꾸짖는다. 재서(평론가 최재서)의 모더니티(Modernit, 예술 사조로서의 모더니즘

에 드러나는 근대적인 특징이나 성향)를 찬양하고, 또 그의 〈날개〉 평은 대체로 승인하나 작자로서 다소 이의가 있다고도 말했다. 나는 벗이 세평에 대해서 너무 신경 과민한 것이 벗의 건강을 더욱 해칠까 봐, 시인이면서 왜 혼자 짓는 것을 그렇게 두려워하느냐. 세상이야 알아주든 말든 값있는 일만 정성껏 하다가 가면 그만이 아니냐며 어색하게나마 위로해 보았다.

箱의 말을 들으면 공교롭게도 책상 위에 몇 권의 상스러운 책자가 있었고, 본명 김해경(金海卿) 외에 이상(李箱)이라는 별난 이름이 있고, 그리고 일기 속에 몇 줄 온건하달 수 없는 글귀를 적었다는 일로 인해 그는 한 달 동안이나 OOO에 들어갔다가 아주 건강을 상해서 일주일 전에야 겨우 자동차에 실려서 숙소로 돌아왔다는 것이다. 箱은 그 안에서 다른 OO 주의자들과 마찬가지로 수기를 썼는데, 예의 명문에 계원도 찬탄하더라고 하면서 웃었다. 니시간다(西神田) 경찰서원 속에 조차 애독자를 가졌다고 하는 것은 시인으로서 얼마나 통쾌한 일이냐고 나도 같이 웃었다.

음식은 그 부근에 계신 허남용 씨 내외가 죽을 쑤어다 준다고 하고, 마침 소운(素雲, 수필가 김소운으로 추정)이 동경에 와 있어서 날마다 찾아주고, 주영섭, 한천 등 여러 친구가 가끔 들러주어서 과히 적막하지는 않다고 한다.

이튿날 낮에 다시 찾아가서야 나는 그 방이 완전히 햇빛이 들지 않는 방인 것을 알았다.

지난해 7월 그믐께다. 아침에 황금정(黃金町, 지금의 서울 을지로) 뒷골목 箱의 신혼 보금자리를 찾았을 때도 방은 역시 햇빛 한줄기 들지 않는 캄캄한 방이었다. 그날 오후《조선일보》사 3층 뒷방에서 벗이 애를 써 장정을 해준 졸저《기상도)》의 발송을 마치고 둘이서 창에 기대서서 갑자기 거리에 몰려오는 소낙비를 바라보는데, 창전에 뱉는 箱의 침에 빨간 피가 섞였었다. 평소부터도 箱은 건강이라는 속된 관념은 완전히 초월한 듯이 보였다. 箱의 앞에 설 때마다 나는 아침이면 정말체조(丁抹體操, 덴마크 체조)를 잊어버리지 못하는 나 자신이 늘 부끄러웠다. 무릇 현대적인 퇴폐에 대한 진실한 체험이 없는 나는 이 점에 대해서는 늘 箱에게 경의를 표했다. 그러면서도 그를 아끼는 까닭에 건강이라는 것을 너무 천대하는 벗이 한없이 원망스러웠다.

箱은 스스로 형용해서 천재일우의 기회라고 하면서 모처럼 동경서 만나고도 병으로 인해서 뜻대로 함께 놀러 다니지 못하는 것을 한탄한다. 미진(未盡)한 계획은 4월 20일께 동경에서 다시 만나는 대로 미루고 그때까지는 꼭 맥주를 마실 정도로라도 건강을 회복하겠노라고, 그리고 햇볕이 드는 옆방으로 이사하겠노라고 하는 箱의 빼뿐인 손을 놓고 나는 동경을 떠나면서 말할 수 없이 마음이 캄캄했다.

箱의 부탁을 부인께 아뢰려 했더니, 내가 서울 오기 전날 밤에 벌써 부인께서 동경으로 떠나셨다는 말을 서울 온 이튿날 전차 안에서 조용만(구인회 회원, 소설가) 씨를 만나서 들었다. 그래, 일시 안심하고 집에 돌아와서 잡무(雜務)에 분주하느라고 다시 벗의 병상을 보지도 못하는 사이에 원망스러운 비보가 달려들었다.

"그럼, 다녀오오. 내 죽지는 않소."

하고, 箱이 마지막 들려준 말이 기억 속에 너무 선명하게 솟아올라서 아프다.

이제 우리 몇몇 남은 벗들이 箱에게 바칠 의무는 箱의 피 엉긴 유고(遺稿)를 모아서 箱이 그처럼 애써 친하고자 하던 새 시대에 선물하는 일이다. 허무 속에서 감을 줄 모르고 뜨고 있을 두 안공(眼孔, 눈구멍)과 영구히 잠들지 못할 箱의 괴로운 정신을 위해서 한 암담하나마 그윽한 침실로서 그의 유고집을 만들어 올리는 일이다.

나는 믿는다. 箱은 갔지만, 그가 남긴 예술은 오늘도 내일도 새 시대와 더불어 동행하리라고.

__1937년 6월 《조광》

이상의 편모

— 박태원

내가 李箱을 안 것은 그가 아직 다료(茶寮, 다방) 〈제비〉를 경영하고 있었을 때다. 나는 누구한테서인가 그가 고공 건축과(지금의 서울대 건축학과) 출신이란 말을 들었다. 나는 상식적인 의자나 탁자에 비해 그 높이가 절반밖에는 안 되는 기형적인 의자에 앉아 가게 안을 둘러보는 그를 '괴팍한 사나이'다 라고 생각하였다.

〈제비〉 해멀 쓱 한 벽에는 십 호 인물형의 초상화가 걸려있었다. 나는 누구에겐가 그것이 그 집주인의 자화상임을 듣고 다시 한 번 쳐다보았다. 황색계통의 색채는 지나치게 남용되어 전 화면이 오직 누— 런 것이 몹시 음울하였다. 나는 그를 '얼치기 화가로군' 하였다.

다음에 또 누구한테서인가 그가 시인이란 말을 들었다.

"그러나 무슨 소린지 한마디 알 수 없지……"

나는 그 무슨 소린지 알 수 없는 시가 보고 싶었다. 이상은 방으로 들어가 건축잡지를 두어 권 들고 나와 몇 수의 시를 내게 보여주었다. 나는

'쉬르레알리슴(Surrealism, 초현실주의)'에 흥미를 갖고 있지는 않았으나, 그의 '운동' 1편은 그 자리에서 구미가 당겼다.

지금 그 첫 두 머리 한 토막이 기억에 남아있을 뿐이다. 그것은

> 1층 우에 2층 우에 3층 우에 옥상정원에를 올라가서
> 남쪽을 보아도 아무것도 없고 북쪽을 보아도 아무것도 없기에 다시 옥
> 상정원 아래 3층 아래 2층 아래 1층으로 내려와……

로 시작되는 시였다.

나는 그와 몇 번을 거듭 만나는 사이 차차 그의 재주와 교양에 경의를 표하게 되고, 그의 독특한 화술과 표정과 제스처는 내게 적지 않은 기쁨을 주었다.

어느 날 나는 이상과 당시 《조선중앙일보》에 있던 상허(소설가 이태준)와 더불어 자리를 함께하여 그의 시를 《중앙일보》 지상(紙上)에 발표할 것을 의논하였다.

일반 신문 독자가 그 난해한 시를 능히 용납할 것인지 그것은 처음부터 우려할 문제였으나, 우리는 이미 그 전에 그러한 예술을 가졌어야만 옳았을 것이다.

그의 〈오감도〉는 나의 〈소설가 구보씨의 일일〉과 거의 동시에 《중앙일보》 지상에 발표되었다. 나의 소설의 삽화도 '하융(河戎)'이란 이름 아래 이상의 붓으로 그려졌다. 그러나 예기(豫期, 앞으로 닥쳐올 일에 대하여 미리 생각

하고 기다림)하였던 바와 같이 〈오감도〉의 평판은 좋지 못하였다. 나의 소설도 일반대중에게는 난해하다는 비판을 받았지만, 그의 시에 대한 세평은 결코 그러한 정도의 것이 아니었다. 신문사에는 매일같이 투서가 들어왔다. 그들은 〈오감도〉를 정신이상자의 잠꼬대라 하고 그것을 게재하는 신문사를 욕하였다. 그러나 일반 독자뿐이 아니다. 비난은 오히려 사내에서도 커서 그것을 물리치고 감연(敢然, 과단성 있고 용감함)히 나가려는 상허의 태도가 내게는 퍽 민망스러웠다. 원래 약 1개월을 두고 연재할 예정이었으나 그러한 까닭으로 이상은 나와 상의한 뒤 오직 십 수 편을 발표하였을 뿐으로 단념하지 않으면 안 되었다. 그러나 당시 이상이 느낀 울분(鬱憤, 답답하고 분함)은 제법 큰 것이어서 미발표대로 남아 있는 '오감도 작자의 말'이라는 것은 다음과 같다.

"왜 미쳤다고들 그러는지. 대체 우리는 남보다 수십 년씩 뒤떨어져도 마음 놓고 지낼 작정이냐. 모르는 것은, 내 재주도 모자라겠지만 게을러 빠지게 놀고만 지내던 일도 좀 뉘우쳐 봐야 하는 거 아니냐. 여남은 개쯤 써보고서 시 만들 줄 안다고 잔뜩 믿고 굴러다니는 패들과는 물건이 다르다. 2천 점에서 30점을 고르는데 땀을 흘렸다. 31년, 32년 일에서 용대가리를 떡 꺼내어놓고 하도 야단해서 뱀 꼬랑지는커녕 쥐 꼬랑지도 못 달고 그만두니 서운하다. 깜박 신문이라는 답답한 조건을 잊어버린 것도 실수지만 이태준, 박태원 두 형이 끔찍이도 편을 들어준 데는 절한다. 철(鐵)—이것은 내 새 길의 암시요, 앞으로 제 아무에게도 굴하지 않겠지만 호령하여도 에코—가 없는 무인지경은 딱하다. 다시는 이런 — 물론 다시는 무슨 다른 방도가 있을 것이고, 우선 그만둔다. 한동안 조용하게 공부나 하고 딴은 정신병이나 고치겠다."

그러나 〈오감도〉를 발표하였던 것은 그로서 아주 실패는 아니었다. 그는 일반대중의 비난을 받았지만 그것으로 인해, 물론 소수이기는 해도 자기 예술의 열렬한 팬을 이때 이미 확실히 획득하였다고 할 수 있다.

그 뒤로도 그는 또 수 편의 시와 산문을 발표하였으나 평판은 역시 좋지 못하였다.

문단적으로 그가 일개 작가로 대우를 받게 된 것은 작년 9월호《조광》에 실렸던 〈날개〉에서부터가 아닌가 한다. 최재서 씨가 그에 대하여 이미 호의 있는 세평(細評, 자세한 비평)을 시험하였으므로 이곳에서 다시 말하지 않겠지만, 〈날개〉 1편은 이렇든 저렇든 우리 문단에 있어 문제의 작품으로 모든 점에 있어 미완성임에도 불구하고, 우리가 우리의 문학을 논의할 때 반드시 들어 말하지 않으면 안 될 〈소설〉이다. 그러나 그는 그 독특한 경지를 개척하여 놓았을 뿐으로 요절하고 말았다. 영원한 미완성품인 채 그는 지하로 돌아갔다.

이상이 동경으로 떠나기 전 정인택에게 했다는 말을 들어보면 그는 이제 다시는 〈오감도〉나 〈날개〉 같은 작품을 쓰는 일 없이 오로지 정통적인 시, 정통적인 소설을 제작하리라고 하였다지만, 만약 그것이 그의 정말 마음의 고백이라면 〈오감도〉나 〈날개〉 부류에 속할 작품만을 남겨놓은 채 돌아간 그는 지하에서도 눈을 감지 못할 것이다. 그러나 그것은 어떻든 간에, 우리가 이상의 작품을 이해하려면 먼저 그의 위인(爲人, 사람의 됨됨이)과 생활을 알지 않으면 안 된다.

'괴팍한 사람이다'는 것은 그에 대한 나의 첫인상이거니와 물론 그렇게 단순한 것은 아니었어도 역시 '괴팍'하다는 형용(形容, 용모 또는 생김새)만은 절대 그르지 않은 듯싶다.

일찍이 《여성》지에서 내게 '문단기형 이상론'에 관해서 청탁해왔을 때, 물론 그 문자가 아무렇지도 않은 그에게는 그다지 유쾌하지 않았겠지만, 세상이 자기를 문단의 기형으로 대우하는 것에 스스로 크게 불만은 없었던 듯싶다. 그러나 그 이상론은 발표되지 않은 채 편집자가 갈리고 그러는 사이 원고조차 분실되어 나는 그때 어떠한 말을 하였던 것인지 적역(的歷, 또렷하고 분명함)하게 기억하지 못하고 있다. 그러나 하여튼 차점(茶店, 다방) 〈플라타―느〉에 앉아서 당자(當者) 이상을 앞에 앉혀놓고 그것을 초(草)하여 돈을 벌려면 마땅히 부지런하여야만 하는 것을, 이상은 너무나 게을러서,

"그래 언제든 가난하다."

는 구절에 이르러 둘이 소리를 높여 서로 웃던 것만은 지금도 눈앞에 또렷하다.

사실 이상의 빈궁은 너무나 유명하였다. 그리고 그것은 대부분 그의 도저히 구할 길 없는 게으름에서 기인하는 것이었다.

〈제비〉가 차차 경영 곤란에 빠졌을 때, 어느 날 그의 모교 상공에서 전

화로 그를 부른 일이 있다. 당시 신축 중이던 신촌 이화여전 공사장에 현장감독으로 가볼 의향의 있고 없음을 물은 것이다.

"하루에 1원 50전이랍니다. 어디 담뱃값이나 벌러 나가 볼까 보오."

그리고 이튿날 도시락을 싸서 신촌으로 갔지만, 그다음 날은 다시 〈제비〉 뒷방에서 언제나 한가지로 늦잠을 잤다.

"거, 참 못하겠습디다. 벌이도 시원치 않지만, 나 같은 약질은 어디 그런 일 견디어 나겠습니까?"

그것은 사실이다. 그의 가난은 이렇게 그의 허약한 체질과 수년 째 이어져 온 절제 없는 생활이 가져온 불(不)건강으로 말미암아 오는 것이었다. 그러나 기실 그의 철저한 게으름을 들어 논하지 않으면 안 될 일이다. 집주인이 점방을 내어달라고 지방법원에 소송을 제기하였을 때도 오전 9시에 대어 일어나는 재주가 없어 가장 불리한 결석판결을 받고 말았으니 말이다.

현재 〈뽄스톤〉의 전신 〈69 · 씩스나인—〉을 오직 시작하였을 뿐으로 남에게 넘겨버리고 〈제비〉에 또한 실패한 이상은 그래도 단념하지 않고 명치정(明治町, 지금의 서울 명동)에다 〈무기〉라는 다방을 또 만들어 놓았다. 그곳의 실내장식에는 〈제비〉의 것보다도 좀 더 이상의 '괴팍한 취미' 내지 '악취미'가 나타나 있었다. 결코, 다른 다점에는 통용되지 않는 괴이한 형상의 다탁(茶卓)이며, 사면 벽에 그림이나 사진을 걸어놓는 대신 '루나—르(쥘 르나르, 프랑스의 시인이자 소설가)'의 《전원수첩》에서 몇 편을 골라 붙여놓는 등 일반 선량한 끽다점(喫茶店, 차나 음료를 파는 가게) 순방인의 기호에는 절대 맞지 않는 것이었다.

'악취미'로 말하자면 〈69〉와 같은 온건치 않은 문구를 공연하게 다점의 옥호(屋號, 가게 이름)로 사용한 이상(以上)의 것은 없을 것으로, 그 주석을 나는 이 자리에서 말하지 않거니와 모르는 사람이 고개를 기웃거리며,

"69? 육구? 육구라…… 하하, 육.구.리. 놀다 가란 말인 게로군."

이라고 라도 하면, 그는 경우에 따라 냉소도 하고 홍소(哄笑, 입을 크게 벌려 소리 높여 웃음)도 하였다. 그렇기로 말하면 그에게는 변태적인 곳이 적지 아니 있었다. 그것은 그의 취미에 있어서나 성행(性行, 행실)에 있어서만이 아니라 그의 인생관, 도덕관, 결혼관, 그러한 것에 있어서도 우리는 보통 상식인과의 사이에 적지 않은 현격(懸隔, 차이가 매우 심함)을 깨닫지 않으면 안 된다. 그러나 그의 사상을 명백하게 안다고 나설 사람은 그의 많은 지우(知友) 중에도 혹은 누구 하나라도 없을 것이다. 그의 참마음을 그대로 그의 표정이나 언동(言動, 말과 행동) 위에서 우리는 포착하기가 힘들다.

이상은 사람과 때와 경우에 따라 마치 카멜레온과 같이 변한다. 그것은 천성보다도 환경에 의한 것이다. 그의 교우권(交友圈, 교제 범위)이라 할 것은 제법 넓은 것이어서, 물론 그 친소(親疎, 친밀함과 소원함)와 심천(深淺, 깊음과 얕음)의 정도는 다르지만, 한번 거리에 나설 때마다 거의 온갖 계급의 사람과 아는 체 하지 않으면 안 된다. 그래, 그는 '하울(夏鬱)'이라는 그러한 몽롱한 것 말고 희로애락과 같은 일체의 감정을 솔직하게 표현하지 않는 것에 어느 틈엔가 익숙하여졌다. 나는 이 앞에서 변태적이라는 문자를 사용하였거니와 그것은 이상에게 있어서는 그 문자가 흔히 갖는 그러한

단순한 것이 아니고 좀 더 그 성질이 불순한—?—것이었다. 가령, 그는 온건한 상식인 앞에서 기탄없이 그 독특한 화술로써 일반 선량한 시민으로서는 규지(窺知, 엿보아 앎)할 수 없는 세계의 비밀을 폭로한다. 그러나 그는 그것을 이야기하고 싶은 행동을 느껴서가 아니라 실로 그것을 처음 안 순사(純士)들이 다음에 반드시 얼굴을 붉히고 또 아연하여 할 그 꼴이 보고 싶어서인 듯싶다.

사실 이상은 한때 상당히 발전하였던 외입쟁이로 그러한 방면에 놀라운 지식을 가졌다. 그것은 그의 유고(遺稿, 죽은 사람이 생전에 남긴 원고) 중에도 한두 편 산견(散見, 여기저기 보임)되나 기생이라든가, 창부라든가, 그러한 인물을 취급하여 작품을 쓴다면 가히 외국 문단에서도 대적할 사람이 없을 것이다. 다만, 그러한 점만으로도 조선 문단이 이상을 잃은 것은 가히 애석하여 마땅한 일이나, 그는 그렇게 계집을 사랑하고, 술을 사랑하고, 벗을 사랑하고, 또 문학을 사랑하였으면서도, 그것의 절반도 제 몸을 사랑하지 않았다.

이상이 아직 서울에 있을 때 하룻저녁 지용(시인 정지용)이 그와 함께 한강으로 산책하러 나가, 문득 그의 건강을 염려한 나머지,

"여보, 상허를 본받으시오. 상허의 반만큼만 몸을 아끼시오."

라며 간곡히 충고하였다는 말을 나중에 들었거니와, 그와 가까운 벗은 모두 한두 번쯤은 그에게 그러한 종류의 말을 할 것을 잊지 않았었다. 이상보다 20일 앞서 돌아간 김유정 역시 자기 자신 병고에 허덕이면서도 몇 번이나 이상의 불규칙하고 또 아울러 비위생적인 생활에 대하여 간절

하게 일러준 바 있었다.

아직 동경에서 그의 미망인이 돌아오지 않았고, 또 자세한 유언도 별로 없어 그가 죽던 당시의 주위와 사정은 물론 그의 병명조차 적확하게는 모르고 있으나 역시 폐가 나빴던 모양으로 그 점은 김유정과 같다. 그러나 유정이 죽기 바로 수일 전까지도 기어코 병을 정복하고 다시 일어나려 끊임없는 노력을 아끼지 않던 것에 비겨 이상은 전에도 혹간(或間, 간혹) 절망과 같은 의사 표시가 있었고, 동경에 간 뒤에도 사망하기 수개월 전에 이미 〈종생기〉와 같은 작품을 써 보낸 것을 보면, 이상의 이번 죽음은 이름을 병사(病死)에 빌었을 뿐이지 그 본질에 있어서는 역시 일종의 자살이 아니었는지—그러한 의혹이 농후하여진다.

그러나 이제 와서 그런 것을 새삼스레 문제 삼아 무엇 하랴. 이상은 인제 영구히 돌아오지 않고, 이상이 없는 서울은 너무나 쓸쓸하다.

__1937년 6월《조광》

김유정을 추억하다

밥이 사람을 먹다

— 채만식

—유정의 궂김을 놓고

나는 문필(文筆)의 요술을 부리자는 것이 아니다. 피사의 사탑이 확실히 과학이요, 요술이 아니듯이 이것도 버젓한 '사실'이다.

폐결핵 제3기의 골골하던 우리 유정이 죽은 것이 바로 그것이다.

유정이 병을 초기에 잡도리해서 낫지 못하고 닥치는 대로 할 수 없이 내맡겨 3기에까지 이르게 된 것은 가난한 탓도 있다. 더구나 그를 불시에 죽게 한 것은 더욱 그렇다.

폐를 앓는 사람이 좋은 음식을 먹고, 좋은 약을 먹으면서, 좋은 곳에 누워 몸과 마음을 다 같이 쉬어야 한다는 것은 상식으로 되어 있다.

우리 유정도 그랬어야 할 것이요, 또 그리하고 싶었을 것이다. 그러나 그는 그와 아주 반대로 영양이 아니 되는 음식을 먹었고, 약이라고는 아주 고약한 ××위산(胃散)을 무시로 푹푹 퍼먹었을 뿐이다. 성한 사람도 병이 날 일이다. 그러면서도 그는 소설이라는 것을 썼다. 소설이라는 독약! 어떤 노력보다도 더 많이 몸이 지치는 소설 쓰기! 폐결핵 3기를 앓는 사람이 소설을 쓰다니, 의사가 안다면 기색(氣塞, 심한 흥분이나 충격으로 호흡이 일시적으로 멎음)할 일이다.

유정도 그것이 얼마나 병에 해로운지야 잘 알고 있었다. 그러면서도 그는 소설을 쓰지 않을 수 없었다. 그것은 창작욕도 아니요, 자포자기도 아니었었다. 그는 창작욕쯤 일어나더라도 누를 수 있었고, 자포하기는 커녕 생명에 대해서 굳센 애착을 자신과 한가지로 갖고 있었다.

유정은 단지 원고료 때문에 소설을 쓰고, 수필을 썼던 것이다. 원고료! 4백 자 한 장에 대돈 50전야(也, 금액을 나타나는 조사)라를 받는 원고료를 바라고, 그는 피 섞인 침을 뱉어가면서도 소설을, 수필을 쓰지 않을 수 없었던 것이다. 이렇게 해서 쓴 원고의 원고료를 받아서 그는 밥을 먹었다. 그러다가 유정은 죽었다. 그러나 이것이 어디 사람이 밥을 먹은 것이냐? 버젓하게 밥이 사람을 잡아먹은 것이지!

도향(稻香, 소설가 나도향), 서해(曙海, 소설가 최서해), 대섭(大燮, 소설가 심훈의 본명) 다 아깝고 슬픈 죽음들이다. 그러나 유정같이 불쌍하고 한이 사무치는 죽음은 지금까지 없었다. 유정이야말로 문단의 원통한 희생이다.

지금 조선은 가난하다. 그래서 너나없이 고생하고 비참히 굶기는 사람이 유로 셀 수 없이 많다. 그러나 다 같이 문화의 일부분을 떠맡고 있는 가운데도 문단인처럼 고생하는 사람은 없다.

문단인은 '홍보'가 아니다. 종족을 표현하는 것은 '나치스적으로 말고'

예술 그중에도 문학이다. 인류 진화사상 종족이 별립(別立, 따로 떨어져 서 있거나 세움)되어 있는 그 날까지는 한 실재(實在, 실제로 존재함)요, 따라서 표현이 되어야 할 것이다. 완고한 종족지상주의자도 귀를 잠깐 빌려 다음 말을 몇 구절 들으라.

폴란드를 지탱한 것은 자 코사크나 정치가가 아니다. 폴란드 말로 된 문학이요, 작가들이다.

지금 조선에 문화적으로 종족적 특색을 가진 것이 있다면 문학밖에 더 있느냐? 그렇건만 작가는 가난하다 못해 피를 토하고 죽지 아니하느냐!

아무리 빈약하더라도 지금 조선의 작가들이 일조(一朝, 하루아침)에 붓을 꺾고 문학을 버린다면, 조선의 적막한 품이야 인구의 반이 준 것보다 더하리라는 것을 생각이나 하는 사람이 있는가 싶다.

제2의 유정은 누구며, 제3의 유정은 누구뇨? 비록 이름은 나서지 아니해도 시방 착착 준비는 되어 가리라! 밥이 사람을 먹으려고.

__1937년 5월《백광》

유정 군과 엽서

— 박태원

작년 5월 하순의 일이었던가 싶다. 당시 나는 몸이 성치 않은 아내를 위해 잠시 성북동 미륵당(彌勒堂)에 방 하나를 빌렸다. 옹색하기는 지금이나 그때나 마찬가지여서 나는 모처럼 문밖에 나간 몸으로도 한가로울 수 없이 쌀과 나무를 얻기 위해 밤낮을 도와 〈천변풍경〉 제1회 분을 초(抄, 필요한 부분만 뽑아서 적음)하였다.

원고를 가지고 문 안으로 들어와《조선일보》사 앞에 이르렀을 때 나는 뜻하지 않게 회남과 유정 두 분을 그곳에서 만났다.

"아, 박 형, 안녕하셨에요?"

인사할 때 얼굴에 진정 반가운 빛이 넘치고, 이를테면 '수줍음'을 품은 젊은 여인과 같이 약간 몸을 꼬기까지 하는 것이 지금도 적력(的歷, 또렷또렷하여 분명함)하게 내 망막 위에 남아 있는 유정의 인상 중 하나다.

우리는 참말 그때 만난 지 오래였다. 그러나 그들에게는 동행이 또 한 분 있었고, 나는 나대로 바빴으므로 잠시 길 위에 선 채 몇 마디 말을 나누고는 그대로 헤어졌다.

그러한 뒤 며칠 지나 일찍이 내게 서신을 보낸 일이 없는 유정에게서 다음과 같은 엽서가 왔다.

날사이 안녕하십니까.

박 형! 혹시 요즘 우울하시지 않으십니까? 조선일보사 앞에서 뵈었을 때 형은 마치 딱한 생각을 하는 사람의 풍모였습니다. 물론 저의 어리석은 생각에 지나지 않을 것이나, 만에 일이라도 그럴 리가 없기를 바랍니다.

제가 생각건대, 형은 그렇게 크게 우울하실 필요는 없을 듯싶습니다. 만일 저에게 형이 지니신 그것과 같은 재질이 있고, 명망이 있고, 전도가 있고, 그리고 건강이 있다면 얼마나 행복일는지요. 5, 6월호에서 형의 창작을 못 봄은 너무나 섭섭한 일입니다. 〈거리〉, 〈악마〉의 그다음을 기다립니다.

—김유정 재배(再拜)

그날의 나는 그가 지적한 바와 같이 우울한 얼굴을 하고 있었을지도 모른다. 제작 후의 피로가 있었고 또 그 작품은 청탁을 받은 원고가 아니었으므로 그날 즉시 고료를 받아 오는 것에 성공할지 못할지 그러한 것이 자못 마음에 걱정이었던 것이다.

그러나 나의 요만한 '우울'이 유정의 마음을 그만큼이나 애달프게 한 것은 나로서 이를테면 하나의 죄악이다. 물론 나는 그가 말한 바와 같이 뛰어난 재질이 있지도 못하고, 명망이 있는 것도 아니며, 또한 전도가 가히 양양하다고 할 것도 못 된다. 그러나 무엇보다도 '건강'이 — 그가 항상 그렇게나 바라고 부러워하여 마지않은 '건강'이 내게는 있다고 그는 생각한 것이 아닌가. 나는 허약하고 또 위장에는 병까지 가지고 있는 몸이나, 그의 눈으로 볼 때 그것은 혹은 부러워하기에 족한 것이었을지도 모른다. 그러한 내가 — 그만큼이나 행복 된 내가 그에게 우울한 얼굴을 보였다는 것이 그로서는 괘씸하기조차 하였을지도 모른다.

내가 유정의 부고를 받았을 때 가장 먼저 머리에 떠오른 것이 이때의 일이었다.

만만하게 지낼 곳도 없이, 늘 빈곤에 쪼들리며, 눈을 들어 앞길을 바랄 때 오직 어둠만을 보았을 유정—. 한 편의 작품을 낼 때마다 작가적 명성을 더해 가고, 온 문단의 촉망을 한 몸에 받고 있었을 그였으나, 그러한 것으로 그는 마음에 '밝음'을 가질 수 있었을까. 그러나 그가 병든 자리에서 신음하면서도 작가적 충동에서보다는 좀 더 현실적 욕구로 인해 잡지사가 요구하는 대로 창작을, 수필을, 잡문을 써온 것을 생각하면 우리의 마음은 어둡다.

그의 병은 물론 그리 쉽사리 고칠 수 있는 것은 아니었으나 경제적 여유가 만약 그에게 있었다면 삼십이란 나이로 세상을 버리지 않아도 좋았을 것이다. 병도 병이려니와 그를 그렇게 요절케 한 것은 이를테면 그의 지독한 '가난'이었다.

그가 죽기 수일 전에 약을 구할 돈을 만들기 위해 가장 흥미 있는 외국 탐정소설이라도 번역해보겠다고 하던 말을 전해 들은 것은, 그의 부음을 받은 것과 동시의 일이다. 그가 목숨이 다하는 자리에서까지 그렇게도 돈으로 인해 머리를 괴롭힌 것을 생각하면, 얼마나 문인의 생활이 괴로운 것인지 충분히 짐작할 수 있다.

__1937년 5월《백광》

유정과 나

— 채만식

굳긴 유정을, 울면서 나는 그를 부러워한다.

내가《개벽》사의 일을 보고 일을 때인데, 작품으로 먼저 유정을 알았고, 대하기는 그 뒤 안회남 군을 통해서 얼굴을 본 것이 처음이다. 그 날 안 군을 찾아가 한담을 하노라니까 생김새며 옷 입음새며 순박해 보이는 젊은 사람 하나가 안군한테 농지거리(점잖지 아니하게 함부로 하는 장난이나 농담을 낮잡아 이르는 말)를 하면서 떠들고 들어오더니, 내가 있는 것을 보고 시무룩하기는 해도 기색이 좋지 않은 게 어쩌면 텃세를 하는 눈치 같았다. 그가 유정이었었다.

그러나 실상인즉, 유정은 내 얼굴을 알고 있었다. 그런데 마침 술이 거나한 판에 허물없는 안군에게 터덜거리고 들어오다가, 초면인사도 미처 하지 못한 (명색이) 선배인 내가 있으니까, 제 딴에는 무렴(無廉, 염치가 없음)하기도 하고 해서 조심한다는 것이 신경 애브노멀(abnormal, 비정상적인)한 내게 그런 인상을 주었던 것이다…고, 그 뒤 안군에게서 이야기를 들었다.

과연 그 뒤에 새잡이(어떤 일을 다시 새로 시작함)로 인사를 하고 한 번 만나 두 번 만나다 보니 세상에 법 없이도 살 사람이 유정임을 절절히 느꼈다. 공손하되 허식이 아니요, 다정하되 그냥 정(情)이요, 유정에게 어디 교만이 있으리오. 그는 진실로 톨스토이(유정의 마지막 일작 〈따라지〉의 등장인물로 누이에게 얹혀살며 글을 쓰는 무기력한 존재)였다.

나는 유정의 작품을 존경하지는 않았어도 사랑은 했었다. (그것이 도리어 내게는 기쁜 일이었었다) 그러나 인간 유정은 더 사랑했다. 아니, 사랑하고 싶었지만 못했었고, 못한 것은 내가 인간으로서 유정만큼 '성(誠, 진실함)'하지 못하기 때문이다.

나는 서울을 떠나서야 비로소 병든 유정을 찾았다. 나는 내가 무정했음을 뉘우치고 그에게 빌었다. 병 치료에 대해서 구체적으로 유리하고 비용도 절약되는 방법이 있기에 가르쳐주었더니, 그는 바로 회답을 해주었었다. 꼭 그렇게 해보겠노라고 그리고 기어코 병을 정복하겠노라고 약속해주었다.

하지만 유정은 아깝게 그리고 불쌍하게 굳기고 말았다. 될 수만 있다면 나 같은 명색 없는 작가 여남은(열이 조금 넘는 수) 갖다 주고 다시 물러오고 싶다.

_1937년 5월《조광》

유정과 나

— 박태원

내가 유정과 처음으로 안 것은 그가 그의 제 2작 〈총각과 맹꽁이〉를 발표한 바로 그 뒤의 일이다. 그러니까 1933년 가을이나 겨울이 아니었던가 싶다.

하룻밤, 그는 회남(소설가 안회남)과 함께 다옥정(茶屋町, 지금의 서울 중구 다동)으로 나를 찾아왔다. 그때 그들은 미취(微醉, 술이 조금 취함)를 띠고 있었다. 그래, 우리가 초면 인사를 할 때 그가 술 냄새가 날 것을 두려워해서 손으로 입을 거의 가리고 말하던 것을 나는 지금도 기억하고 있다.

이를테면, 그러한 것에도 유정의 성격은 그대로 드러나 있었다. 그는 그만큼이나 남을 대하기 어려워하고 조심스러워했다. 그러나 그것은 그의 타고난 성격만은 아닌 듯싶다. 그는 불행에 익숙하였고, 늘 몸에 돈을 지니지 못하였으므로 어느 틈엔가 남에 대하여 스스로 떳떳하지 못한 사람이 되었던 것인지도 모른다.

우리는 한동안 〈낙랑〉에서 곧잘 차를 같이 마셨다. 그리고 세 시간씩

네 시간씩 잡담을 나누었다. 그는 분명히 다섯 시간이고 여섯 시간이고 그곳에 더 있고 싶었음에도, 문득 내게 이렇게 말하곤 했다.

"박 형, 그만 나가실까요?"

그래, 나와서 광교에까지 이르면,

"그럼, 인제 집으로 가겠습니다. 또 뵙죠."

그리고 그는 종로 쪽으로 향했다. 그러나 대부분 얼마 동안 망설이다가 다시 한 바퀴를 휘돌아 〈낙랑〉을 찾는 것이었다. 나중에라도 그것을 알고 그를 책망하면 그는 호젓하게 웃으며 이렇게 말했다.

"허지만 박 형은 너무 지루하시지 않어요?"

유정은 술을 잘하였다. 그의 병에 술이 크게 해로울 것은 새삼스레 말할 것도 없다. 그러나 그 생활이 외롭고 또 슬펐던 유정은 기회만 있으면 거의 술에 취하였다.

언제나 가난한 그는 또 곧잘 밤을 새워가며 원고를 쓴다.

"김 형, 돈도 돈이지만 몸을 아끼셔야지요. 그렇게 무리하면……"

우리는 그런 말을 하는 것이었으나, 그는 몸을 아끼기 전에 우선 그만큼이나 몇 원의 돈이 긴요하였던 것이다.

그런 유정에게 나는 결코 좋은 벗이 아니었다. 벗이라고 하기조차 죄스럽게 그에게 충실하지 못하였다. 그런 내가 이미 그가 없는 지금에 이르러 영영 아내조차 모르고 가버린 그를, 좀 더 큰 작품을 남길 새도 없이 가버린 그를 애달파하더라도 그에게는 오히려 가소로운 일이 아닌 것이냐?

_ 1937년 5월 《조광》

유정과 나

— 이석훈

탕! 소리 뒤 수초 동안 여름밤 하늘에 한순간 찬란한 생명을 자랑하고 꺼지는 '불꽃'——유정의 일생은 그것과도 같은 감을 준다. 유정은 문자 그대로 혜성처럼 문단에 나타났다가 꺼졌다.

그 출현이 장하고 감도 또한 '화화(花火, 이글이글 타오르는 불)'적이다. 언젠가 어떤 석상에서 여운형 선생이 큰 소리로 역설한바 찬란한 저녁노을 같은 '영광스러운 죽음'을 나는 유정 군의 최후에서 본다. 죽음의 최종의 일순까지 창작의 붓을 들고 그 악전고투한 장한 유정! 배수의 진을 치고 최후의 피 한 방울까지 싸움에 바친 스파르타의 용사적인 비장하고 영광스러운 최후다.

여기서 나는 김 군의 죽음을 찬송하려는 것은 아니나, 군의 부보를 앞에 놓고 이 글을 쓰기 좋아 부끄러운 생각이 든다. 유정이 죽기 전에 아니 군이 설마 그렇게도 빨리 죽음을 재촉할 줄은 꿈엔들 생각지 않은 바라 년여를 두고 부대껴오는 나의 신변 사건이 안정되면 그동안 소홀했던 우정을 진사코자 했더니, 이제는 모든 것이 허사요, 영원히 갚을 길이 없이 되었다. 사실 지난 1년 동안 서울서는 어떤 사건 때문에 심지어 방 선생에게까지 걱정을 끼치며 쩔쩔매느라고 눈코 뜰 새 없다가 반 자포자기적으로 서울로부터 '도망'한 것이었다. 그 때문에 서울 친구들에게 몰인정한 자로 책망을 듣는 것도 당연한 귀결이지만, 내 편에서 보면 우정에 충실할 수 없었을 만큼 정신상의 타격을 받은 액년이었던 것이다.

나는 아직도 마음의 고통을 깨끗이 정산치 못하고 있는 터에 지금 뜻밖에 군의 부보를 받으니 정말 몇천 길 함정 속으로 떨어지는 듯한 아득한 느낌을 금할 수 없다.

군과 열지 않은 교우는 어언 6, 7개 성상(星霜, '햇수'를 비유적으로 이르는 말), 1931년 신춘? 나 자신 편집의 한 몫을 보고 있던《제일선》지에 가작〈산골 나그네〉를 발표한 군은 이미 문단에 데뷔한 셈이었다. 그러나 구안지대(具眼之大, 큰 인물을 알아보는 안목과 식견)가 적고 포용성이 적은 문단은 군을 알아주지 않았었다. 그래서 2, 3년 동안은 불우하였다. 그 사이 회남과 더불어 그를 출세케 하려고 다소의 노력을 취한 것은 우정의 당연한 소위나 군과 관련한 회상 중의 가장 유쾌한 기억의 하나다.

이 2, 3년 내 군의 천분(天分, 타고난 재질이나 직분)의 당연한 소치인 혜성적 출현은 지금 생각하면 죽음을 재촉하는 정력의 소비였다. 동경이나 구미 문단 같으면 그만한 신진 작가면 당당히 생활의 유족을 꾀할 수 있을 것인데, 불행히 이 땅에서는 다못('다만'의 방언) 빈궁과 냉시만이 초연히 존재할 뿐이었다. 이것이 유정 한 사람의 일 같지 않아서 더 한층 뼈저린

비애를 금치 못하며 암연해지는 것이다.

유정의 죽음은 값있고 귀중한 죽음이다! 나로서는 좋은 문우의 한 사람을 잃었을 뿐만 아니라 조선은 재주 있는 젊은이를 또 하나 잃었으니 참으로 애석한 일이다.

_ 1937년 5월 《조광》

유정과 나

— 강로향

아무 때 가도 필경은 한번 가고야 말 그 길이지마는 우리 유정은 너무나 일찍 가고 말았다.

이제 봄빛을 앞에 두고 그와 유명을 달리하는 오늘의 심정은 애도의 정을 넘어 우리 조선 문인의 비참한 생활을 뼈저리게 느끼는 바이다.

무엇보다도 우선 '돈'이 필요하였다. 돈만 있었던들 유정도 지금쯤은 완쾌한 몸이 되었을 것이다.

태양도 가고, 새 소리도 가고, 들리는 휘파람 소리도 지나간 이 황혼에 나는 지난날 유정과의 한 시절을 아득한 내 추억 속에서 더듬어 보기로 하자. 이 또한 고인을 그리는 적막한 정열이 아닐 것이다.

유정과 나는 2년 전《개벽》사 편집국에서 회남의 소개로 인사를 나누었다. 그 당시 나는 속간된《개벽》지를 편집하는 관계로 그에게 소설 한 편을 부탁한 일이 있었다. 그러나 나는 회사의 경제적 타격으로 말미암아 그에게 응당 지불해야 할 원고료 십 원을 다 주지 못하였다. 아마 삼 원밖에 더 주지 못한 것 같다. 들으니, 유정은 그 삼 원으로 의사에게 진료를 받았는데 그때 비로소 폐결핵의 선고를 들었다고 —— 그 후 계동에 있는 내 하숙에서 한번, 방송국에서 한번, 뒷골목 어떤 조그만 바에서 한번, 그리고 내가 건강을 해쳐《개벽》편집을 내던지고 우이동 산골로 정양(靜養, 깨끗하고 조용한 곳에서 쉬면서 몸과 마음을 안정시킴)의 길을 떠나는 그 전날 밤 을지로에 있는 다방 '로렐라이'에서 떠나는 인사를 하고 헤어졌다.

2, 3개월 후 나는 건강을 회복하고 우이동에서 돌아왔다. 어느 비 갠 날이었다. 김환태 군과 함께 종로를 소요하고 있는데, 우연히 유정을 만났다. 나는 그때 벌써 유정의 창백한 얼굴에서 그의 병세를 읽었다. 우리 세 사람은 '은묘(銀猫)'라는 바에 들어가 양주를 마셨다. 김환태 군은 얼큰한 김에 칼 붓세의〈산 넘어 하늘 멀리〉를 읊조렸고, 유정은 문득 내 성격이 너무나 순정적이라고 말하였다.

그 뒤 작년 이맘때 석훈(소설가 이석훈)의《황혼의 노래》출판 기념장에서 한 번 더 그를 만나고 그만이다.

병세의 악화를 여러 번 듣고도 한번 찾아본다는 것이 내 말 못 할 내 사정으로 실행하지 못했다. 사실인즉 나는 그의 창백한 얼굴을 대하는 것보다 홍조가 도는 건강한 얼굴을 대할 그 생기로운 순간을 즐기려고 한 것이다. 그러나 모두 헛된 기대였다.

이제 유정의 명복을 충심으로 빌며 재작년 여름 우이동 봉황각에서 받은 그의 편지 하나를 여기에 공개하기로 하자.

——날이 차차 더워집니다. 더워질수록 저는 저 시골이 무한 그립습니다. 물소리 들리고 온갖 새 지저귀는 저 시골이 그립습니다. 우거진 녹음에 번듯이 누워 한적한 매미의 노래를 귀담아들으며, 먼 푸른 하늘을 이윽히(느낌이 은근하게) 바라볼 때 저는 가끔 시인이 됩니다. 아마 이 위에 더 큰 행복은 다시없겠지요.

강 형도 한번 시험해보십시오. 그런데 여기에 하나 주의할 것은 창공을 바라보되, 임을 대하듯 경건히 할 것입니다. 그래야 비로소 유다른(어느 것과 아주 다름) 행복과 그 무엇인가 알 수 없는 커다란 진리를 깨달으실 것입니다.

4월 2일 저녁 영도사에서

__1937년 5월《조광》

유정의 면모 편편

— 이석훈

유정이 죽은 지도 어언 3년이 된다. 3년이나 되건만 죽어가는 유정을 한 번도 들여다보지 못한 나의 태정(怠情, 몹시 나태함)에 대한 참회가 그를 생각할 적마다 마음을 아프게 한다. 유정이 병상에서 괴로운 마지막 숨을 거두며 얼마나 나를 원망하였으랴? 그러나 그는 나에게 편지를 할 적마다 병이 위중하다든지, 죽게 되었다든지 하는 말은 한마디도 하지 않았다. 내게 그런 하소연을 해봤자 소용이 없다 하였음인지? 혹은 죽음을 각오하고 이미 죽은 이상에는 태연히 죽으리라 동무에게 '폐' 끼치지 않고 깨끗이 죽으리라 했었는지도 알 수 없다. 고결하고 순진하고 겸허한 인간 유정이었으므로 아마 그랬으리라는 것은 상상하기 어렵지 않다. 그것이 유정의 생각이었다 하더라도 나는 나로서 우정을 기울였어야 했거늘, 그가 병상에서 기동을 못 하게 된 뒤로 나는 한 번도 그의 병상을 찾지 못했다. 그때 바로 어떤 사건으로 나 자신 위기에 직면해 있어서 나 이외의 것을 생각할 여유가 없었다고 유정의 영전에 변명한대도 내 한은 씻어질 것 같지 않다.

유정이 살았을 때의 일을 이것저것 회상해본다.

그때 나와 유정은 사직동 한구석에서 앞뒷집에 살고 있었다. 유정의 누님이 바로 내가 살고 있는 집 뒤에 조그만 기와집 한 채에 살고 있었는데 그 집에 유정은 기류(寄留, 남의 집이나 다른 곳에 머물러 삶)하고 있었다. 매부되는 이는 충청도 땅에 금광을 하러 가고 없고 그의 누님 혼자만 살고 있었다. 내가 보기에 생활이 그리 유족(裕足, 여유 있고 풍족함)치 못한 것 같았다. 혹 군의 매부 되는 이가 작은 집이라도 있어서 큰댁은 살뜰하게 돌보지 않았던 것인지도 모른다. 나는 그 매부란 이를 본 적이 없다. 유정은 본디 입이 무거운 사람이므로 이러한 내정(內情, 내부의 사정)까지는 토파(吐破, 마음에 품고 있던 사실을 다 털어 내어 말함)하지 않았지만, 내게는 그렇게밖에 생각되지 않았었다. 유정도 한때는 매부의 광산에 금을 캐러 가 있었다.

나는 저녁을 먹은 뒤 개천 골목을 지나 그의 집을 찾는 것이 예(例)가 되어 있었다. 그도 가끔 우리 집에 왔다. 유정이 있는 방은 키 낮은 대문 옆 마루 건넛방인데 서편으로 개폐할 수 없는 작은 영창이 있었고 두꺼운 종이로 봉해주었다. 나는 '씨 자'를 붙여

"유정 씨이!"

하고 찾을라치면

"네, 어서 오십쇼."

하는 유정의 심중한 목소리가 창고 안에서 들려오듯이 그 조선종이

의 작은 영창을 통해 나온다.

또 어떤 때 유정이 없을 때는 유정의 우울을 띤 커다란 눈과 똑같은 눈을 가진 누님이 웃음은 벌써 잊었다는 양한 핏기 없이 창백하고 싸늘한 얼굴을 대문 틈으로 엿보이며,

"밖에 나갔습니다."

하고 말 적게 대답한다.

흰 편이 많으면서도 소 눈처럼 검은 인상을 주는 커다란 눈으로 나를 힐끗 쳐다보고 무표정하다. 나는 더 말해볼 용기를 잃고 말없이 돌아서 온다. 결코 불친절하거나 귀찮게 여기는 빛은 없었으나 어딘지 쓸쓸한 인생의 중하(重荷, 무거운 짐)에 이지러져서 모든 기쁨을 잃은 듯한 하염없는 표정을 나는 지금껏 잊을 수 없다.

유정의 어려움을 보다 못하여 나는 하루는 그에게 용처(돈이나 물건 따위의 쓸 곳)벌이로 우선 '하모니카' 방송을 권하였다. 그때 나는 방송국에 있으면서 연예의 1부와 어린이 시간을 맡고 있었으므로 그렇게 권한 것이다. 유정이 '하모니카'의 명수였었던 것은 세상에 별로 알려지지 않았으나, 그는 중학교 시대에 수년간이나 '하모니카' 공부에 힘써 남의 지도도 받고 '레코드'로도 열심히 배웠다. 그래서 웬만한 곡은 단번에 불어 치웠다.

나의 권유에 대하여 유정은 숨이 차서(그때 이미 폐환이 시작된 것이다) 독주는 못 하겠으니 나와 둘이서 2중주를 하자는 것이었다. 그래 어디 그럼 연습해보자며 내가 베이스를 불기로 하여 하모니카를 산다(그

의 하모니카는 낡은 것이었다), 악보를 구해온다 야단을 떨었다.

어느 날 저녁, 우리는 조그만 영창이 서쪽으로 향한 어두침침한 방에서 2중주 연습을 시작하였다. 〈키스멧〉이니, 〈오리엔탈 댄스〉, 〈아틀리에의 여자〉, 헨델의 〈라――르고〉 등 꽤 어려운 곡들을 골라서 이것저것 불러보았다. 그러나 나는 중학시대에 조금 불다 놓은 지 이미 오래여서 단 두 절을 정확하게 따라갈 수 없었고, 유정은 숨이 차서 쩔쩔맸다. 그래서 방송까지 이르지 못하고 중도에 팽개쳐 버리고 말았다. 하모니카 명수 유정의 이름도 결국 세상에 드러나지 못한 셈이다.

이번에 방향을 돌려 역시 용처벌이나 될까 해서 어린이 시간에 이야기 방송을 시켰다. 유정은 그것만은 선선히 응낙했다. 입이 무겁고 말더듬이 유정이 '마이크' 앞에 앉더니 아주 능청스럽게 잘했다. 나는 얼굴이 벌겋게 상기돼 방송실을 나오는 그를 보고 이번엔 야담을 청해야겠다고 했다. 그리고 둘이서 껄껄 웃었다. 하지만 안타깝게도 이야기 방송 역시 가명으로 했기에 유정의 화술이 얼마나 뛰어난지 드러나지 않고 말았다.

위에서도 말했거니와 그는 대단히 입이 무겁고 말더듬이었다. 하지만 방송을 할 때와 술 먹은 뒤――술좌석에선 아주 능변이오, 달변이었다. 시골 오입쟁이(술을 먹으면 시골 오입쟁이 풍모로 변한다) 적 어조로 가끔 내지어(內地語, 일본어)를 섞어가며 좌석을 번쩍 들었다 놓는다. 단, 누가 대구(對句)를 해줘야 말이지 나처럼 술을 먹을 줄 모르는 사람과 단둘이서는 역시 말이 없다.

유정을 떠들게 하는 좋은 상대는 회남이요, 지금 미국 유학 중인 상엽(想葉, 소설가 박상엽)이다. 특히 상엽은 주사가 있어서 유정과 처음 인사한 그 자리에서 이놈 저놈 하고 떠들다가 나중에는 "너 같은 놈과는 절교"다고 하는 바람에 유정이 잠시 어리둥절했다가,

"임마(유정은 술 먹으면 이렇게 말을 한다), 으째서 절교냐?"

하고 대든다. 그러나 빼득빼득 웃는 얼굴이다. 우뚝하고 크게 잘 생긴 코끝을 버륵버륵(벌렁벌렁) 움직인다. 당나귀를 연상케 한다. 우리 성미 같으면 농담이라도

"절교하가스문 하러마, 새끼!"

이러고 말 텐데, 유정은 끝까지 겸허한 호인이었다.

한번은 유정, 회남, 상엽, 그리고 나 넷이서 화신(和信, 화신백화점) 뒤 선술집에 가서 잔뜩 취해가지고 나올 때 다른 손님의 우산을 들고 나왔다. 술만 먹으면 망나니가 되는 상엽이(제 것인 줄 잘못 알았는지 장난으로 그랬는지는 모르나) 들고 나온 것이었다. 화신 골목까지 이르렀을 때 젊은이 5, 6명이 와르르 따라 나오며 그걸 구실로 싸움을 걸어왔다. 나는 워낙 사교성 없는 성격이라 이거 또 '미식축구 시합'을 아닌 밤중에 하게 되는가보다 하고 뒤에서 구두끈을 얼른 단단히 매고 형세를 살폈다. 그때 유정이 불쑥 나서며,

"노형들!" 어쩌고저쩌고 그럴듯한 수작으로 우산을 돌려주고 험악한 판국을 엄불러서 무사하게 되었다.

벚꽃이 폈다가 질 무렵인데, 유정은 낡은 검정솜 주의(周衣, 두루마기)를 입고 낡아빠진 소프트(부드러운 중절모)를 뒤 꼭대기에 부치고 방송국으로 나를 찾아왔다. 며칠째 두고 만나면서 걱정으로 이야기하는 그의 취직 토론이 또 벌어졌다. 내가 이번에 모처에 말해보자 하니까 그는 빼득빼득 웃으면서,

"자, 그럼 내 운수점이나 한번 쳐봅시다."

라고 하더니 10전 백동화 한 푼을 꺼냈다. 던져서 '10전'이라 쓰인 쪽이 나타나면 되고, 그 반대쪽, 즉 '대일본'이라 쓰인 쪽이 위면 안 되는 것으로 작정하고, 유정은 그 10전짜리를 방 안 높이 던졌다. 동전은 뱅글뱅글 공중에서 돌면서 올라 솟았다가 바닥에 달랑 떨어져서 한구석으로 굴러가 머물렀다. 얼른 주어보니 '10전' 쪽이 위였다.

"됐다!"

그러자 유정도

"어 취직이 되는가 부다."라고 했다.

그러면서 우리 둘은 한참 동안 껄껄 웃었다.

그러나 이 돈점도 결국 맞지 않았다. 유정은 원고 벌이에 나머지 정력마저 소모해 버리고 그해 겨울 드디어 죽음의 길을 재촉하고 있었던 것이다.

이런 일 저런 일이 어제처럼 생각되나, 유정은 이미 간 지 3년이나 되고, 나는 부질없는 추억의 글을 여기 되풀이하고 있다. 유정의 죽은 영혼이나마 위로할 수 있을는지?

__1939년 12월《조광》

에필로그

희유의 투사,
김유정

—소설체로 쓴 김유정론

암만해도 성을 안 낼 뿐만 아니라 누구를 대할 때든지 늘 좋은 낯으로 해야 쓰느니 하는 타입의 우수한 견본(見本, 본보기)이 김기림이라. 좋은 낯을 하기는 해도 적이 비례(非禮, 예의에 어긋남)를 했다거나 끔찍이 못난 소리를 했다거나 하면 잠자코 속으로만 꿀꺽 업신여기고 그만두는, 그렇기 때문에 근시 안경을 쓴 위험인물이 박태원이다. 업신여겨야 할 경우에 "이놈! 네까진 놈이 뭘 아느냐." 라든가, 성을 내면 "여! 어디 덤벼 봐라." 쯤 할 줄 아는, 하되, 그저 그럴 줄 알다 뿐이지 그만큼 해두고 주저앉는 파(派)에, 고만 이유로 코밑에 수염을 저축한 정지용이 있다. 모자를 홱 벗어 던지고, 두루마기도 마고자도 민첩하게 턱 벗어 던지고, 두 팔 훌떡 부르걷고, 주먹으로는 적의 볼따구니를, 발길로는 적의 사타구니를 격파하고도 오히려 행유여력(行有餘力, 일을 다 하고도 오히려 힘이 남음)

에 엉덩방아를 찧고야 그치는 희유(稀有, 흔하지 않음)의 투사가 있으니 김유정이다.

누구든지 속지 말라. 이 시인 가운데 쌍벽과 소설가 중 쌍벽은 약속하고 분만된 듯이 교만하다. 이들이 무슨 경우에 어떤 얼굴을 했댔자 기실은 그 즐만(騺慢)에서 산출된 표정의 디포메이션 외의 아무것도 아니니까. 참 위험하기 짝이 없는 분들이라는 것이다.

이분들을 설복할 아무런 학설도 이 천하에는 없다. 이렇게들 또 고집이 세다. 나는 자고로 이렇게 교만하고 고집 센 예술가를 좋아한다. 큰 예술가는 그저 누구보다도 교만해야 한다는 일이 내 지론이다.

다행히 이 네 분은 서로들 친하다. 서로 친한 이분들과 친한 나 불초 이상이 보니까 여상(如上, 위와 같음)의 성격의 순차적 차이가 있는 것은 재미있다. 이것은 혹 불행히 나 혼자의 재미에 그칠는지 우려되지만 그래도 좀 재미있어야 하겠다.

작품 이외의 이분들의 일을 적확히 묘파해서 써내 비교 교우학을 결정적으로 여실히 하겠다는 비장한 복안이거늘, 소설을 쓸 작정이다. 네 분을 각각 주인으로 하는 네 편의 소설이다.

그런데 족보에 없는 비평가 김문집 선생이 내 소설에 59점이라는 좀 참담한 채점을 해놓으셨다. 59점이면 낙제다. 한 끗만 더 했더라면…… 그러니까 서울말로 '낙제 첫찌'다. 나는 참담했습니다. 다시는 소설을 안 쓸 작정입니다……는 즉, 거짓말이고, 이 경우에 내 어쭙잖은 글이 네 분의 심사를 건드린다거나 읽는 이들의 조소를 산다거나 하지나 않을까 생각을 하니, 아닌 게 아니라 등허리가 꽤 서늘하다. 그렇거든 59점짜리가 그럼 그렇지 하고 그저 눌러 덮어 주어야겠고, 뜻밖에 제법 되었거든 네 분이 선봉을 서서 김문집 선생께 좀 잘 말해 주셔서 부디 급제 좀 시켜 주시기 바랍니다.

김유정 편

이 유정은 겨울이면 모자를 쓰지 않는다. 그러면 탈모인가? 그의 그 더벅머리 위에는 참 우굴쭈굴한 벙거지가 얹혀 있는 것이다. 나는 걸핏하면,

"김형! 그 김형이 쓰신 모자는 모자가 아닙니다."

"김형!(이 김형이라는 호칭인즉슨 '이상'을 가리키는 말이다. 이상의 본명은 김해경) 거 어떡하시는 말씀입니까?"

"거 벙거지, 벙거지지요."

"벙거지! 벙거지! 옳습니다."

태원도 회남도 유정의 모자를 인정하지 않는다. 벙거지라고밖에! 엔간해서 술이 잘 안 취하는데 취하기만 하면 딴사람이 되고 만다. 그것은 무엇을 보고 아느냐 하면……. 보통으로 주먹을 쥐고 쓱 둘째손가락만 쪽 펴면 사람 가리키는 신호가 되는데, 이래서는 그 벙거지 차양 밑을 후벼 파면서 나사못 박는 흉내를 내는 것이다. 하릴없이 젖먹이 곤지곤지 형용이 틀림없다.

《창문사》에서 내가 집무랍시고 하는 중에 떠억 나를 찾아온다. 와서는

내 집무 책상 앞에 마주 앉는다. 앉아서는 바위 덩어리처럼 말이 없다. 난들 또 무슨 그리 신통한 이야기가 있으리오. 그저 서로 벙벙히 앉아있는 동안에 나는 나대로 교정 등속 일을 한다. 가지가지 부호를 써서 내가 교정을 보고 있노라면, 그는 불쑥,

"김 형! 거 지금 그 표는 어떡하라는 표요?"

이런다. 그럼 나는 기가 막혀서,

"이거요, 글자가 곤두섰으니 바로 놓으란 표지요."

하고 나서는 또 그만이다. 이렇게 평소의 유정은 뚱보(심술 난 것처럼 뚱해서 붙임성이 적은 사람)다. 이런 양반이 그 곤지곤지만 시작되면 통성(通姓)을 다시 해야 한다.

그날 나도 초저녁에 술을 좀 먹고 곤해서 한참 자는데 별안간 대문을 두드리는 소리가 요란하다. 1시나 가까웠는데…… 하고 눈을 비비고 나가 보니까 유정이 B군과 S군과 작반(作伴, 동행자나 동무로 삼음)해 와서 이 야단이 아닌가. 유정은 연이어 멀쩡히 곤지곤지 중이다. 나는 일견에 '이크! 이건 곤지곤지구나' 하고 내심 벌써 각오한 바가 있자니까 나가잔다.

"김 형! 이 유정이가 오늘 술 좀 먹었습니다. 김 형! 우리 또 한 잔 하십시다."

"아따, 그러십시다그려."

이래서 나도 내 벙거지를 쓰고 나섰다. 나는 단박에 취해버려서 역시 그 비장의 가요를 기탄없이 내뽑는가 싶다. 이렇게 밤이 늦었는데 가무음곡으로써 가구(街衢, 길거리)를 소란케 하는 것은 법규상 안 된다. 그래 주

파(酒婆, 술을 파는 여자)가 이러니저러니 좀 했더니 S군과 B군은 불온하기 짝이 없는 언사로 주파를 탄압하면, 유정은 또 주파를 의미 깊게 흘깃 한번 흘겨보더니,

"김 형! 우리 소리 합시다."

하고 그 척척 붙어 올라올 것 같은 끈적끈적한 목소리로 〈강원도 아리랑〉 '팔만구천암자'를 내뿜는다. 이 유정의 〈강원도 아리랑〉은 바야흐로 천하일품의 경지다.

나는 소독 젓가락으로 추탕 보시기(김치나 깍두기 따위의 반찬을 담는 작은 사발) 전을 갈기면서 장단을 맞춰 좋아하는데, 가만히 보니까 한쪽에서 S군과 B군이 불화다. 취중 문학담이 자연 아마 그리된 모양인데 부전부전(남의 사정은 돌보지 아니하고 자기가 하고 싶은 일에만 서두르는 모양)하게 유정이 또 거기가 한몫 끼이는 것이다. 나는 술들이나 먹지 저 왜들 저러누 하고 서서 보고만 있으니까, 유정이 예의 그 벙거지를 떡 벗어 던지더니 두루마기 마고자 저고리를 차례로 벗어던지고는 S군과 맞달라 붙는 것이 아닌가.

싸움의 테마는 아마 춘원의 문학적 가치 운운이었던 모양인데, 어쨌든 피차 어지간히들 취중이라 문학은 저리 집어치우고 이제 문제는 체력이다. 뺨도 치고 제법 태권도들 한다. B군은 이리 비틀 저리 비틀하면서 유정의 착의일식(着衣一式, 입고 있던 옷)을 주워들고 바로 뜯어말린답시고 한가운데 끼어서 꾸기적꾸기적하는데 가는 발길 오는 발길에 이래저래 피해가 많은 꼴이다.

놀란 것은 주파와 나다.

주파는 술은 더 못 팔아도 좋으니 이분들을 좀 밖으로 모셔 내라는 애원이다. 나는 S군과 협력해서 가까스로 용사들을 밖으로 끌고 나오기는 나왔으나 이번에는 자동차가 줄지어 왕래하는 대로 한복판에서들 활약이다. 구경꾼이 금시로 모여든다. 용사들의 사기는 백열화한다.

나는 섣불리 좀 뜯어말리는 체하다가 얼떨결에 벙거지 벗어진 것이 당장 용사들의 군용화에 유린을 당하고 말았다. 그만 나는 어이가 없어서 전선주에 가 기대서서 이 만화를 서서히 감상하자니까…… B군은 이건 또 언제 어디서 획득했는지 모를 5홉들이 술병을 거꾸로 쥐고 육모방망이 내 휘두르듯 하면서 중재 중인데 여전히 피해가 크다. B군은 이윽고 그 술병을 한번 허공에 한층 높이 내 휘두르더니 그 우렁찬 목소리로 산명곡응(山鳴谷應, 산이 울면 골짜기가 응한다는 뜻으로, 소리가 산과 골짜기에 울림을 이르는 말)하라고 최후의 대갈일성을 시험해도 전황은 여전하다.

B군은 그만 화가 벌컥 난 모양이다. 그 술병을 지면 위에다 내던지고 가로대,

"네놈들을 내 한꺼번에 죽이겠다."

고 결의의 빛을 표시하더니 좌충우돌로 동에 번쩍 서에 번쩍해서 S군, 유정의 분간이 없이 막 구타하기 시작이다.

이 광경을 본 나도 놀랐거니와 더욱 놀란 것은 전사 두 사람이다. 여태껏 싸움 말리는 역할을 하노라고 하던 B군이 별안간 이처럼 태도를 표변하니 교전하던 양인이 놀라지 않을 수가 없다.

B군은 우선 유정의 턱밑을 주먹으로 공격했다. 경악한 유정이 방어

자세를 취하면서 한쪽으로 비키니까, B군은 이번에는 S군을 걷어찼다. S군은 눈이 뚱그래져서 역(亦, 역시) 한쪽으로 비키면서 이건 또 무슨 생각으로,

"너 유정이! 덤벼라."

"오냐! S! 너! 나한테 좀 맞아 봐라."

하면서 원래의 적이 다시금 달라붙으니까 B군은 그냥 두 사람을 얼러서 걷어차면서 주먹비를 내리는 것이다. 두 사람은 일제히 공세를 B군에게로 모아 가지고 쉽사리 B군을 격퇴한 다음 이어 본전(本戰, 본격적인 싸움)을 계속 중에 B군은 이번에는 S군의 불두덩을 걷어찼다. 노발대발한 S군은 B군을 향하여 맹렬한 일축(一蹴)을 수행하니까, 이 틈을 타서 유정은 S군에게 이 또한 그만 못지않은 일축을 결행한다. 이러면 B군은 또 선수(船首)를 돌려 유정을 겨누어 거룩한 일축을 발사한다. 유정은 S군을, S군은 B군을, B군은 유정을, 유정은 S군을, S군은…….

이것은 그냥 상상만으로도 족히 포복절도할 절경임이 틀림없다. 나는 그만 내 벙거지가 여지없이 파멸한 것은 활연(豁, 환하게 터져 시원함)히 잊어버리고 웃음보가 곧 터질 지경인 것을 억지로 참고 있자니까, 사람은 점점 꼬여 드는데 이 진무류(珍無類, 비할 데 없이 진기함)의 혼전은 언제나 끝날는지 자못 묘연하다.

이때 옆 골목으로부터 순행하던 경관이 칼 소리를 내면서 나왔다. 나와서 가만히 보니까 이건 싸움은 싸움인 모양인데, 대체 누가 누구하고 싸우는 것인지 종잡을 수가 없는 것이다. 경관도 기가 막혀서,

"이게 날이 너무 춥더니 실진(失眞)들을 한 게로군."

하는 모양으로 뒷짐을 지고 서서 한참이나 원망한 끝에 대갈일성,

"가에—렛!"

나는 이 추운 날 유치장에 들어갔다가는 큰일이겠으므로,

"곧 집으로 데리고 가겠습니다. 용서하십쇼. 다들 술이 몹시 취해서 그렇습니다."

하고 고두백배(叩頭百拜, 머리를 조아리며 몇 번이고 거듭 절함)한 것이다. 경관의 두 번째 '가에—렛' 소리에 겨우 이 삼국지는 아마 종식하였던가 한다.

이 이야기를 듣고 태원(소설가 박태원)이 "거 요코미쓰 리이치의 〈기계〉 같소그려." 라고 하였다(물론 이 세 친구는 그 이튿날은 언제 그런 일이 있었냐는 듯이 계속하여 정다웠다).

유정은 폐가 거의 결딴나다시피 못 쓰게 되었다. 그가 웃통 벗은 것을 보았는데 기구한 유신(庾身, 몸)이 나와 비슷하다. 늘 "김 형이 그저 두 달만 약주를 끊었으면 건강해질 텐데."

해도 막무가내더니, 지난 7월부터 마음을 돌려 정릉리 어느 절간에 숨어 정양 중이라니, 추풍이 점기(漸起, 점점 일어남)에 건강한 유정을 맞을 생각을 하면 나도 독자도 함께 기쁘다.

* 이상 사후인 1939년 5월 《청색지》에 발표된 이 작품은 이상이 소설체로 직접 쓴 김유정에 관한 이야기로 둘이서 술을 마시면서 벌인 기행이 유머러스하게 잘 그려져 있다.

이상, 김유정 다시 읽기 _ 에세이

우리 서로에게 별이 되자

초판 1쇄 인쇄 2018년 4월 10일
초판 1쇄 발행 2018년 4월 17일

지은이 이상, 김유정
발행인 임채성
디자인 김현미

펴낸곳 홍재
주 소 서울시 양천구 목동동로 233-1, 1010호(목동, 현대드림타워)
전 화 070-4121-6304 **팩 스** 02)332-6306
메 일 hongjaeeditor@naver.com
블로그 http://blog.naver.com/hongjae_books

출판등록 2017년 10월 30일(신고번호 제 2017-000064호)

종이책 ISBN 979-11-962272-4-1 03810
전자책 ISBN 979-11-962272-5-8 05810

이 도서의 국립중앙도서관 출판시도서목록(CIP)은 서지정보유통지원시스템 홈페이지(http://seoji.nl.go.kr)와 국가자료공동목록시스템(http://www.nl.go.kr/kolisnet)에서 이용하실 수 있습니다.
(CIP제어번호: CIP 2018006693)

홍재는 조선 제22대 왕인 정조대왕의 호로 백성들을 위해 인정을 베풀겠다는 큰 뜻을 담고 있습니다.
도서출판 홍재는 그 뜻을 좇아 많은 사람에게 도움이 되는 책을 출간하는 것을 목표로 하고 있습니다.
책으로 출간했으면 하는 아이디어와 원고가 있다면 주저하지 말고 홍재의 문을 두드리세요.

hongjaeeditor@naver.com